Edward & Rei
「パブリックスクール －ロンドンの蜜月－」

パブリックスクール
―ロンドンの蜜月―

樋口美沙緒

キャラ文庫

この作品はフィクションです。
実在の人物・団体・事件などにはいっさい関係ありません。

目次

パブリックスクール―ロンドンの蜜月―

口絵・本文イラスト／yoco

展覧会と小鳥

二月某日、日本の国立美術館の仮設収蔵スペースに、巨大な荷物が運び込まれた。数人の学芸員が固唾《かたず》を飲んで見守る中、梱包材《こんぽうざい》が解かれると、水槽が現れる。水槽には三メートルはあるだろうホホジロザメの張りぼてが宙づりにされている。大きく開かれた口に、三列並んだ鋭い歯。そこには肉片がこびりつき、残忍そうな眼《め》やエラの質感がまるで剝製のようにリアルだ。だが下半身は骨と肉が剝《む》き出しになり、グロテスクかつ印象的で、眼の離せない造形だった。

一瞬の沈黙。その後見ていたギャラリーからは、感嘆のため息が漏れた。

「……すごいわ。これだけ見に来ても、価値があると思えるくらいの迫力ですね」

隣に立っている学芸員の一人が言う。

キュレーターの一人である中原礼《なかはられい》は、その言葉が素直に嬉《うれ》しくて微笑《ほほえ》んだ。

水槽に浮かぶホホジロザメの造形は、イギリスの人気アーティスト、デミアン・ヘッジズが企画展にあわせて貸し出してくれた作品の一つだった。

そのとき、礼の上着の内ポケットで携帯電話が鳴った。見ると着信はデミアン・ヘッジズ——たった今、届いた作品を作った本人からだ。

春に開催を予定している企画展のため、国立美術館には世界中から現代アーティストの貴重な作品が集まってきている。

目玉はなんといってもデミアン・ヘッジズの作品群。当初は六つの絵画だけを借りる予定だったが、気前よくそれ以外も貸してくれた。今までどこの展覧会にも出品がなく、来日歴もない作品。しかしSNSなどを通じて若者を中心に絶大な人気を誇っている変わり者の芸術家、ヘッジズの作品を呼べたのは、当然ながら快挙だ。そしてデミアン・ヘッジズを担当したのは、礼だった。

「誰？　中原くん」

企画展のスポンサーであるマイアサ新聞の社員、井田《いだ》が画面を覗《のぞ》こうとしてくる。繊細なタイプが多い学芸員と違い、井田はいかにも大手新聞社の中年社員といった感じで、よく言えばおおらか、悪く言えば無頓着だ。

礼は苦笑気味に井田から一歩距離を取り、「ヘッジズからです。ちょっと出ますね」と教えた。彼の作品に見入っていた学芸員の数名が振り返り、あの芸術家から電話が！　とでも言いたそうに、眼を輝かせるのが見えた。

「こんにちは、デミアン。レイです」

電話に出てから英語でそう話しかけると、少し遠い電波の向こうで、やあ。そろそろ届いたころかと思ってね、と、懐かしいデミアンの声がして、礼は笑顔になった。話を聞かれないよう、他の造形物の陰にそっと隠れる。

「ええ、たった今届きました。よくお分かりになりましたね」

そう言うと、

『航空便だよ？　怠慢なヒースロー空港の職員がサボった時間も合わせて計算すれば、大体分かるさ。ちなみに時間ぴったりに間に合わせようと無理をする、日本人の性質もおりこみ済み』

デミアンの皮肉めいた冗談に、礼はくすくすと笑った。

「こちらの学芸員はみんな感嘆してますよ。あなたの作品は迫力があるって――……」

褒め言葉を羅列すると、デミアンは電話口で、『いいよ、そういうのは。聞き飽きてる』と、いつもの、一筋縄ではいかない性質を覗かせた。

『無事に着いてなにより。あとのことはお好きにどうぞ。任せるよ』

あっさりしたデミアンの返事に、礼は少し前から気になっていたことを、つい口走った。

「設営案については、ご覧いただけてます？　以前メールで送った……」

込み入った話になってしまう。他のメンバーはどうしているかと見ると、運ばれてきたデミアンの、他の作品を開けて確認している。

「あの案では、あなたの作品が最後の展示でした。ですが、以前……作品をお借りしたいとお願いしにあがった際に見せた素案では、真ん中の大きなフロアで展開する予定だったんです。……個人的に、改めてデミアンの作品を見て、やはり当初の案のほうがいいという気持ちもあって」

意図を明確に伝えたい気持ちから、少し早口になりながら言う。

「これはもちろん、まだ僕一人の考えなのですが、まずあなたに確認をとってから、他のキュレーターとも話し合おうと思いまして……」

礼は去年の四月、イギリスへの長期出張から帰国した。

幼いころに渡英し、イギリスのパブリックスクールで教育を受けた礼は、現在二十六歳。日本の美術系出版社に勤務しながら、国立美術館で開かれる大きな企画展にも携わっている。

礼の役目は、欧州のアーティストを口説き落として作品を借りること。

そして彼らの作品を、よりよく紹介することだった。

黒髪に、やや明るめの黒い瞳。日本人からすれば標準だが、欧米人からするとどこか少女めいた華奢《きゃしゃ》さを持ち、きれいな顔で上流階級の英語を話す礼は、欧州のとりわけアッパークラスに育った芸術家たちに気に入られている。

とはいえそんな芸術家の中でも、一風変わったデミアンと親しくなるのは大変だった。今では気軽に電話をもらったりメールのやりとりもする仲だし、

『今度いつ、こっちに来るの？　来たら最初に俺のスタジオに顔を出してよ。きみの彼氏からもらった金で、ロンドンに借りた部屋、見たいだろ？』

などと、少し皮肉な誘いをかけてもらえるくらいにはなった。

それでもなんでも、礼はキュレーター。相手は作家。いかに親しくなっても、絶対に甘えてはいけない一線があること、大事なのはなにより作品であることをいつも忘れないようにしていた。

だからこそデミアンとのやりとりには、気軽ななかにも一種の緊張感がある。礼は「もちろん、そうしたいのは、あなたの作品にとって、それが一番いいからです」と付け加えた。

『……ふうん。トリじゃないんだ。なら、作品、返してもらおうかな』

数秒あってデミアンが言い、礼の心臓がドキンと跳ね上がる。けれど息を呑《の》むのと同時に、デミアンはくつくつと低い声で笑い、

『冗談だよ。順番はどうでもいい』

と言って、礼を安心させた。

「あなたの作品は、問題提起的な魅力があります。作品を中盤に持ってきても、薄れるようなインパクトじゃないし……」

説明する礼の言葉を遮り、デミアンは『いいよ、レイ。きみが俺の作品を、無碍《むげ》に扱わないことは分かってる。言ったろ？　〝As You Like It〟』

――お気に召すまま。

シェイクスピアの有名な喜劇の題名をあげて、デミアンは電話を切った。

礼は緊張からいつの間にか肩に入っていた力を抜いて、ふう、とため息をついた。

レイ・ナカハラは、変わり者のアジア人。あるいは、東の蕾《つぼみ》。

そんなふうに呼ばれていたのはどれくらい前のことだろう？

礼がパブリックスクールを卒業したのは十七歳のことなので、もうすぐ十年が経《た》とうとしている。日本で大学を卒業し、美術系の出版社に就職。二十六歳の今日まで、持てる力のすべてを使って仕事に頑張ってきた。その結果はというと——。

礼が電話を切って学芸員の輪の中に戻っていくと、シートの敷かれた床の上にデミアンの絵画作品が広げられているところだった。『醜悪と美　作品群』。六つの連なりからなる絵画は、サメの造形と同じで、描かれている動物や人物の体や顔の半分の皮が剝がれていたり、溶けていたりする。グロテスクで不気味だが、デザイン的でスタイリッシュにも見える。

「刺激的だわ」

「一度見たら忘れられない絵ですね」

芸術の前に言葉は陳腐だ。無事作品が運ばれてきたこともだが、改めて見る作品の迫力にまずは感動の言葉がこぼれた。女性キュレーターと笑みを交わし、傷みがないか確認していると、

「いいねえ、デミアンの作品はグッズ化しやすそうだ。レーンダースと違って」

井田が呑気《のんき》に言う。すると女性キュレーターが、むっと眉をつりあげた。

「井田さん、それ、ご本人の前で言わないでね。レーンダースは開催の一ヶ月前には来日して、ご自身で設営してくださるのよ。ヘッジズにだって、失礼だから」

「どうせ日本語は分からないからいいじゃない」

井田は肩を竦《すく》め、女性キュレーターはぷいとそっぽを向いて奥へ行ってしまった。礼はため息をついた。井田は呆《あき》れ半分に「グッズ化しやすいのはいいことじゃない。ねえ？」と礼に同意を求めた。礼は答えに困り、苦笑するにとどめた。

「中原くんがヘッジズとお友だちになってくれて、ほんとよかったよ。絵画だけでも無理だろうと思ってたのに、造形作品までだもんなあ。大トリで、ばばーんと出しがいがある」

吸ってはいないが、電子タバコのケースを手の中で弄《もてあそ》びながら井田が言う。

礼はあの、井田さん……と、少し前から考えていたことを口にした。

「設営の案ですが、最初に及川《おいかわ》さんがまとめてくださった素案をもとに、直せませんか？」

先ほどデミアンに確認したことを訊《き》く。及川は国立美術館のベテランキュレーターで、この企画展の要のような存在だった。礼とはあまり折り合いが良くないが、礼は彼の実力を尊敬していた。

井田はしかし、礼の言葉に面倒くさそうに眉根を寄せた。

「ええ？　最初の案って……ヘッジズはどうせ呼べないだろうからって作ったものだよね？　たしかトリがレーンダースで、中盤にヘッジズが来る構成の……」

「そうです。今はレーンダースが中盤で、トリがヘッジズです。でも以前いただいたレーンダースのインスタレーション写真を見てから、逆のほうがいいのではと思っていて。今日、ヘッジズの作品を見直して、確信に変わったんです」

見てください、と言って、礼は持っていた小型端末を操作し一つの動画を再生した。

企画展の目玉はデミアンだけではなく、オランダの空間作家、エーヴァウト・レーンダースもだった。デミアンより、六つほど上の三十代半ば。担当が及川なので礼はよくは知らないが、ポートレイトを見る限りは神経質そうな、厳しい目つきが印象的な人だった。いつでもだらしなく汚れたパーカーやTシャツを着て、髪も髭《ひげ》も伸ばしっぱなしのデミアンとは正反対で、きっちりと撫《な》でつけられた髪に、襟の詰まった白いシャツを着ている写真ばかり見た。

作品は一言で言うなら、清潔かつ幻想的。

資料としてもらっていた動画を再生すると、白を基調とした空間の中に、整然と同じ円形のオブジェが無数に並び、青白いほのかな光が虚《うつ》ろにさまよっている。光は空間を一周し、やがてオブジェの内側からほの赤く光が溢《あふ》れ、消える。レーンダースのインスタレーションは、礼にはなにか生き物が生まれてくるその瞬間を表わしているように見える。

「及川さんからいただいた参考動画です。ヘッジズは死を扱ってる作家ですから、そこから死生観としていくつかの作品をまとめて、生の答えとしてレーンダースのインスタレーションを展開するのが、ベストだと……」

熱心に言ったが、

「まさか今さらでしょ」

予算が足りないよと井田は笑って、礼の提案を一蹴した。そればかりか、でもと食い下がろうとした礼に、

「あ、でも中原くんはグラームズ社の社長とお友だちだっけ。エドワード・グラームズが寄付をしてくれるなら、考えられるけどね」

と、冗談めかして付け加えた。その言葉に、礼はぎくりとした。胸に一瞬、鋭い痛みが走る。

――どうして。

そう言いたくなったが、ぐっと抑え込んだ。それからにっこり微笑んで、

「分かりました。予算内でできればいいんですよね？　及川さんと二人で、もう一度話し合ってみます」

とだけ、言った。


エドワード・グラームズ。

その名前は礼にとって、特別な意味を持っている。彼は今、二十八歳。礼とエドは二年前の春に結ばれて、しばらくのあいだは遠距離恋愛が続いている。

（この企画展が終わったら、仕事を辞めてイギリスに渡る。そうして、エドと一緒に暮らす……）

二年前からそう約束をしている。日本の美術系出版社に勤めて四年あまり。最後の大仕事を完璧にこなしてから、エドのそばへ行きたい。そう思って礼は日々奔走しているのだが、世界に誇る大企業、グラームズ社の社長エドと懇意であることが——少なくとも友人だということが——周囲にバレてしまい、都度都度、「持てる者」として扱われることに戸惑いと失望、誰にも愚痴を言えぬ息苦しさを感じるようになっていた。

エドワード・グラームズの名前は礼にとってだけではなく、あらゆる人にとって特別なのだ。

国立美術館の古びた裏廊下を進んでいると、目当ての人物が見つかり、礼は及川さんと声をかけ、思わず小走りになった。

「少し、話せませんか。設営案を変えたいんです。今さっきヘッジズの作品が届いたので、一度見ていただいて……レーンダースとヘッジズの作品、今の展示だと個々が生きない気がして……」

及川は立ち止まると、じろりと睨《ね》めつけるように振り返った。胸が緊張に音をたてたが、礼は萎縮しないよう腹に力を入れて彼を見つめ返した。

及川はベテランキュレーターで、井田と同じく中年と言っていい年齢だ。そして大雑把で無頓着な井田とは違い、神経質で細やかなタイプだった。

礼は緊張しながらも、井田に話した案を、そのまま及川にも伝えた。

「今から設営を変えるには時間が足りない。レーンダースの空間設計はミリ単位だよ。順番が変われば、スペースの配置も変わる」

案の定、及川には渋い顔をされた。礼はそれは分かってます、と食い下がった。

「ですが、死生観のくくりでストーリーを作ったほうがいいと思います。生から死へ、死から生への道程のイメージで展示する案は、もともと及川さんの発案でしたよね。レーンダースのインスタレーションも、そのほうが映える気がするんです」

言うと、及川は嗤《わら》い「きみの大事なお友だちの作品をトリにしなくていいの？」と、肩を竦めた。礼は悪意ある言葉にムッとしたが、あくまで冷静に返そうとした。

「……大事なのは、展示全体の質です。最初、及川さんもレーンダースの作品をトリにする案をたててらした。あれを素案にしたいんです。率直に、どちらがいいと感じてますか？」

食い下がると、及川はしばらく黙りこんだ。じっと眼を見つめると、観念したように「たしかに、その案のほうがいいが」と、小さな声でつけ足す。だがすぐに首を横に振った。

「とても無理だよ、既に発注してある機材はどうするんだ。きみのお友だちがトリなんだから、いいだろう？　そもそも予算が足りない」

それとも、仲良しの大金持ちにお金を出してもらえそうかな、と及川が言い、礼は口をつぐんでしまった。またその話か、とうんざりする。しかし怒っては仕事は進まない。

「明日時間をとってください。お願いします。案を考え直してきますので」

感情を抑えきれていたかは分からない。ただ声が震えないようにして、礼はそう言うにとどめ、深々と頭を下げた。

ベテランの及川さえその気になってくれれば、彼は経験豊富だ。予算内でスペースを活用する代替案をいくらでも持っていること、井田が「及川さんが言うなら、仕方ないかあ」と流されることを礼は知っていた。

及川は片眉をつりあげて礼を見ていたが、やがて仕方ないな、と言うようにため息をついた。


国立美術館から、勤務している出版社、丸美《まるび》出版に戻ってきた礼は、自分のデスクにつくなり深く息をついていた。

二月の冷え込んだ外気の中、駅から歩いてきたせいで、耳がかじかんでいる。手袋をはずしてデスクの定位置にそろえていると、隣に座る女性の先輩の佐藤《さとう》が「なになに、仕事の悩み？それとも恋の悩み？」と面白がって訊いてきた。

礼は苦笑して、席に着いた。

「仕事ですよ、決まってるでしょう」

「あら。でもこの仕事が上手《うま》くいかないと、遠恋中の恋人にも会えないんだから、やっぱり恋の悩みでもあるわけでしょ」

佐藤は礼と同じく、美術雑誌の編集員だ。明るく、おしゃべり好きな彼女は仕事の相談相手として、礼にとっては助かる相手だ。今も楽しそうな声音に、つい力がぬけた。笑いながら「先輩。コーヒー買ってきますけど、いりますか?」と訊《たず》ねると、佐藤は「あら、頑張ってる後輩のために、ここはあたしが奢《おご》ってあげるわよ」と言って礼を笑わせる。

丸美出版は小さな出版社だ。歴史は長いが、古い自社ビルはこぢんまりとしている。だが一応、東京《とうきょう》の一等地に建てられている。

休憩スペースなどという大層なものはないが、自動販売機は一台置いてあり、その前に背の高いカップボードが一台ある。狭苦しいその場所で、礼は佐藤に奢ってもらったコーヒーを飲んだ。

先輩の佐藤には普段世話になっているので、イギリスに恋人がいることを伝えてある。相手がかの有名な――名門貴族の次期当主であり、世界中に名を知られたグラームズ社のCEO、エドワード・グラームズだとは言わなかったが、佐藤はすぐに察したらしい。以前会社にエドが礼を訪ねてくれたことや、街中で礼と並んで歩いていたところを見て覚えていて、

「あの王子さまみたいなエドワード・グラームズと付き合ってるんでしょ?」

と当てられた。

「まるで絵画から出てきた、美術品みたいに美しかった、エドさま」

佐藤は時おり、思い出してはため息をつき、礼からエドの話を聞きたがる。

けれど、佐藤が気にするのも無理はないのだ。実際、エドは芸術品のように美しい。長身に、すっきりとスーツを着こなす男らしい体軀《たいく》。長い手足に、見事なブロンド。緑の瞳はエメラルドのように輝いており、鼻筋の通った顔は整い、怜悧《れいり》だ。大貴族、大企業のトップという肩書きに加えてそのルックスなので、本国のイギリスではしょっちゅうパパラッチに追われ、タブロイドの一面を飾ったりする。

まさかそんな人が、恋人だとは佐藤以外には言えない。だが展覧会の仕事が終われば、会社を辞めてイギリスに渡り、そちらで仕事するつもりだということは社内に伝えてある。一人事情を知る佐藤は、

「まあ、中原くんにはそのほうがいいわよ。日本は狭すぎるっていうか」

と、応援してくれた。佐藤はさっぱりとした公平な性格で、礼はそれにいつも救われている。とはいえ礼は日本が狭いから、出て行きたいわけではなかった。ただ単に、恋人であるエドと一緒に生きていく。そう決めているからだ。

「中原くんのやりたいことは分かるけど、たしかに今からじゃお金がかかるかもね」

一緒にコーヒーを飲みながら、礼は佐藤に展示案について相談した。

佐藤は国美の企画展には携わっていないが、冷静な外部の意見、それも美術に詳しい人の意見は参考になる。

「でも、レーンダースのインスタレーションは、彼が自らスペースに作るんです。もちろん、どういうものかは既に決まってます。ただ、資料とまったく同じものにするかどうかは、当日にならないと分からない。ヘッジズや、他の美術品を見て、インスピレーションを受けて変わることを考えると……」

「ヘッジズの作品を問いかけに、レーンダースを答えにしたいってことよね？」

「そうです。ヘッジズの作品のインパクトはアンサーじゃなくて、問いかけのインパクトだから——」

「分かるわ。レーンダースの幻想的な空間作品は、死生観へのアンサーそのもの。夢を見た気持ちにさせて、光が消えたとき、ハッと現実に返る」

佐藤の見解は、礼の感想と一致している。

「レーンダースの空間を出たあと、観客は自分が見てきたものはなんだったかと振り返ると思います。そのときに最初に、ヘッジズの作品を思い出す。それからゆっくり、レーンダースの作品に意識が戻るんじゃないかと」

そうなれば理想的だと、礼は思っている。あとの様々な作品は、気に入ったものがあればまた思い出すだろうし、図録やポストカードで楽しんでもらってもいい。

美術展はそれそのものが、一つの「作為的な芸術」だと礼は感じていて、なにを感じるかは観客の自由だけれど、見せる側はただ野放図に見てもらうのではなく、一つの意図を持って閲覧スペースを作ることに意味がある。

「どこを切りとって見せるか、が展示者の個性よね。ドキュメンタリー映画でも、生のまま、ありのままといっても、やっぱり作り手の見せ方で捉えられ方が変わってくる」

「完璧な自然はありえないわけでしょう。なら、一番作品が自由であれる空間に配置する。順番を入れ替えても、ヘッジズの作品のインパクトは弱まらない。あのインパクトを引きずったままレーンダースの空間に入ることで、さらに個々の作品が引き立つんです。……及川さんほどのかたなら、それは分かっていると思うんですが」

及川は、レーンダースの作品担当だ。作家の作品をもっとよく見せたい気持ちがあるのなら、「予算」の一言で案を退けるはずがないと礼は思う。それなのにどちらかというと、作品展示より資金繰りに頭がいきがちな井田と同じ言い訳をされるのは淋《さび》しかった。

そしてこんなふうに礼の言い分が通らないのは、礼と及川の間に見えない溝があるせいではないか……と思わされる。一番淋しいのは、そこだった。

「及川さんは分かってるだろうけど、中原くんへのひがみがあるもの。仕方ないわよ。いっそ、エドワード・グラームズに提案させたら？」

佐藤が冗談で言い、礼はここでもまた、苦笑した。

やっぱりその名前なのかと思う。それに失望しているのではない。イギリスへの一時出張から日本に帰国してはや一年。礼はその間、プライベートではエドと連絡をとりあっているけれど、公の場ではそれこそ電話一本交わしていない。

それなのになにをしても、エドの名前が出てくる。

それはエドが礼のために、企画展へ多額の寄付を申し出たことがきっかけだった。

以後、礼は「イギリスの大貴族と親しい日本人」として扱われ続けている。

そしてこの一年、礼はそのことにずっと戸惑っているのだ。イギリスでなら分かるし、もう覚悟もしていたが、日本ですらエドのことがここまで自分に影響してくるなんて、と思う。

――そろそろ自分が、こっち側に来たことに気付いてきたろ？

いつだったか友人から言われた言葉が、ふっと礼の脳裏をよぎっていった。

持てる者の側。イギリスに行けば、貴族でもなければ企業のトップでもない礼は、とたんに持たない側になる。それなのに日本にいれば「持つ者」として扱われ、特異な孤独を味わうのである――。

（弱音も言えない孤独。……エドも、こんなふうだったかな）

ふと、思考が戻る先は恋人のことだった。

「仕事もいいけど、恋人のことも構わなきゃ。彼氏だってイギリスの子なんだから、情熱的なんじゃないの？　中原くんはずっと日本にいるし、会ってはないなら、せめて電話やメールはまめにしなきゃね」

佐藤は笑って、励ましてくれた。礼は微笑み、そうですね、と頷《うなず》く。

そう、たしかに「イギリスの子」は情熱的だ。

デスクに戻ると、携帯電話にはメールが届いていた。恋人のエドからだ。

『今日本は夕方だろうか。レイ。会いたい。お前のことを考えて胸が押し潰されそうだ。今日何人と話した？　全員に嫉妬できる。今夜、よければ電話を。——エド』

送られてくるメールの内容は、いつでも礼への思慕に溢れている。

読むと思わず胸が緩み、礼は小さく笑顔になった。

——僕もだよ、エド。電話、もちろん待ってる。

短いが、心だけはいっぱいにこめて送った。

会えない一年の間、エドは一日に三回はメールをくれ、よほどのことがなければ毎日電話をかけてくる。忙しいはずなのに、エドは礼への連絡を怠ったことがない。

嬉しい気持ちはもちろんあるものの、初めのころはエドのあまりのまめまめしさに当惑した。礼は眼の前の仕事や生活で手一杯で、エドへの愛情がないわけではないが、そのすべてに応じきれないまま、一年が経っている気がする。

もしかしてイギリス人は、みんなこれが普通だろうか？

エドは習慣として、あるいは義務感から自分に連絡をしているのかとすら思った。

しかし最近では違うのだと分かってきた。互いに多忙で、まったく会えないまま一年が過ぎても、エドの礼への愛情はまるで衰えない。むしろ日に日に増すようで、溢れてくる想いのはけ口を求めるかのように、メールは熱烈な文章で綴《つづ》られ続けている。

ときには有名な恋の詩が引用され、

『ばかげたポエムだと思っていたが、今なら気持ちが分かる。会えない時間は片恋と同じだ。俺は詩人になれるかもしれない』

と嘆かれたり、

『レイへ。今すぐお前のフォトを送ってくれないと、俺は発狂するかもしれない。ビデオでもいい』

とワガママを言われたりもする。

会えない間、礼ももちろん淋しかったが、エドの淋しがりかたを見ていると逆に落ち着いてしまい、もしかして自分は冷淡な人間なのでは……と思わされるくらいだ。

毎日注がれる愛の言葉に埋もれて、遠距離恋愛の孤独感も忘れてしまう。

（ああ、エドって――）

そのたび、礼は思う。

エドって、なんて愛が大きくて、愛が強いのだろう。

こんなにもとめどなく溢れてくる愛を、エドは十二年ものあいだどうやって隠していたのだろう？　と。

礼は十二歳のとき、母を亡くしてイギリスに渡った。

天涯孤独の身の上となり、親戚を頼って渡英した。引き取られた家が、エドの実家だった。

今でもはっきりと思い出せる。

初めて出会ったとき、エドは吹き抜けになったリビングの、二階のバルコニーに立っていた。見上げた礼の黒い瞳には、金髪に緑の瞳の、美しく、権高な少年が映った。

エドは十四歳になる手前だったが、もっと大人びて見えた。右も左も分からず、家族からの愛に飢えてはるばるイギリスまでやって来た幼い礼を見るなり、エドは言った。

——そいつが、Sacrifice ですか。

まだ難しい英単語は知らなかった。Sacrifice とはなんだろう？

戸惑いながら、その晩礼は与えられた部屋で辞書を引き、Sacrifice の意味を調べた。いけにえ。

そんな意味だった。

なぜあの美しい少年は、自分を生け贄《いにえ》と言ったのだろうと思いながら、疲れ果てて眠りについたものだ……。

礼はすぐにエドを愛するようになったけれど、エドは長い間、冷淡だった。イギリスのグラームズ邸で暮らしている間も、礼がパブリックスクールに入ってからも、そこを出て日本に帰ってからも——エドは礼に、愛しているとはけっして言わなかった。

二十四歳で再会して結ばれるまで、ただの一度も。

それが今ではどうだろう？

礼からの返事を受けて、エドはすぐにメールを返してくる。

『電話までの時間が待ちきれない。時計の針を自在に操れたらいいのに。愛するレイへ、エドより』

しつこいほどに重ねられる愛の言葉。

冷たかったあのエドと、今のエドのどちらが本物かと問われれば、単に知らなかっただけで――幼いころからエドの中には、夥《おびただ》しくこぼれるほどの愛があったと、礼はもう知っている。

知っているけれど、返信には困った。

嬉しいと一言打てばいいだけなのに、それより仕事の心配で頭が占められていて、甘い気持ちに長くひたることができない。

（……エドって僕より忙しいはずなのに、どうやってこんなメール、打ってるんだろう……）

人間の器が違う気がする。

返事をする余裕がないので、電話の画面を落として仕事に戻ろうとしたそのとき、置いたばかりの電話が振動した。見ると、意外な人物から着信があり、礼は眼を見開いた。

「やあ、レイ。さすがに会えるなんて思わなかった」

待ち合わせたカフェに入ると、笑顔で手を振り、英語で話しかけてくる人物がいる。およそ一年ぶりに会うその人に、礼は顔をほころばせた。

「ギル。まさか、日本にいるなんて」

英語で答えながら同じ席につき、ウェイトレスにコーヒーを注文した。

時刻は夕方の六時。定時を回っていたが、まだ仕事が残っている礼はすぐ近くにいるというギルの連絡を受けて、会社を抜けてカフェに来たのだった。

ギルバート・クレイスは、礼にとってはパブリックスクールの同級生。そしてエドにとっては従兄弟《いとこ》にあたる。

普段はコペンハーゲンのグラームズ支社で支社長をしており、エドと同じような金髪に青い眼の美形だ。ギルは礼と眼を合わせると、おかしそうに肩を竦めた。

「突然インド航路の視察が入った。そこからマカオと香港《ホンコン》を経由して、どうせだからと一日休みをとって、日本に寄ったんだ。エドは怒ってたけどね。俺が会ってもいないのに、お前だけレイと会う気かって」

いかにもエドが言いそうなことだ。礼はくすくすと笑った。

ギルとは初めから、関係がよかったわけではない。けれどパブリックスクールを卒業してからは、年に一、二度、用事を見つけて会いに来てくれるギルと、不思議なことにイギリスにいたころよりも、打ち解けられるようになった。

ギルはエドとの仲を応援してくれている、数少ない親族でもある。

コーヒーが運ばれてきてしばらくすると、ギルは持っていた封筒を礼に渡した。持つとそれはずっしりとしていて、厚みがある。

「なあに、これ」

首を傾《かし》げて開くと、中に入っていたのはイギリスでの、美術関係の求人情報の書類だった。美術館の職員や、展覧会の企画会社、美術系のライター募集、画廊などの求人情報もある。

「展覧会が終わったらイギリスに戻ってくるんだから、眼を通しておけ……って、エドが。自分で話せばいいのに。俺が日本に立ち寄ると言ったら、朝、メールにファイルを送りつけてきて、レイに渡せって命令されたんだよ。……こんな情報集めてるなんて、エドはレイに会いたくて会いたくて仕方ないらしい」

紹介状ならいくらでも書くってさ、とギルに言われて、礼は小さく笑った。嬉しい気持ちが四割、困った気持ちが六割だった。

「……荷物を持たせちゃったね、ギル。ありがとう」

そう言うと、ギルは「羽より軽い」と軽口を叩《たた》く。

「が、レイには鉛より重いだろうな。恋人に求められるのも楽じゃないだろう」

付け加えられた一言に、礼は困った顔で微笑んだ。

――ギルには隠しごとなんて、できないな。

と、思う。

「今は企画展のことで頭がいっぱいで……まだイギリスでの仕事のことは、考えられないんだ」

封筒に求人情報をしまいながら白状すると、ギルはさもありなん、という眼で礼を見ている。

「エドはがっかりするよね」

問うようにギルを見る。エドが礼の渡英を、今か今かと待ち望んでいるのは知っている。世界的企業のトップでありながら、礼への連絡もこまめなエドからすれば、眼の前の仕事をこなすことで精一杯で未来について思いを馳《は》せる余裕もない礼は、器が小さく見えるだろう。

だがギルは肩を竦め、「きみにがっかりするエドなんて、いるわけないよ。レイ」と礼の不安を否定した。

「企画展が大詰めなのは、エドも知ってるさ。……大変？」

優しく訊ねられ、青い瞳で顔を覗かれると、誰にも言えない弱音が胸に溢れてくる。

「……上手くいかなくて、焦ってる。……ことあるごとにエドの名前を出されて、戸惑うんだ。そのたび、エドの名前に相応《ふさわ》しくない自分を感じてしまって……」

持てる者の弱音。言える相手はギルくらいだった。

思わず吐露すると、飲んでいたコーヒーのカップを下ろし、ギルが頬杖《ほおづえ》をつく。

「エドの名前に相応しい自分？」

不思議そうなギルに、礼は苦笑した。

「たとえば、エドの友人、っていうのが肩書きだとするでしょ？　それだけが大きくて、中身の僕はちっぽけな感じ。……イギリスに行ったら、もっとエドの名前は重たくなるよね。なのに、背負ってる僕が耐えられなかったら、ダメだなって。ちゃんと見合うだけの自分だと思うためには、仕事、悔いなくやりたいんだ」

なるほど、とギルが頷く。暗い話題になってしまった気がして、礼はパッと顔をあげ、明るい声で続けた。

「ギル。エドってすごいんだね。僕やっと分かったよ。……僕は誰よりエドを愛してるけど、エドの愛のほうが大きいみたい。エドはどんなに重たいものを背負ってるときでも、変わらず愛してるって言ってくれて、連絡もまめで、理想の恋人って感じで……」

なるほど、とギルはまた、頷く。

「どうやら俺は惚気《のろけ》られたらしい」

おかしそうに言われて、礼はハッとし、顔が熱くなった。そんなつもりはなかったが、そうなっていたと気付く。

「ご、ごめん。そういうわけじゃなく――」

「そこで謝るのは実に日本人的。イングランドの若者なら、ありがとう、恋人とはすごく愛しあってる、とさらに惚気る」

笑いながら指摘するギルに、思わず口をつぐむ。ギルはニヤニヤしながら、眼を細めた。

「レイ、エドに頼ったらいいのに。もちろん、きみの仕事だ。だけど言ったろう？　持てる者は、持てない者にはない義務がある。だが同時に権利もある。権利のない義務はありえない」

きみはエドのところへ戻って来たら、もっとそういうことをしなきゃいけなくなるんだよ、とギルはつけ足した。

そうだろうか。そういうものだろうか、と礼は思った。

たしかにエドに頼めば、予算の問題や展示の問題はすぐに片付くだろう……とは思う。だが——。礼は迷い、口をつぐむ。

ギルはそんな礼を見て、話を変えた。

「……求人の紹介状は、まあ、エドより俺が書くほうが妥当だと思ってるけどね。エドの紹介なんて、紹介されたほうがびっくりしてきみは働きづらいだろうし」

「ギル……ありがとう」

礼はやっぱり、ギルに隠しごとはできないと思った。

礼がイギリスで就職するとなれば、エドは自分が紹介すると息巻くだろう。だが、正直エドワード・グラームズの紹介で仕事をするのは気が重たかった。なにかあればスキャンダルに取りざたされ、仕事先にまで飛び火しそうで怖い。ギルはそんな礼の気持ちを見越して、提案してくれているのだ。

「エドの愛はまあ、ちょっと行きすぎてるかな。今回も、日本に寄ると言ったらきみが困ってないか見てこいって、しつこく言われたからね。ただ仕方ないさ。二十数年間、行き場のなかった気持ちだから」

ギルは肩を竦めた。

——二十数年間。

それは二十六で、礼と結ばれるまでということを、おぼろげに告げていた。

幼いころ家族にすら素直に愛を示せなかっただろうエドの幼少期が、ふと透けて見えるような言葉を、ギルは無意識にか意識的にか選んでいる。礼の胸は、わずかに痛む。

ギルはけれど、エドは憐《あわ》れな男なんだよ、と芝居じみた言い方で茶化した。

礼はくす、と小さく笑った。

「ありがとう、ギル。……持てる者の孤独なんて、僕はちょっとしか知らないけど」

——それは日本にいる間。わずかな条件のもとでしか、礼は知らない。

しかし、エドは生まれたときからそうなのだ。

礼がなにかあるとすぐに、「仲良しのエドワード・グラームズ」という言葉を使われるように。エドはずっと、「グラームズ家のエド」と言われてきたのだろう。そのたび胸に鬱積するのは、自分ではない強大な力を、勝手に押しつけられているような違和感だったろう。周囲から向けられる期待、嫉妬、羨望。

そんな重たい鎖に繋《つな》がれたまま、エドは礼を愛してくれたのだ。たぶん、礼が感じるものよりもっと凶悪で、もっと激しいがんじがらめの鎖だっただろうし、それは今も相変わらずエドの手足を繋いでいる。エドはその鎖を断ち切ることができても、あえて切らずに礼を愛そうとしている。それを思うと礼は、

（エドが十二年、気持ちを隠した理由だって、さすがに分かるな……）

と、納得する。

勝手に背負わされた重たすぎるもの——言うなればグラームズの血に自身が勝てるようになるまで、エドは逃げなかった。戦い、努力し、成長してその重たさに堪えうるだけの自分になれたとき、初めて礼に愛している、と言ってくれた。

（それが僕と会わないでいた、八年だった……）

礼が十六歳。エドが十八歳。別れてから、出会うまでの八年。エドは必死に眼の前の苦しみに立ち向かってくれた。礼を、迎えに来るために。

「……やっぱり、エドワード・グラームズの……ううん」

と、礼は顔をあげて、まっすぐギルの眼を見て言った。

「僕の知ってる、たった一人のエドっていう……その人の名前に相応しい自分に、少しでもなってからイギリスに渡るよ」

迷いが消えて、すっと腹が決まった。ギルは眩《まぶ》しそうに眼を細めると、小さく笑い、ずいぶ

ん惚気られてしまったなと呟《つぶや》いた。

日帰りですぐに飛行場に向かわねばならないというギルとは、一時間ほどお茶をしたらもうお別れになった。こんな短い時間のためだけに、わざわざ足を延ばしてくれたギルには感謝しかない。ギルと話せたことで、礼は気持ちがすっきりしていた。

別れたあと会社に戻ると、就業時間を過ぎて人のいなくなったオフィスで、及川の素案をもとに新しい展示案をいくつか作ってまとめた。今の予算でも十分できる案だと確信してから、及川や井田にメールを飛ばした。

悩んだ末に、こう書き足した。

『ヘッジズとの交渉は僕があたります。無理だと言われたら諦めます。また、予算を追加せねばならないなら出資者への交渉もしますが、及川さんの卓越した知識があれば、予算内で可能だと僕は思います。どうか、力を貸してください』

どうか力を。

そう書いたのは、ふと思い出したからだ。二年前この出版社の一階でエドと再会したとき、エドは仕事の電話で誰にか分からないが言っていた。

——俺一人じゃ無理だ。頼りにしてるぞ。

礼はあのときあの一言を聞いて、学生時代なんでも一人でできたエドが、人に頼るよう変わったのだと知った。大人になったのだなと、当時は軽く片付けたけれど、「持てる者」だと斜に構えてくる相手に対して弱みを見せるのはどれほど難しいことか、礼は日本で思い知った。

そんなふうに変わることさえ、エドにとっては「礼を迎えに来るための」方法だったのだと思うと――できることはなんでもしなければという気持ちになる。

決戦は明日。しかしきっと、良い方向にまとまるはずだと礼には思えた。

メールの送信ボタンを押してすぐ、重たいため息がこぼれた。

自分が居丈高で、上から目線の――権力を行使した人間のように思えた。胸にはふつふつと淋しさが湧き、そうではない。あなたたちを好きだし、一緒に仕事がしたいのだという言葉が、漏れそうになる。けれど、言ってはならないことも、知っていた。そういう言葉は、たぶん今の自分に相応しくない。だから明日は真摯に話し、そうして頭を下げるつもりだ。助けてほしい。持てる者の力など、こんなものかと失笑されるなら、それでいいと思う。

椅子の背に行儀悪くもたれて、天井を仰いだ。

（こんな重たいもの、僕はきみの名前しか持ってないのに。……エド、きみは）

――きみはきみ自身が重たくて、どうやって立っているの。

どうやって、僕を愛しているの。

そう思う。

ふとデスクに置いた携帯電話が鳴り、礼はハッとして、体を起こした。見ると、時計はエドと約束した時間を指していた。

通話ボタンを押すと、電波の向こうから、エドの声がした。

『レイ、声を聞かせてくれ』

柔らかな声音に、礼は目許《めもと》を緩めた。胸がときめき、嬉しさに頬が温かくなる。

「エド……求人の資料をありがとう」

ほんの少しからかうように言うと、エドが一秒黙って、くそ、と舌を打った。

『ギルのやつ、わざわざ休んでまでお前に会いに行くなんてな』

俺がお前に会えないのにずいぶん身軽じゃないか、とエドは悪態をついた。

『むかついたから、ファイルを大量に送ってやった』

「重たかったよ。プリントアウトも大変だったろうね」

礼は笑いながら、小さくため息をつく。

エドはどうした、と耳ざとく、礼の変化に気がついた。

『疲れてる声だ。仕事がきついか？』

「……うん。ううん、エド。そうだね……」

きついよ。みんなきみのことを言う。僕のためにきみの名前を使えばいいって。

……そんなふうに思ったが、礼は言葉にはしなかった。

言いたい弱音や悲しみや淋しさ、そういうものをエドはどれだけ堪えてきただろう、と思った。

――きみが努力してくれた八年には、遠く及ばないけれど。

それでも胸を張ってイギリスへ、エドの隣に行けるように。

今は自分の力で、エドワード・グラームズの名前の重たさに耐えられるようになりたい。

それこそが、グラームズでも、大企業のトップでも、貴族でもお金持ちでもない、ただのエドに、礼が愛しているエドに――相応しくなる唯一の道のような気がする。

大きすぎるエドの愛に、礼は一生をかけて応えたいと思う。

エドが味わった苦しみや孤独を、自分も知っていたいと思うのだった。

ノブレス・オブリージュ。

高貴さは、義務を強要する。

かつて学んだパブリックスクールでの精神は、礼の中にもある。

やっかみの声すらも涼しく受けとめて、自分の仕事をまっとうする。

高貴な恋人を持った、それが自分に負わされた甘い義務でもある。

だからこそ誰も聞いていない、二人だけの甘美な時間、心は自然と素直になれるのかもしれないと、礼は思った。

電話の向こうに耳を傾けながら、礼は言った。

「愛してるよ、エド。……きみがいるから、僕は頑張れる」

きみのためなら、きっと勇気が出せる。

心をこめて言った言葉に、エドは優しく、俺だってとこたえてくれた。

『レイ、お前がいるから、たった二本の足でも、立っていられる』

(……愛してると僕に言えない十二年、きみが努力してくれた八年は……きっともう、一生かけても、取り戻せないくらい長い、苦しい時間だったんだね)

すべてを手に入れ、なに不自由ない暮らしをしてもなお。

愛している、と礼に告げることがエドには一番の幸せであるかのように、礼には見える。

もう我慢しなくていい、もう誰にも壊されない、もう背負ったすべてに打ち勝てる。

その自信がエドに、礼への愛を伝える自由を与えている。

愛してるよ、と幸せそうに――その言葉を言えることそのものがこのうえなく幸福なことであるかのように言うエドに、礼はうん、と頷いた。

そうして待っててね、とねだった。

きみに相応しい僕で、きみのところに帰るから。

どうかそれまで、待っていてね、と。

ロンドンの蜜月

一

四月、東京《とうきょう》都心部に建つ小さなビルでは、その夜ひっそりとした送別会が開かれていた。中原礼《なかはられい》はその日、その会の主役だった。

二十六歳。大学時代からアルバイトをしていた美術系出版社、丸美《まるび》出版での最終勤務日。細身の体をチャコールグレーの仕立てのいいスーツに包み、真珠色の肌をアルコールでうっすらと赤らめた礼はいかにも幸せそうに見えた。

黒髪の下、長い睫毛《まつげ》に縁取られた瞳はきらめいていて、これから先の未来に夢を見ているようにも見える。

「いよいよイギリスに行くのか。もう帰ってこないなんてな、フランス語の翻訳、次から誰に頼むか悩むところだよ」

同僚の一人が礼に言い、持っていたビールの缶をあおりながらため息をつく。他の編集部員が、「パブリックスクール仕込みの中原の英語、もう聞けないのかあ」と惜しむのに、礼は思わず苦笑した。

「みなさんも英語はできるじゃないですか」

「中原くんとは違うわよ。そっちはネイティブ。……でもまあ、とにかくこれでやっと遠距離恋愛も終わりね。嬉《うれ》しいでしょ？」

礼の隣に立っていた、女性編集員で先輩の佐藤《さとう》は、後半は声を落として礼にだけ聞こえるように言った。終業後のこの送別会は、会社のフロアの一部に買ってきたつまみと酒を用意しただけの簡単な席だが、きちんとした送別会は一週間前にも一度開いてもらっていた。

「中原くんの彼氏も、舞い上がってるんじゃない？」

ニヤニヤと笑いながら言う佐藤に、礼は小声で「からかわないでください」と言ったが、自分でも顔が笑み崩れるのが分かった。礼は二十四歳からの二年間、イギリスと日本で遠距離恋愛をしていたのだ――。

国立美術館での展覧会という、大きな仕事のアシスタントを控えていたので、それが終わるまではと日本にいたが、今年の三月、展覧会は無事終了し、もろもろの引き継ぎもすませて礼はやっと恋人の待つイギリスに渡ることになっていた。出張などではたびたび訪れていたけれど、今度の渡英は日本に帰るつもりのない、永住目的のものだ。

ただ礼にとっては、イギリスで暮らすこと自体は初めてではない。

中原礼がイギリスの地を初めて踏んだのは、十二歳のことだった。

母が亡くなり、天涯孤独となった礼のもとへ、礼の父親の親族だという人が現われて、英国はイングランドの由緒ある名家、グラームズ家へ家族として迎え入れられた。

たった一人の母を亡くして悲しみに打ちひしがれていた礼は、新しい家族ができるのだと期待していたけれど、引き取られたグラームズ家は冷たく、礼は実父の遺産もとりあげられて、家庭内の問題を押しつけられる、いわばスケープゴートの役割を背負わされた。

そのとき初めて出会った二つ上の少年、エドワード・グラームズは、礼を見るなり軽蔑《けいべつ》を込めた口調で「Sacrifice」と言ったものだ。

出会った当初から、義兄のエドは礼に対して酷薄で傲慢だった。それでもどうしてか、礼はエドを嫌いになれなかった。

エドの中に眠る優しさや孤独が、そうさせたのかもしれない――礼は瞬く間にエドを愛し、それは少年らしい親愛から、恋愛感情に変わっていった。

同じパブリックスクールに入り、大きな寮で寝食をともにしてもエドは礼の愛を受け取ろうとはしなかったが、礼がパブリックスクールを卒業して八年後、日本で働いていたところへ会いに来てくれたあと結ばれたのだ。

いつかきみとロンドンで暮らす、とエドに約束して二年。

とうとう明日、礼は日本を出てイギリスへ旅立つことになっていた。かつて青春時代を過ごした国に、恋人がいることだけは他の同僚も知っている。もっとも、その相手がエドワード・グラームズだということを知っているのは、一番親しくしている先輩の佐藤だけだった。

「中原くんがねえ……まさかフォーブスの表紙を飾るような男の恋人なんて……」

エドは今や、世界的企業の社長。

ちょっと調べればネット上にもずらりと名前が並ぶし、イギリスではそのルックスとプロフィールの派手さから、タブロイドの紙面を賑《にぎ》わすことも多い。そんな相手と恋人として暮らすこれからをまったく不安に思わないわけではないけれど、一年半前ある事件をきっかけに、礼は礼なりに覚悟をして渡英する気持ちだった。

「それにしてもいいよなあ、イギリス暮らし。憧れるわ」

酔っ払った先輩の一人が言うのに、礼は「でもまずは仕事を探さないと」と笑った。

「無職ですから」

「中原なら大丈夫だろ。英語はペラペラ、パブリックスクール出身。こっちでの展覧会も成功させた」

「なにせあの堅物のデミアン・ヘッジズから、作品を借りてこられたもんな」

同僚たちに褒めそやされ、礼はただの手伝いでしたから……と謙遜しつつも、イギリスでの職探しへの不安が、わずかに和らぐのを感じた。日本の国立美術館で大きな仕事の手伝いをしたことは礼の自信になっていて、イギリスでもできれば美術関係の仕事に就くつもりだった。

四年以上を一緒に働いた同僚たちには大丈夫、と太鼓判を押され、餞別《せんべつ》に高価なカフスボタンと大きな花束をもらって、礼はその夜送別会をあとにした。駅近くで別れた同僚たちは、酔っ払った赤ら顔で手を振り、夜のオフィス街へと消えていく。礼は明日がフライトなので、数人が二次会に誘ってくれたが、佐藤が「また帰国したときに会えるはずだからいいじゃない」と言って自由にしてくれた。

実際には次いつ、日本に帰国できるかは分からない――。

街灯の向こうに消えていく同僚たちの背を見送り、礼はふとため息をついた。夜の闇の中に、花束の甘い香りが強く漂っている。そこはかとない淋《さび》しさが胸にあるけれど、それをどう言葉にしていいか、誰に伝えればいいかは分からなかった。ただ明日、自分はイギリスに発《た》ち、おそらく二度と日本で暮らすことはなく――これまでとはまったく違う生活が始まろうとしている。そのことだけが分かっていた。

（ちゃんと仕事、見つかるのかな……）

漠然とした不安に襲われたそのとき、スーツの内ポケットで携帯電話が鳴った。取り出すと、そこには恋人であるエドワードの名前が表示されている。

日本が夜の十時を過ぎた今、エドがいるロンドンは昼の二時過ぎ。

付き合い始めてから二年、一緒にいられない間も、エドは毎晩この時間と朝、礼が出勤する前に電話をくれる習慣だった。世界中に支店を持つ巨大海運会社の社長をしながらも、こまめな連絡が欠かされたことはなく、メールだって日に何度も来る。

愛されている……、と感じる瞬間は離れていても幾度となくあって、だから遠距離恋愛も礼にとっては楽しい時間だった。

「ハイ、エド……お昼ご飯食べた？」

電話に英語で出ると、エドは電話の向こうで「石みたいに硬いブレッドと、べちょべちょのレタスと消しゴムみたいな味のシュリンプのサンドイッチならな」と答えて、礼を笑わせた。イギリス人らしいブラックジョークを、エドは口癖のように言う。礼はしかめ面をして不味《まず》そうなサンドイッチを食べる恋人を想像して、おかしかった。

『お前は？　レイ。ソウベツカイとやらはすんだか？』

「うん。さっきね。……明後日のロンドン時間の夕方に、そっちに着くよ」

待ちきれない、とエドは言い、礼は僕も、と答えた。

『空港まで迎えに行く。サプライズがあるんだ』

そう言うエドの声は子どものように弾んでいて、礼もつられてついうきうきした気持ちになった。

「サプライズ？　なあにそれ」

『言ったらサプライズじゃなくなる』

楽しみにしてろとエドは言って、受話器の向こうでキスの音をたてた。礼はくすくす笑いながら電話を切る。二年一緒にいても、恋人になったエドの甘ったるさには驚かされたり、照れたりしてしまう。付き合うまでのエドは冷たく、傲慢な態度が普通だったからなおさらだ。

（……仕事のことは不安だけど、エドと暮らせるのは嬉しい）

電話を切ると胸いっぱいに期待が満ちていた。

（なんだろう、サプライズって……）

恋人になってからのエドはとにかく礼に甘い。日本人の男性が考えつかないようなロマンチックなサプライズもこれまでに何度かされていて、散々驚かされてきたし、いつも礼の予想を超えていたのでもはや当てる気も起きないが、礼の到着にあわせて準備をしているエドのことを思うと、可愛《かわい》いなと感じるし愛《いと》しくもなる。

——早く会いたい、エド。

胸のうちで、囁《ささや》いているうちに、礼の心からは日本を去る淋しさや、新しい生活への不安が取り除かれて、すっかりイギリスへと飛んでいたのだった。


翌々日の夕方四時、礼はイギリスのヒースロー空港に着いていた。

空港には恋人の、エドワード・グラームズが待っていた。

イミグレーションをぬけると、その姿はすぐにパッと眼に飛び込んできて、礼は思わず数秒見とれてしまった。

長身で引き締まった男らしい体軀《たいく》、長い足。見事な金髪に宝石のような深い緑の瞳。

しょっちゅうゴシップ誌に名前や写真が載るような有名人だが、このルックスでは無理もない……と客観的に見て思う。

ロビーに立っているエドはただいるだけで視線を集めていて、行き交う女性たちが目配せしながら振り返っていた。

けれど本人はそんな視線にも慣れていて、一向に気にしていない。大きなスーツケースを引いて礼が出ていくと、すぐに気がつき、エドは人目も構わず抱きついてきた。

「レイ！」

大きな声で名前を呼ばれ、ぎゅうぎゅうと抱きしめられて、礼はドキドキした。周囲の視線は気になるけれど、頬に口づけられて瞳を覗《のぞ》かれ、

「……やっと来てくれたな、俺のスイートハート……」

と甘く囁かれると、おそらくパパラッチがいるだろうことも、この一瞬はどうでもよくなってしまう。数ヶ月ぶりに感じる恋人の体温や、細身の自分とは違う長身で筋肉質な体軀の雄々しさに胸がいっぱいになり、エド、だめだよとはとても言えなくて、自分も熱っぽい瞳で頷《うなず》き、

「うん、来たよ」

と囁くので精一杯だ。

好きな人と、これからは毎日一緒にいられる――。離れていた期間は、あわせると十年にもなっていた。十二歳で出会って、愛してからの年月の重みが突然胸に押し寄せてきて、体が震

えた。やっと、やっとすぐそばで、誰にも遠慮することなく愛し合えるのだという実感が胸に迫ってくる。

エドも同じ気持ちなのか、整ったその顔には珍しく血の気がさして興奮しているように見えた。荷物は当然のようにエドが持ってくれ、礼は手をとられてロビーを出、エドの車に乗せられる――その間中、足元からふわふわと浮き足だっていて半分夢見心地だった。

エドが車を発進したことにも気づかないくらい浮かれていて、ただもう隣を見ればエドがいることが嬉しく、しばらくは空模様も眼《め》に入らない。

四月のイギリスは、どんよりと曇っている。だが礼には、道々に見える小さな森や丘、野辺の花がどれもきらめかしく見える。礼はエドと車中で会話をするでもなく、ただお互い微笑《ほほえ》みながら無意味に何度も視線を交わしていた。

しばらくしてやっと、自分が座っているのが助手席で、エドが運転していることに気がついた。

「……あれ。エド、今日運転手さんは？　……この車、いつもの車じゃないね」

田舎道を走っている最中にはっと気がついて礼が言うと、エドは悪戯《いたずら》っぽく緑の眼を細めた。

今さらながら気がついたが、今日のエドはスーツではない。カジュアルな長袖シャツにジャケット、スタイルの良さが際立つ細身のパンツ。足元は洒落《しゃれ》たスニーカーだった。礼も飛行機に乗るのでラフな格好をしていたが、エドは崩れた格好をしていても、漂う雰囲気が貴族そのものだった。

「俺だって免許証くらい持ってる。忘れたか？」

もちろん覚えている。エドワード・グラームズにできないことなど、この世にはほとんどないことも、礼は知っていた。

ただエドはいつも高級なリムジンの後部座席に、秘書のロードリーと乗車していて、運転手は四六時中エドのために待機している。だから空港に迎えに行くと言われたとき、礼は常日頃のような車を想像していたし、当然ロードリーも一緒だと思っていた。

「ロードリーは？」

「今日は休暇だ。置いてきた」

「きみこんな車持ってた？」

「実は車なら十二台持ってる。あまり使ってないがな」

知らなかった、そうだったの、と礼は驚いたが、あまり驚くほどのことでもない。エドはとんでもない資産家で、金をある程度使わなければただただ税金にとられていく。実用的な性格ゆえに、車など興味のないタイプだが、資産として持っていることは持っていたらしいと付き合いはじめて二年が経《た》って初めて知る。

「まあほとんど親戚に貸してるがな。これは普段実家の駐車場に入れてあるんだが、お前を迎えるのにちょうどいいと思ってとってきた」

車内を見渡すと、こぢんまりとしたサイズのクラシックカーらしい。大きくはないが、丸いフォルムはいかにも可愛らしく、きっと値段が張るのだろうなと知れた。

「こういう車のほうが好きだろう、お前は」

ラブリーだ、とエドが言い、その単語とエドが似合わないので礼はつい笑ってしまった。

「好きだけど……エド、もしかしてどこかへ向かってる？」

いつまで経ってもロンドンのハムステッドに着かない。まずはエドが借りているフラットに行くものだと思っていた礼は、周りの景色がだんだん田舎めいているのに気がついて問う。エドはそれに、嬉しそうに笑った。

「サプライズがあるって言ったろ？」

整いすぎた美貌に似つかわしくないやんちゃな少年のような笑顔に、礼は胸がきゅう、とすぼまるようにときめいてしまった。

エドワード・グラームズは二十八歳。

世界的企業、グラームズ社の社長でありながら、四百年続く歴史ある名家グラームズの次期当主だ。現当主であるエドの父、ジョージがオーストラリアに行ったきりなので、現状一族を従える「王」はエドの役割になっている。

そんなエドが、ただの日本人の礼と付き合ってくれているだけでも驚きなのに、わざわざ礼好みの車を選んでみたり、サプライズを用意してくれているというのが——信じられないと礼は思う。

（エドが好き。大好き……）

溢《あふ》れそうになる想《おも》いで胸いっぱいにしながら、景色を眺めた。

車窓にはのどかな草地や森が広がり、時折街が姿を現わす。一時間以上走ったところで、ロンドンとリーストン以外はあまり知らない礼でもなんとなく覚えのある町並みが視界の片隅を横切り、やがて牧草地が広がると、遠く羊が群れをなして移動していくのが見える。

「エド、もしかして別荘に行くの？　このへん、リゾート地だよね」

グラームズ家が所有する別荘を、礼はいくつか知っていた。ほとんどは普段観光客用にホテルとなっているはずだが、そのくらいしか思いつかずに訊《き》くと、もっといいところだよと囁かれた。

気がつけば日は暮れ、あたりには人家の灯《あか》りもなくなっていた。いつしか森が広がり、木々の向こうに灯りが見える。やがて車が広い庭内に入ると、生け垣越しにこぢんまりとした可愛らしい二階建ての家があった。

造りが古いらしく石壁は苔《こけ》むしているが、窓辺にはすべて灯りが灯《とも》されていて温かそうな雰囲気だ。

エドに促されて車の外に出ると、四月のイギリスの夜は冬のように寒かった。

あたりはシンとしていて、森からはフクロウの声がする。夜気に混ざり、草の匂いがした。

エドは礼の荷物を引っ張って、小さな家の玄関扉を開ける。扉は緑色で可愛らしい。

中には居心地のよさそうな長椅子と、肘掛け椅子が二脚そろった居間に、小さなキッチン、二階にはベッドルームがあるようだった。まるでおとぎ話に出てくるようにすべてが小さく、可愛らしい。女の子が大好きなドールハウスのよう。二階に行ってみると、ベッドには花柄のカバーがかけられている。

「……すごく可愛い。この家、なあに？　こんな家、持ってたの？」

持ってたの、とは言ったもののあまりにエドに似合わないので思わず訊くと、いくつもついたランプの灯りの中で、エドが肩を竦《すく》める。

「チョコレートみたいな家だろ？　英国はラブリーが得意なんでな。お前が好きそうなところを選んだ」

知人からしばらく借りたんだよと言うエドに、礼は眼を瞠《みは》ってしまう。

エドはダブルサイズのベッドに腰掛けると、一週間休みをとった、と続けた。

「お前も仕事はまだ決まってないよな？　ロンドンにすぐ行くより、せっかく半年ぶりに会えたんだ。七日間、俺と過ごしてくれないか？」

これがエドのサプライズ――。

礼は驚いて、口をぽかんと開けてしまう。だって、と言う声がつい震えた。ああダメだ、と思うのに、理性ではどうしようもない心の中の深い場所から、先に嬉しいという気持ちが吹き上げてくる。

「仕事は……？　忙しいでしょ、エド……」

　エドは世界的企業のトップで、一週間休むためにはものすごい量の仕事を前倒しせねばならないはず。日本にいる間は、休めるなんて聞いていなかった。空港に迎えに来てくれるのだって、時間をやり繰りしてなんとか、というレベルだろうと思っていた。それなのに――。

「俺を誰だと？　レイ。自分にとって必要なものを手に入れるためなら、どんなことでもできる男だと知っているだろう？」

　傲慢を装う物言い。肩を竦めて言うその姿は、出会ったころと変わらない。けれど言葉で言うよりもずっと、エドが礼のためにしてくれていることの重さや多さを、今はもう知っている。

　急に胸が熱くなり、

「……エド！」

　気づいたら、礼は眼の前のエドの胸に飛び込むようにして抱きついていた。

　自分のために無理をさせてしまったとか、すぐに仕事を探すつもりだったとか、そういう事情や現実的なあれこれが、長らくゆっくりと会えていなかった淋しさ、恋しさ、空港でエドを見た直後からずっと抑えていた喜びに、勢いよく押し流されていく。

（エド、エド、エド……大好き）

エドの首に腕を回すと、エドは「レイ」と優しく囁いて、膝に抱き上げてくれた。逞《たくま》しい腕が背中に回り、懐かしいコロンの匂いが鼻先に漂う。

会えなかった時間が長くて、どこか実感していなかったエドの体を、今さらのようにはっきりと感じた。とたんに、全身から力が脱ける。

可愛らしいすみれの花のカバーの上へ、礼はどさりと押し倒された。すぐ眼の前に、端整に整ったエドの顔がある。橙《だいだい》色の灯りに照らされて、エドの白い肌はわずかに上気し、深い緑の瞳には、欲情したときの懐かしい熱が宿っていた。もう数ヶ月、抱かれていない。期待で胸が躍り、礼は息を浅くした。薄い胸の下で、心臓が張り裂けそうなほど昂《たかぶ》っている。

「かわいいベッドで、俺に抱かれてくれるか？　レイ。正直もう、我慢できそうにない」

道中、車を停《と》めてカーセックスに及ばなかったことを褒めてくれと言われて、礼は頬を赤める。恥ずかしさと嬉しさで、視界が潤む気がする。

そっと伸ばした手でエドの頬へ触れると、そこは少しひんやりとしていた。

「……運転中、僕とセックスすることばかり、考えてたの？」

そっと訊くと、エドは当たり前だろう、と礼の手をとり指にキスした。唇は、頬よりも温かく少し湿っている。

「朝から晩までお前を抱くために用意した家だ。俺を受け止めてくれるか？」

なんの相談もなく旅行を企てたエドの振る舞いを勝手だと怒るべきなのかもしれないが、怒りなどひとかけらも湧いてこない。それよりもこれから七日間エドに甘やかされ、抱いてもらえると思うと、仕事を探さなきゃいけないと思うよりもずっと、求められて嬉しい……と感じてしまう。

（七日だけなら、いいよね）

なにもかも忘れてエドのことだけ考えてもいいかと、礼は欲望にあっさり心を明け渡した。

「――僕も同じ、ずっとエドに抱かれたかった……」

長くくすぶらせた肉欲が、ふと体の内側から湧いてきて、礼は自分からそっとエドの唇に口づけていた。

エドが礼の体に体重をかける。厚みのある胸板がのっしりと礼の薄い胸にくっつき、口づけが深くなる。熱くぬらりとした舌が口の中へ入ってくると、久しぶりに味わう恋人の味に、唾液さえ甘く感じられて礼はびくりと震えていた。

日本でスーツを着て、タイを締め、背筋を伸ばして働いていた自我が遠のいてしまう。エドの体に包まれると、全身がふわふわと溶けて、なにもかも委ねたい甘えた心地になる。

キスだけで息を乱しながら、誰もいない家の中、寝室の扉も開け放ったまま礼はエドに抱かれていた。

後孔にエドの性器を受け入れて、礼は全裸のまま、可愛らしいベッドの上で四つん這《ば》いにされていた。尻だけを高くあげる恥ずかしい格好だ。

「あ、ああ……っ、あ、ん……っ」

喘《あえ》ぐたび後ろのエドが肌を叩《たた》きつけるように動き、するとベッドは大げさな音をたてて軋《きし》む。花柄のカバーは、礼の出した精でぐっしょりと濡《ぬ》れていた。もう既に二時間もの間、礼はエドと抱き合っている。

その間に礼は三回果て、エドは一度達したが、まだ興奮は収まらないらしい。エドは礼の中に出した自分のものをかき混ぜるように、ぐじゅぐじゅと腰を回していた。

そうされると甘い愉悦が全身にびりびりと走り、礼は腰をうねらせて、

「あ、あああ……ん、エド……」

と甘えた声を出すしかない。内ももは痙攣《けいれん》しっぱなしで、強い悦楽に思わず体が逃げようとすると、エドの手が礼の腰をしっかりと押さえる。

「中、ようやく柔らかくなったな……」

抜き差しはせずに、中で上下に性器を動かしながら、エドが言う。しばらく性交していなかった礼の後ろは初め慎ましく閉じていて硬かったが、エドがほぐして今はすっかりぐずぐずに溶けている。そうしてエドの性器に吸い付くように、きゅうきゅうと締まる。

「レイ、お前の中が、俺を覚えていてくれて嬉しい……」

エドはうわごとのように言い、屈《かが》んで礼のこめかみに口づけた。

「あ……ん……っ、ん、あ」

恥ずかしいけれど、エドが自分の体で喜んでくれていると思うと、それ以上に嬉しくて礼は後孔を強く締めつけてしまった。

すると奥まで誘い込まれたエドの性器が、中の感じる場所すべてに当たって、礼は「あっ、あっ」と尻を上下に揺らして甘く達する。三度精を出した前はもう射精せず、淡く勃《た》ったままだ。

（ああ、もう思い出しちゃった……）

たった二時間でドライオーガズムを思い出す自分の体の素直さが、恨めしいような恥ずかしいような。

一方で、それは自分がエドを深く愛している証《あかし》でもあるようで、そのことを改めて思い知るのは少し嬉しい……。

そんな気持ちでじわじわと頬を熱くしていると、エドが悪戯を思いついた子どものような声で言う。

「レイ、射精《だ》せなかったのか……お前は量が少ないものな……」

中だけで、甘くイったことを悟られたらしい。エドの手が礼の性器に伸びてきて、握られる。

「ひゃ、あっ、ダメ……っ、エド……」

エドとの情事はいつも深く、長い。だからこの状態で刺激されると、どうなるか礼は知っている。ダメ、ダメ、と言ったが、聞いてくれるようなエドではない。

パブリックスクール時代と違って、紳士的で優しく、甘やかな恋人になったエドだが、こういう場面ではいまだに王様だ。中に入れられたまま性器をしごかれ、腹の奥がむずむずする。背筋に耐えようもない愉悦がぞくぞくと走り、下腹が切なくなってきて、思わず後ろを締めつける。太い先端で中の行き止まりを責められて、礼はびくびくと痙攣しながら透明な液体を勢いよく前から出していた。

「あ……っ、ああ……っ」

エドの手管に馴《な》らされて、潮吹きしたことは何度もあるが、今回は久しぶりだった。いつも吹く前は、まるで小水を漏らすような異様な羞恥に死にたくなる。けれど先端から透明な液がこぼれていくときは、全身えもいわれぬ心地よさに蕩《とろ》けて、なにもかもどうでもよくなってしまう——。

「あっ、ああ……んっ、あっ、あー……っ、気持ち、いいよぉ……っ」

あまりの気持ち良さに、礼は気がついたら泣きじゃくっていた。

「ああ、ダメって……ダメって、言ったのに……っ」

感情が昂って、子どものようなことを言ってしまう。体のほうは子どもとはとても思えない乱れようで、尻がびくびくと波打って止まらないし、性器の先端を無意識にシーツの皺《しわ》に押しつけてしまう。そんな自分の醜態が恥ずかしくて、礼は真っ赤になって喘いだ。

「すまない。紳士的じゃなかったな？」

からかうようなエドの口調は、柔らかく楽しげだった。とろりと溶けた眼で見上げると、エドは嬉しそうに眼を細めて、礼の頬に口づける。その満足そうな顔を見ていると、

（可愛いエド……）

と思ってしまって、なんでも許したくなってしまうから、自分の恋の病も重症だなと礼は感じた。形のいい頬にそっとキスを返すと、胸を持ち上げられた。後ろにエドを受け入れたまま、エドの胸を背にする形で座らされ、まだ硬い性器で奥を突かれて、礼は「ああ……っ」と甲高い声をあげた。

前戯のとき、散々嬲《なぶ》られて赤くなった乳首をつままれ、引っ張られると、甘酸っぱいものが脳から下半身まで激しく駆け抜ける。気がつけば自分からエドに捕まり、開いた足を突っ張って、ゆさゆさと腰を動かしている。

「あ、あん……あっ」

「気持ちいいか？　レイ……」

わずかに息を乱しながら、耳元でエドが訊いてくる。礼が動きやすいよう、エドは礼の体を支えてくれる。気持ちいい、と言おうとして、足がずるりと滑る。

とたんに尻が落ち、行き止まりのさらに奥までエドの杭《くい》に穿《うが》たれた。

「うあ、あああん……っ」

激しい愉悦につま先から頭の先までじん、と冷たくなる気がした。動けなくなり、しばらく震えて止まってしまう。薄い腹の下、エドのものが皮膚を突き破って出てきそうな気がした。中でびくんと動くそれを確かめるように、礼は自分のへそのあたりをそっと撫《な》でた。

「エドの……ここまで入ってるよ……」

ゆっくりと腹を押す。とたんに、礼の胸元を抱いていたエドが、後ろからぐっと体重をかけてきた。

「ん、あ……」

次の瞬間、ベッドに組み敷かれ、ぐるりと仰向《あおむ》けにされていた。あっという間に足を抱えられ、腰より下はエドに持ち上げられるようにして、真上から挿入される。

「あっ、ああ……っ」

ベッドが大きく軋み、エドは音がたつほど激しく深く、礼の後ろに抜き差しした。

「レイ……、俺はお前が……心配だ……っ」

礼は喘ぎながら、なにが、と問う。エドが動くたび溶けるような悦楽が全身を襲い、眼の前がくらくらした。ベッドはひどい揺れ方できしみ、今にも壊れてしまいそうだ。

「男を煽《あお》る……、悪い術《すべ》を、どんどん身につけて——」

そんなのエドのせいだよと礼は思ったけれど、出てくるのは意味のない喘ぎ声ばかりだ。

「あ、あっ、エド……っ、あ、ああー……っ」

「本当は、七日間だけじゃなく、永遠に……この小さな家に閉じ込めておきたい……」

エドの大きな体がぶるりと震えて、中に温かなものが注ぎ込まれる。礼は小刻みに震えながら、腹を波打たせて昇りつめていた。


眼が覚めると、礼はきれいに寝間着を着せられて、エドに抱かれたのとは別の小さな寝室で眠っていた。カーテンの外は暗く、サイドボードの時計を見ると午前一時だ。

(……気絶しちゃったんだ)

激しい情事の末に自分が意識を飛ばしたと思い出して、礼は頬が熱くなるのを感じた。恥ずかしいけれど全身がなにか温かなもので満たされているような、不思議な幸福感がある。体が重たくだるいのさえ、嬉しかった。

隣にエドがいなかったのでそっと部屋の外へ出ると、階下の居間に小さく灯りが灯っている。下りていくと、エドがウィスキーを飲みながら端末を開き、仕事をしていた。

「……エド」

仕事の邪魔だろうか。悩みながら、小さく遠慮がちに声をかけた礼に、エドは顔をあげてパッと微笑んだ。

「眼が覚めたのか？」

そう訊いてくるエドの声音は甘く、優しかった。

「ホットワインを作ってやる、座ってろ」

すぐに立ち上がり、近寄ってきたエドが礼の額にキスして、長椅子へと座らせてくれた。部屋の中は寒く、ガウンを取ってくればよかった……と思っていると、エドがオイルヒーターの電源を入れブランケットを礼の膝に置いてくれた。

小さな居間なので、キッチンもすぐそこだ。いそいそと入っていくエドの背中と、テーブルに載せられた端末を、つい見比べてしまう。

（やっぱり少し、無理してくれてるんだな）

仕事を持ち込まないでいい状態ではない、ということだろう。イギリス人は普通、休暇に仕事を持ち込まない。エドもプライベートとビジネスはくっきり線を引くほうだ。それでも持ってきているのは、エドの忙しさが尋常ではない証拠でもある。

付き合い始めたころなら、無理しなくていい——と言ってしまっていたかもしれない。けれど今は、その遠慮がエドを傷つけると知っているし、無理をしてまでこの時間を作ってくれたエドのことを、愛しく感じた。

——俺を選んでくれ。

折に触れて、礼は一年半前の冬、エドに言われた言葉を思い出す。絞り出すような声音で懇願された。礼がエドに相応《ふさわ》しくないからと、エドの親戚に傷つけられた直後のことだ。

エドの訴えはある意味傲岸で、身勝手な願いだった。いざというときには、礼のすべてを捨てて、俺を選んでくれとも言われた。

エドは大貴族の長男で、世間からも常に注視されている。パパラッチに追われることも日常茶飯事。エドは大して気に留めていないが、それでも男同士で付き合っていることや、礼の素性がなにもかも明るみに出てしまうことは、エドにとってもおそらく不利益だろう。そしてそのことは、近い将来十分起こりえることだった。

今までは、礼が日本にいたから平気だった。けれどこれからはロンドンのフラットで一緒に暮らすし、エドは空港でもそうだったように、人目のある路上でもしたいと思えば礼にキスをするだろう。

そうなれば、礼は背負うつもりのなかった苦労や誹謗《ひぼう》中傷まで負うかもしれない。けれどもうとっくに、礼はそのことを受け入れていた。エドの立場や、自分が置かれるかもしれない理不尽な環境も含めて、エドと生きようと、一年半前に決意したのだ。

もっとも、その気持ちが試されるのはこれからだった。

ブランケットをガウンのように羽織りながら、礼は僕はまだ何者でもないし……と思った。

（何者でもない……今パパラッチに記事を書かれても、無職のアジア人……。最悪、エドが金を払ってるフッカーみたいに言われるかもしれないな）

だとしても、反論できる材料すら今のところない。

端末の横には、難しそうな契約書類が置かれている。エドがどんな仕事をしているか礼はよく知らないが、長年落ち込んでいた会社の業績がここ数年で一気に盛り返していること、世界的にも影響のある仕事をしていることは、理解していた。先輩だった佐藤が言っていたように、フォーブスの表紙を飾るような人間なのだ。

(負けないようにっていうわけじゃないけど……僕も、ちゃんと社会で生きたい)

人より立派でなくても構わないから、せめてどこかには役立つ仕事をしたいと思う。

自分が何者かは、働いてみれば分かるはず。

社会に所属し、貢献する一人の人間として、エドの隣に立ちたい。

ふとそんなことを思っているうちに、エドがキッチンから顔を出す。甘ったるいホットワインの香りが、部屋いっぱいに漂ってくる。

「どうぞ召し上がれ、マイロード」

ホットワインを持ってきたエドはふざけてへりくだり、礼の前に膝をついてカップを捧《ささ》げてくれた。その冗談に、礼はくすくすと笑った。エドはバスローブ一枚の格好だ。自分の分も作ってきたらしく、カップは二つある。一つを受け取ると、エドが長椅子の隣に座る。温かなワインで乾杯してから、

「よく考えたら、今日会って初めての乾杯だね」

そう気づいて、またおかしくなった。

「そういえばそうだ。夕飯はローストビーフを作ろうと思ってたのに、ついお前を食べるのにがっついてしまった」

思い出したように言って、ため息をつくエドの言葉に礼はびっくりした。

「ローストビーフ？　きみが？　まさか作れるの？」

「俺だって料理くらいできるさ。例えばレタスをちぎれるし、キャベツもちぎれる。トマトは少し手こずるな、手でつぶしてもいいができれば切ったほうがいい」

「ああもうやめて、笑って飲めない」

礼が知る限り、エドはキッチンナイフをほとんど使ったことがないはず。ちぎるだけのサラダなら、よく作ってくれる。それなのにローストビーフの準備をしていたなんて信じられないが、エドが言うなら本当かもしれない。

どちらにせよ、手の中にあるホットワインはエドのお手製だ。飲むとワインの中に放り込まれたシナモンやクローブ、蜂蜜が、舌の上で優しい甘みになる。礼は作ってくれたエドの気持ちを嬉しく感じた。

「……不味いな。レシピどおりにしたんだが」

けれど隣のエドは不服そうだ。

「美味《おい》しいよ。どんなレシピを見たの？」

「セルフォンで調べた。一番初めに出てくるやつだ。サムの店のみたいになるかと思ってた」

サムの店はハムステッドのフラットからほど近い小さなカフェ兼パブで、早朝から夜遅くまで開いているのでエドがよく利用している。礼もイギリス出張中は、何度も訪れた店でもある。ホットワインはメニューにないが、店主のサムは遅い時間の、人のいない時間になると、「飲むかい？」と訊いてきて、気まぐれに作ってくれることがあった。

「……お店の味になるなんて思ったの？　十分美味しいよ」

むくれたエドは子どものようで、礼は愛しい気持ちが胸いっぱいに広がった。誰が見ても完璧な男が、こんなホットワイン一つでむくれているなんて知っているのは、世界中で自分だけだという優越感すら感じる。同時に子どもじみたその態度がおかしくて、つい笑ってしまった。

エドは肩を竦め、「こう見えて完璧主義者なんだ」と冗談を言った。知ってる、と言おうとして、礼はやめた。

そのかわりにカップを置いて、するりとエドの空いた手に指を絡める。エドは機嫌を直したように目許《めもと》を緩めた。

「この近くにチョークの崖がある。明日は崖を歩こう」

「素敵だね。……エド、ありがとう」

早く仕事を見つけたい焦りは、今は忘れておこうと思った。礼のためにワインを作りにいくエドの背中を見れるだけで幸せだ。

礼のためにホットワインのレシピを検索し、それを見ながら作るエドも、できたものが思っていた味と違っていたと不機嫌になるエドも、どんなエドもみんな可愛く思える。

可愛くて愛しい。

だから今はエドが用意してくれた七日間、エドのことだけ考えて過ごそうと思う。エドの体が近づいてきて、見上げると、唇に優しい口づけが落ちてくる。

エドからはホットワインの、甘ったるい香りがした。自分からもしているだろう。

唇を離したあとに視線を交わし、「同じ味してる」と言うと、エドもおかしそうに、小さく笑った。

二

四月上旬の午後、ロンドン中心部にあるとあるカフェへ、礼《れい》は急ぎ足で入店した。
曇りがちな空の多いこの国には珍しく、空は青く晴れ渡り、芽吹き始めた若葉が街角に色を添えている。

落ち着きのない足取りをしている自分を振り返り、もしもこんなところをエドに見られたら、「Walk!」と言われるだろうな……と、少し気まずい気持ちが頭の隅をかすめた。

エドはほとんどのとき、どんなに急いでいても走らない。それは上流階級に属す人間が受ける最低限のマナーで、マナーは自分だけではなく周囲の人のためにも存在する——紳士とは常に礼節を重んじ、いかなるときも慌てず沈着であり、丁寧であるべきという考えからくるものだ。本来は礼も同じ教育を受けているはずだが、幼いころに受けた薫陶と日本での育ちや生活というちぐはぐさが、こういう場面でつい出てしまう……という自覚があって、礼はその点で自分をイギリス人だと思うことができない。

だが今はとりあえず、マナーをやや押し曲げてでも、急ぎたい理由があった。

「デミアン、ごめんなさい。遅くなって」

カフェの一番奥まった席に懐かしい姿を見つけて、礼は急いで声をかけた。

遅刻をしたせいで、帰られてしまっていたらどうしよう——と思っていたので、待っていてくれたことに正直ほっとしていた。

待ち合わせの相手はデミアン・ヘッジズ。

それは礼が親しくしているアーティストだった。年齢は三十手前のはずだが、ひょろりと細長く、痩せ型の体で年齢不詳の雰囲気がある。伸びっぱなしの癖のある黒髪に、薄い無精髭《ぶしょうひげ》。深い青の瞳を、フレームの歪《ゆが》んだ眼鏡が覆っている。黒のパーカーに、同じ色のスウェットパンツ、足元は履きつぶしたスニーカーという家着のような格好は、彼が外見にかまわないことを反映している。

初めてデミアンと会ったのは一年半ほど前だが、初対面から宿なしめいた雰囲気だと思った。それは今でも変わらない。とはいえ、このデミアンこそイギリスのたった今のコンテンポラリーアートを牽引《けんいん》する一人なのは間違いない事実だった。それもおそらく、若手では抜きん出た実力の持ち主でもある。

「べつに待ってないよ。もう五分もしたら帰ろうかとは思ってたけど」

デミアンは素っ気なくしらけた調子で言うが、テーブルの上のコーヒーの紙カップは空で、しかもそれが二つあった。店内で自由に読めるニュースペーパーも読み終えているらしく、無造作にたたんで放ってある。礼の遅刻は三十分ほどだが、デミアンがここに着いたのはおそらくそれよりずっと前なのだろう。

とてつもなく素直ではなく、扱いにくい作家だが、一年半の付き合いを通して、礼はデミアンのこういう天邪鬼《あまのじゃく》なところがたまらなく可愛いと思うようになっていた。

（なんだか、懐かない猫みたいで……エドとは違う可愛さっていうか）

初めのころはぶつかり合ったが、礼が手伝っていた展覧会に彼の作品を貸してもらうという状況下で、密に連絡を取り合い、一緒に絵を見に行ったりもした。今ではほとんど友人とも言える関係になりつつあり、デミアンが皮肉な物言いをするわりには、淋しがりで可愛げのあることをもう知っている。礼以外の人間にはまるきり心を開こうとしないところにも、つい絆《ほだ》されている自覚がある。

晴れているとはいえ、外はまだ冷え込んでいる。礼はコートにマフラーまでしていた。それでも店内に入ると、暖房が利いていて暑い。急いで上着を脱ぎながら、礼は微笑んで、

「なにか飲みます？　待たせたお礼に奢《おご》ります。無職だけどコーヒー代くらいは出せますよ」

そう言うと、機嫌を直したらしいデミアンがにやりと笑って「一番高いものを注文しようかな」と言った。

けれど結局デミアンは安価なコーヒーを飲むと言い、礼も同じものを頼んで席に戻った。ロンドンのカフェと言っても、二人がいるのはアメリカ系のコーヒーチェーン店だ。昔ながらの

りやすい。

喫茶店と違って、味は大して美味しいわけではないが、注文が手軽なうえ値段もさほどせず入

けれど案の定礼が席に着くと、デミアンは受け取ったコーヒーをすすって、早速一言文句を言う。

「不味いな。さすが船から茶葉を捨てた国の店だよね。内装も下品だし悪趣味。褒めるところが一つもないなんて逆に賞賛に値するよ」

その言葉に、礼は思わず噴き出してしまう。とたんに、うろんな視線がデミアンから飛んできたが、「相変わらず面白いこと言うなって……」と礼は誤魔化した。

まさか以前、エドがデミアンとまったく同じことを言っていたとは言えなかった。デミアンはエドが大嫌いだし、エドもデミアンを毛嫌いしているのだ――。とはいえ二人はパトロンとアーティストという、不思議な関係に落ち着いている。

デミアン・ヘッジズは世の中に対する不満だけで生きているようなところがある、とエドは以前礼に嫌みっぽく言っていたが、特に貴族が大嫌いという人だった。

デミアンは父親が貴族、母親が庶民出身の愛人といういわゆる婚外子だが、礼が通っていたパブリックスクール、リーストン校をキングスカラーで卒業するほどの優秀な人間だった。だがその環境に身を置いたからこそ、純粋な貴族と自分との違いを痛感したという。

世の中を憎み、嫌い、厭《いと》いながらも、理解されたいと願っている。

それがデミアンの作品の根底にあると礼は感じているが、デミアンは他人の解釈を自分に押しつけられるのを極端に嫌う。下手にそんなことを言おうものなら、へそを曲げられると分かっているので、普段礼は立ち入ったことを言わないように気をつけていた。

その礼の姿勢が気に入られているのか、デミアンはなぜか礼には好意的だった。少なくとも、こうしてカフェで会ってくれるくらいには。

とはいえ、これから先も美術関係の仕事に就こうと思っている礼にとっては、デミアンはたてるべき相手であり、大切な才能そのものでもある。純粋な友人と言うには少し違うから、遅刻をしたことについ慌ててしまったのだった。

「……きみがロンドンに来たのは八日前だっけ。たぶん二日もすれば落ち着くはずって言ってたけど、そうじゃなかったらしいね。今日も遅刻してきたし、なにしてたの？」

と、デミアンにじろりと睨《にら》み付けられて、礼は一瞬言葉に迷った。

ロンドン市内にあるこのコーヒーショップは、いつも人で賑わっている。若者ばかりかと思いきや、意外にも近所に住まうお年寄りの姿なども多く、彼らは大抵ゴシップ紙を広げてコーヒー一杯で何時間も粘る。このへんは日本のファーストフード店と似ているなと、礼は思う。

店内のざわつきに紛れるように小さな声で、礼は「えーと……」と、口ごもった。だが作家と相対するとき、礼は「正直」を第一にしているから、取り繕ったのはほんのわずかの間だけだった。

「……ロンドンに着いたらすぐ、エドがサプライズで別荘を借りてることを知って……」

素直に白状すると、デミアンはもともと下がった形の眉を、ひょいとつり上げて礼を見た。

「へえ。御曹司とかなり早めのバケーションか。どうりで連絡が少なかったわけだな。きみが恋人と友情、どちらを優先するか今回のことで分かった、参考になったよ」

すかさずイヤミが飛んできて、礼は顔を赤らめた。メールはしたでしょう、と言ったが、デミアンはつんと顔を背けている。デミアンのことは好きだし、こういう嫉妬深さも可愛げだと思っているが、実際の扱いは難しい。礼はいつも困らされていた。

エドとデミアンの関係は複雑だ。同じ学校出身の後輩と先輩で、貴族社会は狭いから、互いの出自のこともよく知っている。

エドはデミアンをいけ好かない芸術家気取りだと悪態をついて嫌っているし――そもそもエドは、アーティスト全般にあまりいいイメージを持っていない――、デミアンの作品になど当然のように興味がない。だが紆余《うよ》曲折の末、彼のパトロンとして名乗り出て、年間七万ポンドもの大金をポケットマネーから渡してもいる。

かといって、デミアンがそれに感謝しているかというとそういうことはなく、そもそも自分の作品を不用意に世の中に出したり見せたりすることを嫌う性格なので、パトロンの期待に応えようなんて姿勢は皆無だし、言うことを聞く気もほぼゼロ。くれるというから金はもらうが、べつにこっちから頼んだわけじゃない、という態度だった。そしてまた、その横柄な態度が余計にエドを苛立《いらだ》たせているが、同時に腹の底は見えているから放っておいても安全だと思わせてもいる、という微妙な関係性だった。

そもそもエドがデミアンを心底軽蔑していたら、礼は会うのもままならない。

礼はエドとの七日の休暇を終えて、昨日ハムステッドのフラットに帰ってきた。そのフラットには遠距離恋愛期間中も、泊まっていた時期があり、我が家という感じがする。

チョコレートみたいな家、とエドが呼んだ愛らしい貸し別荘での蜜月は、ほとんどこもりきりで愛し合い、時々近くの崖を散歩したり浜辺に下りてみたり、近くの街で食材を買ったりして瞬く間にすぎてしまった。楽しい時間だったが、明けてみると現実がどっと押し寄せてきて不安にはなった。

仕事が山積みのエドは今日、かなり早い時間から会社に出ていった。

「仕事探しを始めるなら、俺でよければ紹介状を書く」

と言われたが、礼はとりあえずそれはまだいい、と断った。

エドワード・グラームズの紹介状は、もはや切り札どころではない。ある意味暴力である。グラームズ社は美術界に多大な出資をしている企業の一つで、そのトップからの紹介状を見て、断れるところはないだろう。

意地を張っているというわけではなく、まずは自分自身を見て採用してほしかった。なので礼はロンドンに着いたら会おうと約束していたデミアンへ、七日も待たせた後ろめたさから、若干慌てて今日会えるけれど……とメールする傍らで、テート・モダンで働く知り合い、ベスに連絡をとった。

テート・モダンはイギリスにある栄えある美術館の一つで、ベスはそこの学芸員だ。昔仕事で知り合ったよしみから、礼はよくしてもらっていた。

「彼女、午後からスウェーデンなんだって。一週間は帰れないらしくて……それで急いで、これを受け取りに行ってたら、あなたと会うのに遅刻したんだ」

ごめんね、と言いながら、礼はデミアンに白い封筒を見せた。それには紹介状が入っていた。イギリスでは、転職活動に紹介状が欠かせない。さすがは経験法の生まれた国というべきか、仕事上、なによりも重視されるのはこれまでの「経験」だった。

「テートの学芸員の紹介状なんかなくても、グラームズに書かせればいいのに」

封筒を流し見たデミアンは、それならすぐ決まるでしょ、とにべもなく言い放つ。礼は苦い気持ちで小さく笑った。みんな考えることは同じなんだなと思う。

「それは余程のときです。……バカみたいに見えるだろうけど、権力は使いどころを選ばなきゃいけないと思ってるので」

デミアンは口の端で嗤《わら》い「なるほど。ちょっとは賢くなってるみたいだね」と肩を竦めた。

「持ってる権力は使うべきさ。俺は権力なんかクソ食らえ、きみがグラームズの紹介状なんてひっさげてのこのこ現われたら、真っ先に落とすけど」

「さっきと言ってることが真逆じゃないですか」

思わず文句をつけると、デミアンは楽しそうに「だから経営者じゃなくて、アーティストを気取ってる」と皮肉った。

彼の言うことは一理も二理もあり、単純な利益だけをとれないデミアンが、アーティストをやっているというのは自然な流れにも見える。礼は自分の中にそこまで尖《とが》ったものがないのを知っているから、大学時代早々に美術に関われる仕事をと、出版社のアルバイトを探してきたのだ。幸い英語とフランス語に堪能だったので、そのまま社員登用となったけれど、イギリスでは語学は武器にならない。数ヶ国語が使える人間なんてざらにいるし、日本語が使えることは、今のところあまり重要ではない。

「とりあえずテートの学芸員からの紹介状なので……難しいでしょうけど、美術館からあたってみます。たぶん落ちるだろうから、次は出版社かな。本命はそっちです」

日本で勤めていたのも出版社なので、礼が一番本命だと見ているのは美術関連の記事を扱う出版社数社だ。まずはライターでもいいから、なにか仕事がもらえたらと思っている。美術館は一応受けるつもりだが、日本で展覧会のアシストをしたというだけでは難しいだろうとは思っていた。

「ギャラリーは？　受けないの？」

イギリスには日本よりもよほど多くの有名ギャラリーがあり、それらは現代アートに多大な影響力を持っている。中には美術館顔負けの企画を行うところもある。

「視野には入れていますけど……出版社がダメだったときかな」

正直、日本の画廊とは大分雰囲気が違うように見えるので、礼にはギャラリーで自分が働くイメージが湧かず、後回しと思っていた。とはいえ興味がないわけではなく、それなりの下調べはしている。

「まあギャラリーは拝金主義者どもの巣窟だからな、きみには向かなそう」

露悪的に言うデミアンの癖はいつものことだが、さすがに言い過ぎだと思い、礼は笑いながらも窘《たしな》めた。

「ギャラリーがなかったら、作家の多くが路頭に迷いますよ」

「意味がないとは言わないけど、俺は所属しようと思わないね」

突き放すデミアンに、まああなたの性格ならそうでしょうけど……と言おうとして、礼はやめた。イギリスのギャラリーは多くの作家を所属させており、作品を売買したり、コレクターにアーティストを紹介したりと、現代作家にとってはなくてはならない仲介業者でもある。なにかに所属することや、所有されることを嫌うデミアンにはたしかにあまり向いていない。

「とりあえず健闘を祈るよ。俺の紹介状じゃアテにならないからね。書く気もないけど」

「デミアンは？　今後、作品を出展する予定はあるの？」

「なんでさ。作品て、誰かに見せなきゃならないもの？　日本に貸したのはきみがうるさかったからだよ。しばらくああいうのはいい」

紹介状の入った封筒をしまいながら礼が訊くと、デミアンは気のない返事だった。

礼の脳裏には、うら寂しいデミアンの、郊外のスタジオが浮かんだ。誰に見られることもなく、静かに鎮座し増え続ける作品……。作品は誰かに見せなければならない……礼はそんな気がしたけれど、その根拠はなかった。

けれどギャラリーに所属するわけでもなく、フリーランスの立場なのに、自分から進んで作品を発信する気のなさそうなデミアンには、なにかもやもやとしたもどかしさを感じてしまう。それなら一体いつ、作品を外に見せるのだろう？　作ったものはどうなるのだろう？　と、どうしても思う。

「……僕は、見せるべきだと思うけど。あなたの作品は見られてしかるべきだって」

アーティストは、作品を作ることだけが仕事だろうか？

そうとも言えるだろうが、見られて初めて、仕事は完成する気がする。根拠はないその気持ちをうろうろと小さな声で言葉にすると、デミアンは面倒くさそうに「そんなこと、考えたくもないね」とにべもなかった。

「大体、それを俺に言うなら答えがあるんだろうけど、レイにとって仕事ってなに？　アートってなに？　この業界で仕事する意味って？」

逆に訊き返されると、言葉に詰まってしまう。

仕事とは。アートとは。そんなことは壮大すぎて、すぐに答えが出てこない。

「僕は……まだなんの仕事にも就いてないし、まだ考えられません」

「ほらみろ。ある意味、俺もきみも一緒。グラームズの金に世話されてるだけだろ」

なら俺に説教しないでくれる、と続けるデミアンの言い草にはむっとした。たしかに家賃はエドが払っているし、礼が金を出す場面は少ない。だが、金銭面で完全に甘えたいわけではない――。

（でも現実、僕にはあのフラットの家賃は払えないし、せいぜい日々の食費を折半する程度しかできない……）

それもとびきり高い外食では、エドが支払う。イギリスの外食はただでさえ高いうえに、エドが選ぶ高級店は桁が一つも二つも違うような店だ。

エドとは対等でいたいが、二人の稼ぎに差がある以上、なんでも半分にするのは妙だとも思う。そうしようとすると、エドの生活水準を礼に合わせることになる。なので、たしかに礼は今、デミアンの言うとおりエドの「金に世話」されている状態だった。

ため息をついて、礼は「反論できませんね」と認めるしかなかった。

一旦引き下がったが、自分の話は置いておくにしても、デミアンが今後作品をどこかに出展する予定がないことは引っかかったままだ。

（……もったいない。僕に経験があって、腕もあるキュレーターなら……あるいはギャラリストなら、彼を放っておかない。彼の作品をみんなに見てもらうのに……）

当然そう考えている美術関係者は腐るほどいて、ただ単にデミアンがそれらを蹴っているだけなのだとしても、もっとデミアンの作品に日の光を当てたいと感じるのは、傲慢な気持ちなのだろうか？

――レイにとって仕事ってなに？　アートってなに？　この業界で仕事する意味って？

ふと問われた言葉が、脳裏に蘇《よみがえ》る。僕にとっての仕事は……アートは。

美術業界で仕事をしたい理由は……と考えたけれど、うまく答えが出ず、礼は気持ちを切り替えて、ところでと話を変えた。以前から、よくデミアンと話していた美術館行きの件を持ち出す。

「一緒に行く約束をしてたダブリンのことですけど……」

デミアンは礼の言葉を聞くやいなや、無気力そうだった顔にやっと笑顔を乗せ、

「ピカソは絶対にはずせない、フェルメールもだ。他のものは見なくてもいいくらいだ」

と、うきうきした様子で体を乗り出す。結局こういうところが憎めないんだよなあと、礼は小さく笑った。

「なるほど、きみはリーストンを卒業した。たしかに見事なパブリックスクールイングリッシ

ュだ。日本で編集者と、キュレーターのアシスタントを担当。ただし展覧会の経験は一度だけ。それで、きみは何者かな？　ミスター・ナカハラ」

美術館の雇用担当者は「経験が少なすぎる」と顔をしかめた。

矢継ぎ早に言われる「雇用に困難な理由」。紹介状と履歴書を見た面接官がしばらくして、

「それで、きみはトラディショナルアート、コンテンポラリーアート、どちらをより担当したいのかな？」

問われた礼は、ええっと、と言葉に詰まる。正直どちらでもよかった。

伝統的な芸術に、現代美術。どちらでも、やらせてもらえるならなんでもする。……だが圧倒的な知識不足だけではなく、ここで試されたのは気持ちの問題だと、数秒後には思い知ることになる。即答できなかった礼が、「どちらのアートにも、その良さがあります」と曖昧な答えを返すと、館内の人気《ひとけ》のないカフェで、礼の前に座っていた面接官がため息をついた。

「我が国には、アートに携わる仕事以外の選択肢もある。まずは日本食のホールスタッフから始めてみては？」

失敗した、と思ったがもう取り返しはつかなかった。

こうして五件めの美術館の面接に落ちた礼は、その後、美術系の出版社も五社以上受けたが、やはり話にならないと追い返された。

「作文ができるだけの人を雇う余裕はないの。ほしいのは自分の哲学を持った人よ」

そんなふうに言われて、エディターとしての採用を断られたとき、ロンドンに来てから既に三週間が経っていた。

季節は四月から五月になろうとしている。さすがにもうコートは要らない。時刻は昼下がりの三時過ぎで、あたりはどんよりと曇っている。ハムステッドのハイストリートを歩く礼は、マーケットで夕飯の材料を買い、とぼとぼとフラットへ帰っているところだった。

（……美術館は落とされると思ってた。でも、本命の出版社までことごとく落とされるなんて）

もっと簡単にいくものだと思っていた——それは自分の完全なる読みの甘さだったのだが、日本での経験など経験にならない、と何度も思い知らされるのは辛《つら》かった。

折しも、礼の携帯電話が鳴る。見ると、日本の先輩である佐藤からの着信だった。仕事の引き継ぎでうまくいっていないところがあったろうかと慌てて電話に出ると、少し遠い電波の向こうから『中原くん？　元気？』と懐かしい日本語が聞こえてきた。向こうは夜遅い時間のはずだが、どうやら佐藤は飲み屋にいるらしく、背後から猥雑《わいざつ》な音がした。

「佐藤さん、お久しぶりです」

とても久々に、日本語を話す気がした。英語では使わない口の筋肉が動いて、それになぜかホッとした。なにかありました？　と訊くと、なんにもないけど様子訊こうと思って、と返される。

『仕事決まった？　中原くんのことだから、テートとか決まってたりして』

悪気はないだろう期待のこもった言葉に、けれど礼は居住まいの悪い気持ちになった。まさかそんなわけないでしょ、美術館なんて大それたところ、僕では雇ってもらえないです——事実だが、口にすると情けなかった。自分を卑下する言葉を言うたびに、本当にそういう価値のない人間になっていっているような気がした。

けれど佐藤は無邪気に、『日本の国美で仕事したのよ。引っ張りだこに決まってる』などと言う。現実は違う。日本での経験など今のところ一顧だにされていない。そのみじめな現状を口にするのは気が重たくて、礼は「イギリスは働き口が少ないので……」と言い訳して、軽い雑談のあと、電話を切った。

通話が終わると、重たい息が肺からどうっと出ていった。

「……情けないな……」

常にはない卑屈な独り言が出た。佐藤の期待はほんの三週間前、日本を出るときの礼の中にも少なからずあったものだった。日本で大きな仕事をした。だからこの国でも通用すると。デミアン・ヘッジズの作品を借りられた功績は、イギリスでも通用すると思っていた。だがその経験は、ほとんど無視された。それだけでは足りない、あなたのアートへの哲学はなに？　と、どこに行っても訊かれた。

（哲学って……そんなの、働いてみないと分からない）

それを決めるために、働きたいという気持ちすらある。

だが自己主張できないことは、この国では致命的なのも礼は身をもって知っている。

エドのフラットは駅からほど近い場所にある。賃貸だが広々としており、これまでは一階と二階しか使っていなかったが、礼がイギリスに永住することを決めたためか、三階まで借りてくれていた。とはいえ、三階はゲストルームで普段はほぼ利用していない。二階には礼の個室と、二人の寝室がある。以前メインの寝室は一階だったが、そこをエドの書斎にした形だ。一階にはその他にキッチン、ダイニング、広いリビングがあった。荷物を自分の部屋へ置き、キッチンに下りて、ふと携帯電話をチェックした。エドからメールが入っており、

『遅くならずに帰れる。なにか買うものは？』

とあった。面接のことは訊かれていない。大丈夫だよ、簡単なもの作っておくね、とだけ返して、礼はまたため息をついてしまう。

（面接に落ちたこと話すの、気が重いな……）

買ってきた野菜を切って、簡単なサラダを作る。あとはポテトとベーコンのグラタンを焼こうと、ジャガイモを茹《ゆ》で、軽く炒《いた》めたベーコンに市販のホワイトソースを入れてからめ、大きな皿にうつしてチーズを散らした。オーブンに入れるのは、エドが帰るちょっと前でいいだろう。手持ち無沙汰になり、ぼんやりとしてしまう。

イギリスは経験主義の国だし、礼の経験ではあまりに浅く、就職が難しいことは少なからず

覚悟してはいた。日本はどれほど意識改革が叫ばれても結局のところ学歴社会の国だが、イギリスは違う。一に紹介状や縁故、二に経験が物を言う国だ。

どんなに優秀な成績でカレッジを卒業しても、経験がなければ小さな企業から始めて、転職を繰り返してステップアップすることはままある。

礼はアートに関する仕事ならなんでもいいと、ベスの紹介状があったからまず美術館、それから出版社と受けた。美術館は難しいと覚悟していたので落ちても平気だったが、出版社で相手にされなかったのは痛手だった。日本でとはいえ、五年の経験が通用しなかったのだ。

初めからうまくいくわけがないと分かってはいても、日本食のホールスタッフを勧められたときはさすがに堪《こた》えた。

(日本では、イギリスにいたことが強みになった。でも……)

こちらではたいした武器にもならない。英語は誰でも喋《しゃべ》れるし、日本語を必要とするギャラリーなどはまだそんなに多くない。たとえば日本のカルチャーを扱うショップやレストランなら、礼はすぐに仕事が決まるだろうし、もしかしたら日系企業でサラリーマンをやるのでも、美術関係職に比べれば希望があるだろう。

けれどその仕事がしたくて、ここに来たわけではない。

(……もともと僕がイギリスに来たのは、エドと生きていくためだけど)

それでも、エドさえいれば仕事は適当でいい、というのも違う。

大きな美術館で面接を受けて、きみは何者なのかと訊かれたとき、上手く答えられなかった。出版社であなたの哲学は、と問われたときも同じ。自分でもまだ分からないことを、分かる必要があるのだと思わされると、正直に言えば途方に暮れた。そこに正解があるかどうかもよく分からなかった。

キッチンに置かれた小さな椅子に座り、シンクに突っ伏してため息をついていると、玄関の開く音がした。

エドが帰ってきたのだと思い、礼はパッと顔をあげた。ぱたぱたと玄関先へ出迎えに行くと、ちょうど入ってきたエドが両手を掲げて礼に笑顔を見せた。

「I'm home. レイ、手から花が生えてきた。助けてくれるか?」

三つ揃《ぞろ》いのスーツを着たエドは、手に白と紫で統一した大きな花束を抱えていた。生花の匂いがふわりと部屋中に漂う。エドは芝居気たっぷりに、「早く助けてくれ、このままじゃ手が花になる」と大袈裟《おおげさ》だ。

「なあにそれ、どういうこと?」

思わず笑いながら花束を受け取ると、エドがパッと手を開いた。そこには可愛いアイシングのクッキーが数枚、透明な袋にリボンで結ばれて入っている。額縁の中に絵が入ったようなデザインや、オウムやウィスキーボトルもあった。

「ビスケットが生える呪いだ。食べてもらわないと毎日かかる」

「……僕、ぶくぶくに肥《ふと》っちゃうね」

愛らしいビスケットを受け取りながら言うと、エドは礼のこめかみに口づけながら、そうってももちろん愛すよ、と言った。甘ったるいプレゼントの津波だ。エドは週に二日は、礼になにかしらお土産を買ってくる。それがイギリス人としては普通なのか、エドの過大な愛情表現なのかは今のところ分からない。

と、「ワオ、お熱いことで」とからかうような声が聞こえて、礼は驚いて振り向いた。見ると、玄関先には見知った男友だちが二人、立っている。

「ハイ、レイ。お邪魔するよ」

「やあ、レイ。かわいいコマドリくん、変わらないね」

玄関先に立っていたのは、ギルとオーランドだった。

長身で男らしく、整った美貌のギルに、モデルのようなスタイルのオーランドが並ぶと、玄関先はただそれだけで華やかだ。ロンドンに越してきてから、彼らとは連絡はとっていたものの、ゆっくり会えてはいなかった。だからほとんど一年ぶりの、生身での再会になる。

「二人ともどうしたの？」

驚いて思わず訊くと、「礼に会いたくて」とオーランドが肩を竦め、「仕事でロンドンに来たから、立ち寄ったんだよ」とギルが答える。

二人は仕事帰りなのだろうスーツ姿だ。オーランドはロンドンで働いているが、ギルは普段コペンハーゲンにいて、グラームズ社のコペンハーゲン支社長の立場にある。週に一度は会議のためにロンドンに来るから、今日はその日だったのだろう。

久々の再会はやはり嬉しくて、礼はギルとオーランドと軽くハグをした。

「良い匂いがする。グラタン？」

フランス育ちのオーランドは食通だ。鼻を動かして、キッチンを指さした。

「人の家に勝手にあがりこんできて、食事までする気か」

礼の後ろにいたエドが、オーランドに厭味《いやみ》を言ったが、言われたオーランドは気にしていない。勝手にあがって「スープも作ろう。パスタはある？」などと訊かれ、礼がそれに答えている間に、エドは着替えるために二階へあがってしまった。

ギルはエドの従兄弟《いとこ》、オーランドは血縁関係はないが二人とも同じパブリックスクール出身で、エドのフラットも初めてではない。二人は慣れた様子でダイニングに入ってきて、ギルは買ってきたエールの瓶をテーブルに並べているし、オーランドは上着を脱ぐと、冷蔵庫の中身を検分している。

「レイの歓迎会をちゃんとできてなかったからね、勝手におしかけたんだ」

礼が買っておいて、使いどころを見つけられずにいた野菜や肉を取り出しながら、オーランドが説明する。

「ジョナスが拗《す》ねてたよ。レイに会いたかったって」

ジョナスは礼のパブリックスクール時代からの親友で、オーランドの従兄弟だ。普段は香港《ホンコン》で働いているので、イギリスにはおらず、日本にいたころは頻繁に会えたが、さすがに今日この場には来られなかったらしい。

それも仕方のないことだった。コペンハーゲンでグラームズ社の主軸となって働くギル同様、オーランドもジョナスも、それぞれに家が会社を持っており、重要な仕事を任されている。

（……根無し草みたいになにもしてないのは、僕だけか）

無職であることが、ほんの一瞬後ろめたく感じた。けれど親しい友だちとの久しぶりの再会に、暗い気持ちを持ち込みたくない。無理やり押しのけて礼はエプロンをとり、オーランドに手渡した。

「なにかすることある？　手伝うよ」

オーランドはにっこりと笑い、「じゃあまず、レタスをちぎって」と言った。

果たして三十分後、食卓にはサラダとグラタンの他に、薄くのばしたチキンを焼いたカツレツ、野菜のスープ、トマトソースのパスタが並んでいた。さすがオーランドは手際よく、家にあったもので素早く料理してしまった。

「レイ、正直きみをかわいそうに思ってるよ。日本みたいに食事の美味しい国から、ウナギをゼリーで包むことしかできないこんな国に来るなんて」

エールを飲みながら、オーランドのいつもの英国叩きが始まる。ギルは苦笑しているが、エドは眉根を寄せて「ウナギをゼリーで寄せるのはイーストエンドの連中だ。大体、今じゃあんなものを食べてるロンドンっ子はいない」と応酬し、オーランドがそれに肩を竦めて、

「そのかわりロンドンっ子はフィッシュアンドチップスを死ぬまでに四千五百回食べる」

と言った。あながち間違いでもないので、礼は噴き出してしまい、ギルも大らかに笑っていた。

「まあ正直、食事はわずかにデンマークのほうが美味《うま》いよ」

「エールはイギリスが一番だ」

「それは言えてる。あとはウィスキー」

「だから飲んだくれて死ぬ確率もあがる」

ギルとオーランド、それからこの場にはいないがジョナスも、天下のエドワード・グラームズと世間から恐れられるエドに対してまったく遠慮がないので、集まるとブラックジョークとイヤミが飛び交うことになる。礼はいくら思春期をイギリスで過ごしたとはいえ、瞬時に上手い返しが思いつくわけではなく、ただ笑いながら聞いているだけだが、小気味よい会話のなかにいると、イギリスに帰ってきた……という気がする。

食事が終わるとウィスキーが出てきて、みんなが思い思いに楽しみ始める。日本ではハイボ

ールが流行《はや》っている話をすると、あんなものは邪道だとエドが切り捨て、ギルは「俺は飲んだことあるよ。さっぱりしていて日本の気候にはぴったりだ」と寛容を見せた。

話題は様々なことに及んだが、礼の転職活動については誰も訊かなかった。もしかすると気を遣われているか、あるいはまだ焦る時期ではないと問題にされていないのかもしれない。

けれど途中で話が仕事のことになると、エドが今抱えている案件のことをちらりと漏らした。それは新しく需要の増えている航路や、その裏にある世界情勢、近々アジア圏のとある地域で紛争が起きるだろうから船を減らす話などで、スケールが大きく、礼は圧倒された。

同じ仕事をしているギルがその話についていけるのは当然ながら、大きな会社の経営に携わるオーランドもごく普通にその話題を理解していて、

「うちはアジア支店を撤退させる気はないよ。おたくがどう考えてるかは知らないけど、欧州諸国が手をひけば、逆に情勢は最悪になると踏んでる」

と意見して、エドと渡り合っている。

「きみの会社だって社会貢献は重要な要素だ。世界平和のためにも、たまには危ない橋を渡ったら」

言われたエドは珍しく考え込み、「一理ある。シモンズと一度話してみよう」と言ったりした。エドが意見を翻すなんて、と礼は驚いたが、それほどオーランドの意見は妥当だったということだろう。

（……みんな、世界を股にかけて仕事をしてるんだな。それに比べたら僕は……）

イギリスの中の、小さな会社にすら相手にされていない。自分がちっぽけに思えて、礼はついため息をついた。エドワード・グラームズの恋人が無職だなどと、格好が悪い気がする。

エドはそんなことを思わないと知りながら、わずかなプライドが負の感情を連れてくる。気持ちを切り替えようと話に熱中している三人にはなにも言わずに席を立ち、キッチンのワインクーラーからワインを出していると、

「俺にももらえる？」

と、声をかけられた。振り返るとギルが立っていて、彼はカウンターのスツールにするりと座った。礼はワイングラスを出して、ギルのために赤を注《つ》いであげた。自分のグラスも取り出し、冷蔵庫からチーズを持ってくる。

「……仕事探しはどう？　働きたいところはあった？」

そっと訊《たず》ねられて初めて、ギルはあえて二人きりのところで、その話を持ち出したのだと勘づく。礼は自分のグラスにもワインを注ぎながら、苦笑交じりに肩を竦めた。

「上手くいってる……って言いたいけど、苦戦してるよ。明日からはギャラリーを回ってみるけど、正直自信ないかな……」

「ギルバート・クレイスに書ける紹介状なら書くけど、たぶんあまり意味がなさそうだ」

礼はなにも言わずに小さく笑った。

ギルの名前は、きっと普通の会社でなら大きな意味を持つ。だがエドと違い、美術業界にまでは浸透していない。ギルは個人名義でギャラリーなどに出資した経験がほとんどなく、おそらく援助の際は会社名義だ。

「……日本食のレストランなら、きっとすぐホールスタッフに入れるけど」

ギルのグラスと軽く乾杯して呟《つぶや》く。言ったあとで、少し情けなくなった。ギルは礼の気持ちに気づいているだろうけれど、あえて深く掘り下げず、「レイが働いているなら、毎日コペンハーゲンから食べに通うよ」と言って笑わせてくれた。

「……レイ、俺が言うことじゃないし、たぶんよく分かってるだろうけど」

けれど最後にふと、優しい声音でギルは付け加えた。

「いつだってエドを頼っていいと俺は思ってるよ。レイはエドのために日本での生活を捨てたんだ。エドはその対価をいくら払っても、払い終えるということはないさ」

礼はドキリとして、ギルを見つめた。ギルは優しい顔をしており、静かに礼を見つめているだけ。その言葉の真意を深く探れば、今の自分の行動を根本から変えねばならない気がして怖くなり、礼はなにも訊ねることができなかった。

賑やかな一夜は瞬く間に過ぎ、ギルとオーランドは「また来るよ」と言いながら帰っていった。エドは「もう来るな」と剣呑《けんのん》だったが、二人は「エドに会いに来るわけじゃない、レイに会いに来るんだけど」と最後までエドに辛辣だ。

二人が帰り、礼が後片付けをしていると、シンクの横に立ったエドが「俺が片付けておくから、お前は風呂へ」と申し出てくれた。けれど明日も早くから仕事のあるエドと違い、礼は午前中に一件面接があるだけだ。

「一緒に洗っちゃおうよ。そのほうが早い」

そう提案すると、エドは満更でもなさそうに微笑んだ。

一緒に暮らし始めて知ったことだが、エドは「二人で一緒に」やることを好むようだった。イギリスの家庭では水がもったいないと、洗った皿の洗剤を流さないところもあるようだが、礼はそれに抵抗がある。

暮らし始めた最初の日に「食器の洗い方は日本流でやらせて」と頼んで、エドは特にこだわりがないため、分かった、と受け入れてくれていた。なので、エドがスポンジで洗い、礼が急いで洗剤を流していくというのが、二人で食器を洗うときの役割になっていた。

「今日のグラタンは美味かった。年をとったらレストランを開こう。お前がグラタンを焼いて俺がホットワインを作る」

食器を片付けながら、そんな話になる。あれはオーブンに入れる直前に、オーランドが隠し味を加えてくれたんだよ——と言っても、エドは「そんなものはなかったぞ。お前の気のせいじゃないか？」と聞かない。礼はくすくす笑った。

「エドが作ってくれるのはホットワインだけ？」

「サラダも作るぞ。レタスをちぎるのは得意だ、たぶんアメリカ人よりはな。やつら、マカロニにチーズを載せることしかできない」

「お客様にアメリカの人がいたらどうするの。口が悪い。減点二十点」

「厳しいな、褒めてる。マカロニにチーズを載せられるんだ、イングランドじゃ十分シェフになれるさ」

ばかげたこの会話の時間が、礼にも楽しかった。エドの口の悪さにはたまに困るが、イギリス人らしくて面白いとも思う。

キッチンにある窓からは、ハムステッドの夜景が見える。店はほとんど閉まっていて、街灯がぽつぽつ灯っているだけだ。テーブルの上に置いたキャンドルの灯りが窓ガラスに反射して揺れている。

「……今日の面接もダメだった。やっぱり難しいね」

勇気を出して報告した。そらみろ、もう何社落ちた？　俺の紹介状を使え――と言われたらどうしようと思うと、心臓がいやな音をたて、礼は緊張した。そんなふうに言われたら、きっと自分はエドに対して抵抗を感じてしまうし、嫌な空気になってしまう。

けれどエドは「そうか」と言っただけで、特に口出ししなかった。

「……なにも言わないの？　以前はもっと……なんていうか」

礼は上手く言えずに口ごもった。けれどエドには伝わったのだろう。柔らかかった緑の瞳に、ほんの一瞬だけ鋭い知性の光が宿るのを、礼は見過ごさなかった。

付き合いはじめのころ、エドはもっと礼に過干渉だった。今も当然無関心ではないけれど、遠距離恋愛が長かったから以前のエドのイメージが強くて、ロンドンに来たら働く場所まで限定されるのでは、と頭の隅で思っていた。

――いつだってエドを頼っていいと俺は思ってるよ。

ギルの言葉が頭の隅をよぎっていく。本当はエドに紹介状を書いてもらい、エドが決める場所で働いてほしいと、ギルは思っているのかもしれなかった。

けれどエドは洗い終えた皿を拭きながら、「俺が口出しすることじゃない。お前の仕事だ」と、至極まともだった。

「まあ決まったら、そこにどんな男や女がいるかは知りたいがな。お前に手出しするようなヤツがいたら困る。俺が気にしてるのはそこだけだ」

真面目な口調で言われ、礼は苦笑した。たしかに礼の仕事は礼の問題。エドは自分を信頼してくれているのかもしれない。

「――エドにとって、仕事ってなに？」

ふと、デミアンに訊かれたことを思いだして訊くと、エドは一秒だけ手を止め、それからすぐに、「そこにあるもの」と答えた。

「俺にとってはやるべきこと、眼の前にあるものだ。シンプルだ。——だが究極は、お前といつでも生きていくための手段だ」

最も個人的な理由だが、と付け加えるエドは、今度こそ冗談ではないようで、じっと礼を見つめる。深い緑の瞳に射貫《いぬ》かれて、礼はドキリとして固まった。

「レイ、俺はお前が好きな仕事をすればいいと思ってる。……ただ一つ望むことがあるとするなら、いざというときには俺を選んで捨てる覚悟の持てるものにしてほしい」

——捨てる覚悟を。

その声には冗談ではない、強い意志がこもっている。

(捨てるって……どうでもいい仕事をしろって言われてるわけじゃないよね?)

どういう意味か分からず、言葉を失う。黙っているとエドは皿を置き、「風呂も一緒に入ろうか?」と眼を細めて笑った。優しい口づけが目許に落ちてきて、その甘やかさに、礼はそれ以上エドの真意を訊くことができなかった。

めぼしい出版社をほとんど落ちた礼《れい》が次に面接を受けたのは、イギリスの中でもロンドン市内にかなり大きく構えるトップギャラリーの一つ、『スクエア・ギャラリー』だった。扱うものは現代アートのみだが、展覧会の開催も頻繁なら、抱えているアーティストの数も多く、イギリスの現代アートシーンでよく名前を耳にするところだ。

小さなギャラリーはスタッフの数も二、三人、が普通だが、『スクエア』は美術館ではないものの、規模的にはそれに劣らぬ大きさであり、当然展覧会も派手で、スタッフも相当数いる。働きたい人間はごまんといる場所だ。そもそもギャラリー自体に馴染《なじ》みがあるとは言いがたい自分が受かるとは到底思えなかったが、それでもその日の午前中、礼はもやついた薄曇りの中を、面接に赴いた。

地下鉄をピカデリー・サーカス駅で降り、賑《にぎ》やかな繁華街を歩いて、フォートナム・アンド・メイソンの大きな店舗から路地に入ってしばらく行くと、どん詰まりのスペースに巨大な白い建物が出現した。

向かいはがらんとした空き倉庫のあるビル。

窓も最小限のその建物は、壮麗さに欠けた四角いだけの見栄えで、少し無粋にも思える。道の真ん中にあるので、どこが入り口なのかと一瞬迷ってしまう。そこが『スクエア』だった。ガラス扉の入り口には閉館の札が見えたが、そっと押すと開いていた。

中に入ると眼《め》の前は真っ白な壁だ。

すぐ横に受付があり、スタッフが不審げに礼を見る。面接に来た旨を告げると、話は通っていたらしく、二階へと案内された。地下のほうからはゴタゴタと貨物を運ぶ音が聞こえる。

「来週からの展示に合わせて作品を入れ替えてるの」

案内をしてくれた女性が、階段から振り返った礼に向かってそう説明してくれた。

二階には小さめの展示室の他、スタッフルームがあるらしく、礼はガラス張りのミーティングルームに通されて、しばらくの間じっと緊張に固まっていた。

やがて扉が開き、「Good morning」と声をかけられる。礼は急いで立ち上がり、同じように挨拶を返した。

入ってきたのは口周りに生やした髭《ひげ》を、きれいに調えた四十路《よそじ》ほどの英国人男性だった。背が高く、体格は実年齢より若々しい雰囲気だったが、瞳は落ち着いた知的な光を湛《たた》えていて、彼の経験の多さを物語っている。洒落《しゃれ》たチャコールグレーのスーツに身を包み、ネイビーのシャツは皺《しわ》ひとつなく身なりに気をつけているのが分かった。黒い革靴は先端まで磨かれている。

「どうぞ楽に。私はハリー・フェラーズ、『スクエア』のチーフ・ダイレクターだ、ギャラリストのブライアンは今海外でね」

差し出された手を握り返し、礼は自己紹介をした。心臓がドキドキと緊張に音をたてているが、取り乱した様子は見せないよう静かに腰を下ろした。

ハリーはテーブルを挟んで礼の向かいに座り、事前に送っておいた履歴書を出してちらりと見た。

ギャラリストはギャラリーのトップ、館長やオーナーの立ち位置だ。普通の美術館と違う点は、彼らの多くがギャラリーのすべてにおいて決定権を持っており、時にはキュレーターの役割から、コレクター、セールス担当までもこなすことだろう。通常ギャラリーはスタッフが少なく、ギャラリストの他はアシスタントだけになる。

だが『スクエア』は規模の大きなギャラリーなので、ギャラリストの下にハリーのようなダイレクターがいる。展覧会の企画やギャラリーの運営などを統括する、実務の責任者的な立場、美術館におけるキュレーターのような役割をこなすのがダイレクターで、当然その権威はギャラリー内においてはかなり高い位置にある。

「『スクエア』は毎年、秋に大がかりな展覧会を予定している。だが今年は企画段階で難航していてね、あまりこの面接に時間をかけるわけにもいかない。だから単刀直入に言うが――」

ハリーは髪も髭も、眉も真っ黒だ。眉は太く、表情はいかめしい。彼は眉を少し上げると、

「きみの経験は、悪くない。欧米の多くのアーティストと交渉している。難しい作家も多かったようだ」と続けた。

肯定的な言葉に一瞬緊張が緩んだが、それはすぐに覆された。

「だが、それだけだ。アシストしたという日本の展覧会だが、私もネットニュースで見た。我が国からも著名なアーティストが作品を貸し出して話題を呼んだ……が、あの展覧会はインパクトのある作品をただ羅列したにすぎず、なんら問題提起がなかった」

きみは疑問に思わなかったのかなと問われて、礼は言葉に詰まった。

「……羅列ではありません、現代アートによって見せる生と死を扱いました」

「だが、展覧会のタイトルは？『現代美術とヨーロッパのデザイン』。デザインという言葉はあまりにも上っ面だ。それが作家の伝えたかったこと？」

訊《たず》ねられると、答えられなかった。日本での展覧会では礼は手伝いに過ぎず、コンセプトを考えたのはベテランキュレーターたちだ。意見は遠慮なくしたし、作品をよりよく見せたいという気持ちはあって精一杯働いたが、作家の伝えたかったことを余すところなく伝えられたかと振り返ると、疑問が湧いた。まず日本では、現代アートの展覧会に客が入らない。だからこそ、とっつきやすいよう「デザイン」という単語を使った。だが指摘されると、そのタイトルと『生と死』はあまりにもかけ離れている。

「展示では、中盤にデミアン・ヘッジズの作品を持ってきた。訴求力のある作品群だ。観客は問題提起を受けたような錯覚に陥っただろう。だがそれは衝撃でしかない。……言葉を選ばずに言うなら、日本のアート市場は未熟で、欧米から見れば十年は遅れている。こちらで活躍する日本人アーティストに比べて、日本にこもっている作品の多くは感傷的で、批評性が足りない。それは作家に限らず、日本の美術従事者にも言える――」

つまりきみは英国において、経験がゼロといっても同じだと断じられて、礼は言葉もなかった。悔しさに似た感情が腹の奥から一瞬起《た》ち上がってくる。

苦労して作り上げた展覧会を無意味なものと言われると腹立たしかったし、日本在住のアーティストにも、素晴らしい作家はたくさんいると自負していただけにショックだった。あなたこそ偏見に囚《とら》われているのでは、と言いそうになって、同時にハリーの言葉は一理あると思う自分もいた。

デミアンの作品を借りられただけで、自分の役目はまっとうされたような気がしていた。手を抜いたわけではないが、展覧会全体の批評性――それは、批判とは明確に違うものだ。欧米の現代美術は、そもそもが社会に対する問いかけや、既成概念を壊すこと、新たな価値を創造することに端を発している――や、作家の意図することに深く配慮したかと問われると、それよりも動員数を増やすことを優先したと言わざるを得ない気がした。

言い訳をすれば、日本のアート市場はハリーの言うとおり未熟で、名画を楽しむ観客は多いが現代アートは金にならない。

「まあ、きみは正式なキュレーターではなく雑用だったようだし、これは酷な質問かな。アジア人を雇うことに抵抗を感じてるわけじゃない。だがどうしてもというなら、うちの分館にカフェがある。そちらでもスタッフを募集してる。困っているなら声をかけよう」

ギャラリーに面接に来て、カフェを紹介される。

カフェの店員をばかにしているわけではない。接客業はたしかな語学スキルがなければ難しく、もし礼が純粋に日本育ちでこれが初めての渡英だったらそれはありがたかっただろう。けれど見下され、蔑視されたような気持ちはどうしてもあった。お前はアートに携わるに足らずと、言われた気がした。

「いえ、結構です」

声を震わせずに、なるべく穏やかに言うだけで精一杯だった。ハリーはもう立ち上がっており、「そうか。ならまた、きみが経験を積んだらぜひ連絡を。待っているよ」と言って、せわしなく部屋を出て行った。礼を振り返りもしない、英国人男性らしく、扉を開けて待っていてくれるようなことも、当然のようになかった。

もやついた気分のままギャラリーを出たら、外は礼の気持ちに反していつの間にか晴れていた。腕時計を見ると、昼の十二時を少し過ぎている。

そのとき背の高い男が一人、礼のすぐ後ろからギャラリーの扉を引いて出てきた。思わず振り返った礼は、そこに立っていた人物を見て驚いて眼を見開いてしまった。

「レイ？　僕の知ってるレイ・ナカハラかい？　驚いた、『スクエア』に来てたの？」

それは礼にとっては友人で、日本では何度も一緒に仕事をしたことのあるアーティスト、ヒュー・ブライトだった。

礼の出た学校とは違うが、英国に古くからあるパブリックスクール出身者で、貴族の次男坊のブライトは、礼に親しみを持ってくれているらしい。日本での仕事を通して知り合ってからは機会があれば食事をしたり、メールをするような間柄だった。もちろん、今回の渡英のことも、一ヶ月ほど前メールで知らせており、落ち着いたら食事を、と約束していた。

「ブライト……あなたもここに？」

「今、地下で作業をね。時々ここの展示に関わってるんだ」

眼を丸くする礼に、ブライトは整った甘いマスクで笑っている。ブライトは彼自身作品を発表するアーティストである傍ら、クライアントのオーダーに応えるデザイナーでもあり、展覧会のパンフレットデザインや、展示のディレクションに関わることもある。最近では、もっぱらそちらの活動が増えている様子だ。

風貌も、パーカーにスウェットが基本スタイルのデミアンと違い、高い背と均整のとれた体に、上質なシャツとパンツ、ジャケットというノーブルな出《い》で立ちで、流した前髪は映画俳優かモデルのように洒落ている。

それでいて性格は柔和で気さく、およそ神経質なところを一切見せないという、アーティストには珍しいタイプだった。ヒュー・ブライトは芸術家の自我よりも、貴族の自我が強いのだろうと、礼は度々感じていた。

貴族は常に冷静で、取り乱さないことを教育される。感情を抑制し、コントロールする術《すべ》を幼いころから叩《たた》きこまれるのだ。それで言うとデミアンは一応貴族の血をひいているが、およそ貴族らしからず、アーティストの自我そのものに見える。

「そうだったんですか。……僕は面接に」

渡英して仕事を探すという話は、日本にいたときに伝えていた。ブライトは仕事が決まったら連絡して、というメッセージもくれていた。

自分から連絡がないのは、仕事が決まっていないから。頭のいいブライトにはそれは分かっているだろうし、自分のこの言い方なら、『スクエア』にも落とされたと伝わるだろうなと礼は感じた。

(なんだか、情けない……)

自分でもばかばかしいと思うのに、みじめな気持ちが湧いた。日本にいたころは対等に仕事をしていたブライト。それなのに、今ではまるで違う。ブライトはギャラリーに請われて仕事を負う立場で、礼は歯牙にもかけられない。

（日本での経験なんて、なんの役にも立たない……）

日本での経験だけではない、日本では十分役立ったパブリックスクール出身という看板も、意味をなさない。そのことに、思った以上にがっかりしている自分がいる。そして自分では、思った以上に自分の経験を高く評価していたのかと思い知り、そのことにもまた落ち込まされた。すべてが一人相撲の、空回りのようだ。

「レイ、もし時間あるならお昼をどう？　すぐそこに小さいガーデンがある。僕の気に入りのデリがあるんだけど」

気遣われているのかもしれない。

ブライトは少しなにか考えたあと、優しい声音でそう誘ってきた。顔を覗《のぞ》き込まれ、もの柔らかな笑みを見せられると、断ることもできない。

それに、時間はたっぷりあった。誰かに話を聞いてもらいたい気持ちもかなりある。転職の弱音は、エドには言いづらかった。最終的にどこにも決まらなければ、エドの紹介状という選択肢があると思うと、なるべく最後まで意地を張っていたいと思ってしまう。

「いいですね、お腹、ぺこぺこでした……」

そんなに空いていなかったがそう言うと、ブライトはごく自然に礼の手をとり、オーケー、こっちだよ、とエスコートする形で歩き出した。強引に引っ張るというのでもなく、恋人同士のような甘い様子でもなく、とても自然に手を繋《つな》がれて、礼は振り払うのも変に思えて、ブライトの案内についていった。

歩いて五分も行かないところに、本当にとても小さな四角形のガーデンがあった。ガーデン内にはフードトラックがあり、ブライトはそこでサンドイッチとコーヒーを二つずつ買った。

「デリって屋台のことだったんですね」

お気に入りの、なんて言っていたのでもっとしっかりした店舗だと思っていた礼は思わず笑ったけれど、「この時間、いつもここに停《と》まってるんだ」とブライトは自慢げだった。

青々と茂った芝生の上には、付近のオフィスで働く人たちがランチを持って集まっている。礼はブライトと、たまたま空いていたベンチに座った。

「ここ、プライベートガーデンなんだよ。でも平日のこの時間は開放されてる」

「……フットパスみたいなもの？」

フットパスは散歩道のことだが、イギリスでは私有地でも持ち主が道を開放し、住民や観光客が自由に庭を歩けるようにしてあることが多い。貴族の家の庭でもそうだ。たとえ私有地になったとしても、初めにあった道を廃止する権利は誰にもないという考えが基底にあると聞いた。礼は初めてそれを知ったとき、日本の感覚とはずいぶん違っていて驚いたけれど、一方で実にイギリスらしい考え方だとも思った。

「きみの恋人なら、英国人の寛容の証《あかし》だな、年寄り趣味とも言うが、とでも言うんじゃない？」

と、ブライトは笑った。エドなら言うかもしれない——と思い、礼も微笑《ほほえ》んだ。

「グラームズは変わってるよね。彼、いかにも貴族の化身で、愛国主義の塊かと思うと、自国にも懐疑的なんだ。英国人を褒めたと思うと、次には貶《けな》してるだろ？」

「そうかも……、ブライトはよく見てますね」

「僕も似たとこがあるからかな。グラームズはビジネスマンとしては完璧だよ。そうじゃなきゃ、アメリカ人に株を売ったりできない」

ブライトにとってはただの雑談だが、礼には内心複雑なものがあった。エドがグラームズ社の旧体制を刷新するために、保持していた株の多くをアメリカの投資家に売ったのは一年半ほど前のことだが、そのことは今でも話題にあがる。

（エドのお父さん……ジョージなら、きっと売らなかった）

礼はそう思う。イングランドの栄えある貴族が植民地に下るつもりかと、そんな言い方すらしただろう。

偏見、差別、既成概念。

パブリックスクールにいる間、礼はそれらに苦しめられた。そして社会に出ても、眼に見えないだけで、それらは常に存在しているのだと感じた。

日本にいたときには、イギリスで教育を受けた恩恵をどこか反則のように受け取る人もいたし、ここイギリスに来てみれば、日本での経験など経験にならないと言われる。

礼が携わった展覧会に不足はあったかもしれない。だがそのことと、礼自身の仕事、価値観、存在は関係ない。だが日本はこうだからとひとくくりにされて、熱意すら届かないで落とされることも悔しかったのだと、パサパサのサンドイッチを食べながら、ようやく気づく。

そんなことをぽつぽつ、ブライトに話していた礼は、思わず小さな声で不満を漏らした。

「……矛盾してる。偏見を破るのがアートの力なのに」

ブライトはしばらく押し黙り、やがて、

「この世に矛盾してないことなんてあるのかな？」

と呟《つぶや》いた。

「ねえ、レイ。きみにとってはいやな話だろうけど、僕なら真っ先にグラームズの紹介状を使うな。そしてできれば伝統的な美術を扱うところに入る。なんなら、こっちで美術学校に入り直してもいい」

不意にそう言われて、礼は驚いた。顔をあげてブライトを見る。ブライトは苦笑し、肩を竦《すく》めた。

「きみはグラームズの立場を受け入れて付き合ってる。だけど心のどこかでこう思ってる。彼の権力を使うことは反則だって。でももっと奥深いところではこんなことを考えてるんじゃない？　エドの名前で仕事をするのは荷が重い。自分を見てもらえなくなる——でも、きみは多くの英国人にとって、まだ誰でもないんだよ」

だってなにも成してないんだから、と続けるブライトの声は淡々としていた。けっして冷たいわけでも、怒っているわけでもない。むしろ礼を見つめるブライトは、少しだけ申し訳なさそうな眼をしている。彼は単なる事実を述べている。けれどだからこそ、心臓にナイフが刺し込まれたように、ショックを受けた。

「……ブライトも、日本での僕の経験は……経験じゃないと？」

訊《き》く声がわずかに揺れた。エドと再会するより前から、礼はブライトと親交があった。仕事上では何度も組んだし、助けられ、逆に助けたこともある。彼の担当するデザインをとりまとめたのは礼だし、その仕事をブライトも認めてくれていると思っていた。

それなのに、今ここで聞いたブライトの本音は「なにも成してない」だった。

「そこまでは言わない。でも簡単に通用するとは思ってないのが本音なんだ」

困ったように微笑みながら、ブライトは慰めるように礼の肩を撫《な》でた。

「アートの世界は残酷だ。……誰でもできる仕事じゃない。最後には才能がものを言う……」

あまりにも残酷なまでにね、とブライトはため息混じりに続けた。

「僕はきみには力があると信じてる。だからこそ、グラームズの名前を使うべきだと思うんだよ。自分に合った場所で経験を積めば、きっと彼の名前じゃなく、きみ自身を見てくれる人に巡り合える」

そうなのかもしれない、けれど容易には受け入れがたい話だった。まだ仕事を探し始めて三週間ほどだ。すぐにエドを頼るつもりはなかったし、なぜ現代アートを選択肢から省けと言われるのかも分からない。なにより、礼は対等だと思っていたブライトから、同じように対等だと思われていなかったということが、飲み込めないほどに衝撃だった。

「……日本での仕事は、あなたにとっては退屈でした？」

なぜこんなことを訊いてしまうのだろう――自分の気持ちを押しつけるようで、あまりにも身勝手だ。

そう思ったが、つい訊ねていた。そういうわけじゃないけれど、とブライトは困った顔になり、ただ、と続けた。

「『スクエア』のハリーが言うことも分かる。日本人はアートに求めるものがロマンチックだ。そしてそれはレイ、きみの傾向でもある」

悪いわけじゃない、とブライトはすぐに付け足した。

「単純に、それは英国の現代アートとは、相性が悪いかもしれないという話だよ」

後頭部を、重たいもので一気に叩かれたような気がした。よければ僕からも紹介状を書くよ、とブライトは続けてくれている。彼は親切で言ってくれている。だが、頭に入ってこなかった。

……アートに求めるものがロマンチック。相性が悪い。

（ロマンチックって、どういう意味？　感傷的で……冷静じゃない。そういうこと？）

子どもっぽく未熟だと言われたような気がして、礼は胸を突かれた気がした。

関わってきた間、一緒に仕事をしながら——ブライトはずっと、そう思っていたのだろうか？　そしてそれはもしかしたらブライトに限らず、他の親交のある作家もそうかもしれなかった。デミアンや、その他の英国人アーティストの顔が瞼《まぶた》の裏に次々と浮かび、消えた。

——日本の中でなら話ができる、英国では通じない、と思われていたのかもしれない。

自分たちの国で一緒に仕事ができるかというと物足りず、もっと他に担当してほしいキュレーターはいくらでもいる。経験豊富で、アートへの理解も造詣も深く、信頼できる相手が。そう思われていたのかもしれない。だとしたら礼はそもそもの、スタートラインにすら立っていない。

親しくし、信頼していたブライトから言われたことを、裏切りだとは思わなかった。正直に話してくれたことは嬉《うれ》しかった。けれど小さな希望が、ふと消えたのも事実だった。

（僕はここじゃ、相手にもされないってこと……）

自分でもどうにかイギリスのアートシーンに、太刀打《たちう》ちできるはずだという希望。

「レイ、気を悪くした？」

サンドイッチも食べずにぼんやりしていたせいで、ブライトが気遣わしげに声をかけてくれる。礼はハッとして、顔をあげた。慌てて笑顔を作る。

「いいえ、貴重な意見が聞けて……。そうか、たしかに今のままなら、日本食レストランで働いたほうが現実的かもしれませんね……」

「……レイ、僕は単に――」

ブライトが真面目な顔になったので、礼は受け答えに失敗したと気づいた。卑屈な言い方になってしまった。そういうわけじゃないと訂正しなければ、と思う。けれど面接に落ち続け、さらに信頼されていると思っていた相手に、仕事の面ではあてにされてないと思い知ったばかりで、上手な言葉選びができそうにない。

すみません、今日は帰ります、と言おうかと思ったそのとき、ジャケットのポケットで携帯電話が鳴った。

「……あ、ごめんなさい。ちょっと出ます」

正直なところ、電話がかかってきたことでブライトとの会話から一旦離れられそうでホッとした。

慌てていたせいで、液晶に表示された名前も見ずに、はい、こちらレイ・ナカハラ……と出ると、かけてきた相手は意外な人物だった。

『「スクエア」のハリー・フェラーズだ。先ほどはどうも』

電波の向こうから、神経質そうな声音が聞こえる。

礼はびっくりして、思わず隣のブライトを振り返った。ブライトもなにかあったのかと、眉根を寄せている。

「先ほどはありがとうございました。あの、なにか……？」

不採用を再度電話で伝えるつもりだろうか。それとも忘れ物があったかと不思議に思っていると、電話口から『ギャラリストのブライアンから連絡があった』と聞こえてくる。

『きみを採用するそうだ。アシスタントからだが——なぜ言わない？　去年のうちの売り上げの五パーセントがグラームズ社とその関連企業からだ』

ほんの一瞬、驚きと期待が胸に満ちた。

そしてその次の瞬間、突き落とされるのを感じた。

ハリー・フェラーズはため息混じりに、時間があればもう一度ギャラリーに来てくれと言った。礼は行かないと言うべきか悩み——だが、行かないという選択肢はないと気づいた。

エドの名前が出てしまったのだ。礼が身勝手に、その名前に泥を塗ることはもうできないことを知っていた。


ダイレクターのハリー・フェラーズは不機嫌そうに説明をした。

ギャラリスト、ブライアンから指示があった。エドワード・グラームズの縁故者を無碍《むげ》にすることはできない。だから礼を雇うことにする。立場はアシスタント。ギャラリーで一番下の役職だ。

一晩考えて、返事は明日くれと言われて、礼はその日そのままハムステッドのフラットに帰った。

（つまり、僕自身にはなんの期待もないってことだよね……）

当たり前かと思いつつも、気持ちがすっきりしなかった。

エドの紹介状を使ったわけでもないのに、結果的にエドの力で採用が決まろうとしている……ありがたいことなのは分かっているのに、素直に喜べなかった。ただただ、自分の無力を思い知らされる。

夕飯を作る時間の余裕はあったが、礼にはそんな気力も湧かず、帰路にあるチャイニーズレストランでテイクアウェイした。レンジで温めればいいだけなので、他にすることもなく、フラットに戻ってからも、キッチンカウンターに座ってぼんやりとしていた。

電話をかけて誰かに相談しようか、とも思ったが、誰に話せばいいのだろう。ジョナスはきっと、「やりたくないなら断れば」と言うだろうし、オーランドやギルは、「とりあえず働いたほうがいい」と言う気がした。結局は、礼が自分で決めることだ。明日には『スクエア・ギャラリー』に返事をしなければならない。そしていくら考えたところで、選択の余地などほとんどないと理屈では分かっていた。

（……だって、他に一体どこが僕を拾おうなんて思う？　どこに行ったって結局、エドの名前があれば採用されて、僕一人の力だったら相手にされない……）

悶々《もんもん》と悩んでいるうちに時間は無為に過ぎ去り、エドが帰ってきたのは夜の七時過ぎだった。

礼は慌てて我に返り、レンジで買ってきたものを温めた。エドの名前のおかげで採用が決まりそうなのに、当のエドに落ち込んでいることをなるべく悟られたくなかった。

「ごめんね、美味《おい》しそうだったから買ってきちゃった」

だからわざと、明るくそう言った。

焼売《シューマイ》や炒飯《チャーハン》を並べると、エドは「俺もここのチャイニーズは好きだ」と気にした様子もない。

二人向かい合わせに食事を始めて、一分、二分……三分。礼は押し黙っていたし、エドも今日は冗談を言わない。

(『スクエア』のこと……話すべきだよね)

礼はそう思っていた。落ち込みは気取られたくないけれど、エドの名前で採用を受けるなら、エドとギャラリーの関係はある程度把握するべきだ。ごまかす言葉も思いつかず、正面から問うのが一番いいはずだと、礼は意を決して訊いた。

「あの……エド。『スクエア・ギャラリー』って知ってる?」

なるべく悲観的にならず、冷静に話をしよう、と心の中で決める。けれどそれがうまくできているかは、正直自信がなかった。

「お前が今日面接に行ったところだろう? 有名なギャラリーだ、さすがの俺でも名前は知ってる」

エールを飲みながら、エドは気のない様子で言う。礼はその……と、口ごもりながら続けた。

「……顧客名簿に、グラームズ社ときみの名前があるって聞いた。あそこから作品を買ってたりした？」

　エドは数秒沈黙し、持っていたスプーンを置いた。チャイニーズレストランでもらえる、粗悪な作りのプラスチックスプーンだ。

「うちや関連会社が、新社屋を作るときなんかに、買ったかもしれないな。そこは把握してない。サインをしたなら購入理由が妥当だったんだろう。俺自身の名前があるのは、以前知人に頼まれて――いくらか寄付したからだろう。あまりよく覚えてないが」

　そんなことはよくあることなのだろう。エドは顔をしかめ、記憶を掘り起こしてみたがやっぱり覚えがない、というふうに肩を竦めた。エドは間違いなく英国屈指の富裕層に違いなく、持てる者の義務として、寄付する機会があれば惜しみなく出すはずだった。たとえそれがなんの興味のない分野だとしても。だからエドの話は、一言一句真実なのだと思う。一年の間に、何十回もチャリティに参加しているのに、その一つ一つをはっきり覚えておけというのも無理な話だった。

　けれどエドは礼の話しぶりから、事情を察したらしい。小さくため息をつき、

「……俺と知り合いだということがバレて、採用されたか？」

　そう言い当てられて、礼は黙った。

　ここまで話して、分からないわけがなかった。明るく振る舞ったところで、エドには礼がい

つもと違う様子なのもバレているはず。だから食卓でもあえて会話を始めなかったのだと、礼には分かる。

「俺のことは気遣うな。お前が働きたければ働けばいい。お前が働かないからといって、そこのギャラリーに金を出さなくなるなんてこともないし、その逆もないさ。今のところはな」

エールのグラスを手にとり、エドはそう続けた。「うん……」と頷《うなず》きながらも、礼の気持ちは晴れなかった。

「……実は今日、ヒュー・ブライトに会って」

付け足すと、エールを飲んでいたエドがぴたりと動きを止める。

「おい、なぜそっちを先に言わない？」

さっきまで気のないそぶりだったのに、今度は突然身を乗り出してくるエドに、礼は「順番に話さないと」と言ったものの、エドは聞いてはいなかった。いやそうに舌打ちし、「あの気《き》障《ざ》ったらしいウィンチェスター男……」とぶつぶつ文句をつけた。

「あんなやつと、なにを会う必要がある？　今のお前に、ブライトのなにが必要だ」

「偶然会ったんだよ。彼、仕事で『スクエア』に出入りしてるんだ……それで、仕事のことを相談したら、ブライトは、僕には伝統的なアートのほうが性に合うんじゃないかって」

「なぜあいつがお前の適性を決める。なにも分かってないだろ」

「……エド、ブライトは英国が認めるアーティストだよ。多くの仕事をこなすデザイナーでもある……彼は、英国のアートシーンをよく知ってる。彼が言う言葉は一理も二理もあるよ……」

分かりやすく嫉妬するエドを窘《たしな》めながら、礼はブライトにロマンチックだと言われたことを思い出して、また気分が沈んだ。

伝統的な美術分野ならいいのではと言われた。現代アートの現場は、礼には合わないと。

礼だって、現代アートにこだわっているわけではない。単に日本での経験が多い方面を選んだだけだ。かといって、古い美術の世界でも、自分が雇ってもらえるようなあてはなく、どちらにしろ今礼に選べるのはエドの名前のもと『スクエア・ギャラリー』で働くか、働かないか、だけだった。

「まあお前が生きた変人どもを相手にするよりは、死んだ変人どもの絵だのなんだのとだけ懇ろにしてくれたほうが、俺にとっても都合はいい。そこだけはブライトの意見を買ってやる」

アルコールのグラスを干して、エドは口汚い要望を言う。

「……変人なんて言うのよしてよ、口が悪いんだから……」

「変人は変人だ。そんなことより、結局大事なのはお前がどうしたいかだろう。俺の名前を使って入ろうが入るまいが、苦労は同じじゃないか？」

エドが芸術家を悪く言うのはいつものことだし、それを礼が窘めるのもいつものことで、エドはもういちいち取り合いもしない。さっさと話をまとめられて、礼はけれどたしかにその通りなので反論も出てこなかった。

浮かない顔をしていると、エドはため息をつき、礼の頰に掌《てのひら》を当てて慰めてくれた。

「可愛《かわい》いレイ……どこでどう傷つけられても、お前の家は俺だ。俺の愛は変わらない。辛《つら》ければ慰めるし、いつでも逃げ込んでくれて構わない……だから安心しろ」

「……そうだね」

エドの言葉は揺るぎなく、礼は優しい恋人を困らせたくなくて、微笑んだ。こうして悩めるのは、本当は贅沢《ぜいたく》なことなのかもしれない、とも思った。

生きることそのものが覚束《おぼつか》なく、愛してくれる人が一人もいない孤独を抱えてイギリスにやってきた子どものころ——あのときは、この国に家族になれる人がいるかもしれないという希望だけでやって来られた。

エドを愛する気持ちだけで、数年を耐えた。あのころに比べれば、自分は臆病になったのかも……と、ふと思う。

（臆病……というより、傲慢になっていたのかも。自分の力では職が決まらないこともだけど、ブライトに信頼されてなかった気がして落ち込むことだって、勝手な期待を抱いてたから……。自分はもっと高い場所にいるって、勝手に思ってた）

日本では、たしかにそう扱われることが多かった。イギリスに来たら、持っているものなどほとんどなくなるということを、知っていたはずなのに思い知らされるまで、忘れていた。

そんな自分が恥ずかしく、滑稽に感じる。

（ないものは、築くしかない。これから信頼を得なきゃ。努力しないで、ただ落胆してるだけなんてみっともない……）

エドの手に手を重ねると、心に重たくのしかかっていた靄《もや》が少しだけ晴れる気がした。

――しっかりしろ、中原《なかはら》礼。エドのそばで、エドに相応《ふさわ》しくなれるよう生きるって、もうとっくに決めたはず。

自分で、自分の心を鼓舞する。何者でもない自分を思い知ったなら、何者かになるために、ただ努力するだけだ。気持ちはまだ落ちているが、だからといって落ちたままではいられない。

エドは自分の仕事を、「そこにあるもの」と言っていた。眼の前にあることがどんなものでも、眉一つ動かさずに立ち向かうのが、ノブレス・オブリージュの精神。それは礼だって、リーストンで学んだはずだった。

「『スクエア』の仕事、してみる。きみの名前に関係なく……僕の人生にそれが必要だと思う。踏み出さなきゃ、なにも始まらないものね」

飛び込まなければなにも変わらない。

どんなに不本意な状況でも、まずは飛び込もうと決めて言うと、エドは小さく笑い、そっと礼の頰から手を離し、ああと返事した。離れていく間際、大きな手は礼の頰を愛《いと》しげにくすぐってくれる。

「生きた変人どもがいる場所なのは気に入らないがな。他の点では応援してる」

「変人って言わないでって言ったでしょ?」

すかさず忠告したあと、エドと二人眼をあわせて笑ってしまった。どんなに傷ついても、エドはきっと受け止めてくれる。そう思える存在がいるだけ自分は幸せだと、礼は改めて思い出した。


出勤初日は、働かせてほしいと返事をした三日後、四月最後の月曜日だった。

外は薄曇りで、時折晴れ間が見えている。数年前にオーダーしてからずっと大事に着ているスーツの上下に、きれいに磨いた革靴。奮発して買った高価なシャツはタイを締めず一つボタンを開けた。日本の送別会でもらったカフスが、派手すぎず地味すぎないシルバー素材のブランドものだったので、お守りの気持ちでそこだけ替えた。

出で立ちはなにを着ていけばいいか分からなかったので、とりあえずダイレクターのハリーに合わせたつもりだ。

(こんなふうに考えるのがもう、日本人的なのかも。……イギリス人は好きなようにするよね)

鏡の前で髪を撫でつけながら、礼はため息をついた。自分は結局日本人なのだと、こういうとき痛感する。そしてその感覚は、どれだけこの国で暮らしても染みついてぬけないだろう。

九時五分前、礼は『スクエア・ギャラリー』に到着した。扉は開いていて、受付には面接の日に見たのと同じ無愛想な金髪の女性がいて、にこりともせずに「三階よ」と言う。

礼は「ありがとう」と言って、三階へ向かった。エレベーターはあるが客用らしいので、階段を上る。三階に展示室はなく、そこがスタッフの事務所のようだ。メインの展示室は地下、作品の保管場所も地下が主のようだ。

礼がもらった肩書きのアシスタントは、いわば雑用係。何でも屋といったところだ。

事務所のフロアはギャラリストとダイレクターの個室が一つずつ。残りのスタッフが使う共用の部屋にはいくつかブースがあり、個人の机はなさそうだった。共用のノートパソコンが数台置かれている。

出勤しているのはまだ数名で、広いフロアで立ち往生していると、後ろから「Good morning」と声をかけられた。ハッとして振り返り、挨拶をする。三十路ほどの、ハリーとは違うが同じように洒落た格好の男が一人と、知的そうな女性が一人立っていて、彼女のほうは礼を見て「もしかしてレイ・ナカハラ?」と訊いてくる。

「ええ、はい。今日からお世話になる――」

言いかけた礼の言葉を、男が小さく嗤《わら》って遮った。

「『資金繰りくん』か、サヴィル・ロウで買い物を? それもエドワード公のご配慮かな」

礼は言われた意味が一瞬分からず、黙る。女性のほうが男のことを睨《にら》み「やめなさいよ」と注意したものの、同時に礼の服装を、上から下までさっと見定めてもきた。

「集まってくれ。新しいスタッフを紹介する」

そのとき個室からダイレクターのハリーが出てきて声をかけ、スタッフはフロアの共用部屋に集められた。いつの間にか、出勤している人数が増えている。ハリーを含め、スタッフの数は十二名。ギャラリストのブライアンはまだ海外らしく不在だった。スタイリッシュな服装の者もいれば、Tシャツにデニムの若者もいる。ほとんどが英国人だが、褐色の肌の男が一人と、中国系らしいアジア人の女性が一人いた。

「レイ・ナカハラだ。昨日話したが、今日からアシスタントに入る。レイ、私はダイレクターの中でもチーフ・ダイレクターだ。うちにはダイレクターがもう一人いて、ディピュティ《副》・ダイレクターが彼、メイソンだ。しばらくは彼のサポートを」

紹介されたのは、先ほど入り口で礼のことを『資金繰りくん』と呼んだ男だった。

初めから友好的ではない先輩の下につかねばならない緊張で、胃の奥がきりきりと痛んだ。けれど、なにか一言あるかとハリーに言われて挨拶をした瞬間、このギャラリーに自分に友好的な人間など一人もいないだろうと思い知らされた。

「レイ・ナカハラです。……ここで働けて光栄に思います。よろしくお願いします」

通り一遍の挨拶をする間、好奇の眼が注がれているのが分かった。奥の方では女性二人が小声で囁《ささや》きあっている。

――あれがエドワード公の？

――ちょっと前にパパラッチされてた子じゃない？

いやな汗が、じわっと額ににじむ。エドの権力と財力を盾に入ってきた人間だと、たぶん誰もが思っている。エドと礼が恋人だとは知られていないだろうが、怪しまれてはいるだろう。

「さあ忙しい、みんな自分の仕事を」

ハリーが声をあげて礼の紹介は終わった。メイソンは礼に声もかけず、定位置らしい共用テーブルから独立したデスクにさっさと座ってしまう。

「……あの、メイソン。まずなにからお手伝いすれば……デスクはどこを使ってもいいんですか？」

急いで追いかけて、どさりと椅子に座った彼に訊く。

メイソンは礼の質問にはきちんと答えずに、足元にあったゴミ箱を持ち上げた。それをずい、と礼の胸元に差し出す。ゴミ箱には、山盛りにゴミが入っている。

「捨ててきてくれ。最初の仕事だ」

再び、なにか得体の知れない緊張が全身を襲う。こんなに粗雑にされるなんて思わなかった、という気持ちがあったが、ぐっとこらえて礼はゴミ箱を受け取った。右も左も分かっていない。今は言うとおりにするしかない、と思う。

どこに捨てれば？　と訊ねる前に、メイソンは礼から顔を背け、携帯電話を取りだしてどこかへ電話をかけはじめていた。

結論から言うと、礼は仕事を始めて二週間も経《た》たないうちに、『スクエア・ギャラリー』で働くことに後悔を覚えていた。

礼の仕事はまずメイソンのゴミ箱を空にし、彼にコーヒーを入れ、大量の書類をシュレッダーにかけ、プリントアウトした書面をそろえてメイソンに渡すこと、急ぎの書類を、もう一つある『スクエア・ギャラリー』の分館まで、二十分以上歩いて届けること……だけで過ぎていった。

他のアシスタントはもっと具体的な仕事をしている。地下にあるメインの展示物を入れ替えたり、インスタレーションの動作をチェックしたり、アートコレクターとの連絡や、アーティストとの連携もとっている。二階にある小さな展示室で行うような展覧会については、アシスタントにも意見が聞かれ、企画を出していいことになっていたが、礼はそれを知らされることすらなかった。

（僕にも直接、アートに関われる仕事を……）

と思うが、言えるような雰囲気がない。

アシスタントというのは、最初はみんなこんな扱いなのかと知りたくても、礼と親しく話してくれるような人はいなかった。なにより、アシスタント同士が集まってミーティングをしている場に礼は呼ばれないし、その時間はメイソンに言いつけられて、べつの仕事をしている。たとえば、ゴミ箱のゴミを分別するとか、そういう仕事だった。

意地悪をされているというよりも、気に留められていない、という感じだ。弱音は吐かないと決めていたが、不安にはなった。

たいした仕事はしていないのに疲れ切ってしまう。礼の楽しみはもっぱら、地下にあるゴミ収集所にメイソンのゴミを持って行く帰りに、ほんの十分ほど見られる地下展示室の作品だった。

大きな展覧会は今の時期はなく、ギャラリーに所属する作家の作品がそれぞれブースを分けて展示されている。礼のお気に入りは、入り口から入ってすぐ眼につく、ポップな映像アートと、白い空間に木彫のリアルな人間彫刻が並ぶ場所だった。

入り口の映像アートはエッチングとポップなカラー、写真素材などをコラージュしたアニメーションで、毒々しさと面白さ、コミカルな寓話性が絶妙のバランスで展開されていて、見ていて飽きない。滑稽で不思議、時に残酷でもあり、メッセージを読み取れるとは言えないが、時折映像の中でアーティストの魂からこぼれてくる苦しみや悲しみが見える気がする。ふとそこに心が寄り添う瞬間があるのが、礼は好きだった。

入り口をすぎていくつかのブースを横切ると、白い五メートル四方の空間があり、そこには木彫の人形のような彫刻がある。ロンドンに住まう様々な人々をリアルに描写したもので、普通の彫刻と違って色味豊かでどこかポップ、それでいて骨格までも完璧に表現されている。澄ましたアフロの男、街角でタバコを吸うギタリスト風の男、セルフォンを片手に立ち止まる女……膝の高さほどのそれらに、しゃがみこんで目線を合わせて見ると、多種多様な人種が行き交うロンドンの雑踏を見ている気持ちになった。すると自分も間違いなく彼らと同じ社会にいるような気がして、慰められる気持ちになる。

先行きの見えない無意味に思える仕事の中で、作家の意図すら正確には分からないけれど、ただ素直に驚きや面白さを伴って眺める現代アートとの時間は、気持ちが自由になる。

働いていて意味があると思えるのは、わずかその十分たらずの時間くらいだった。

「ギャラリーの一番の問題なんて、金の問題さ。こっちには税金のアテがあるわけじゃない」

ゴミを捨て終えて三階に戻ると、共用テーブルの一ヶ所にセールス担当のウィルとメイソン、数人のアシスタントが集まり、話し合っていた。礼は慌ててゴミ箱をメイソンのデスクに戻し、その話し合いの端っこに参加した。自主的に今の状況を変えるために、混ざれるところにはなんでも混ざるよう心がけていた。

「秋の展覧会には資金不足だ。オースティンの絵は？　売れなかったのか？」

ちょうどメイソンがセールスのウィルに訊き、ウィルは肩を竦めたところだ。

「ダニエル・ガードナーは直前まで買う気になってたけどな、所詮アメリカ人だ、もっと面白いものがいいらしい」

「もっとわけの分からないもの、の間違いだろ。成金仲間に自慢できるようなな」

メイソンは小馬鹿にしたように言う。それから、輪から外れたところに立っていた礼をちらりと振り返る。

「……おたくのエドワード公はアートに興味のない人だったっけ？」

礼はドキリとした。ギャラリーは資金をほしがっていて、エドの名前が出た。エドに寄付金を出してもらうか、アートを購入してもらいたいという意味だろう。ベストな答えを出そうと思うが、手の中に汗がじっとりと滲《にじ》んでくる。

「……顧客名簿に彼の名前があったのなら、以前と同じ方法でご連絡くだされば、場合によっては援助していただけるのではと思います。……それ以上のことはなにも」

なぜこんなことを言わなければならないのだろう？

言いながら、いやな気持ちが湧いてくる。エドのお金はエドのもので、礼のものではない。エドに作品を売るのは礼の仕事じゃないし、もし仕事として命じられるなら考えるが、それはここでこんなふうに、「おたくのエドワード公」などという主語でもって訊かれるような話ではないはずだと思う。けれど同時に、ここで礼が要領よく「なら、僕からエドワード・グラームズに交渉しましょう」と言えるような性格なら、このギャラリーの仲間に受け入れてもらえるかもしれない——とも思った。

（それはエドの力を借りてだけど……でも、僕に望まれてるのはたぶん、その立ち回りだ）

だとしても、そんなふうに言いたくない気持ちのほうが勝っていて、提案できなかった。

「やめろ、メイソン。ミスター・ナカハラは、元々はエドワード公のご親族だぞ。失礼だろ」

一人のセールスが庇《かば》ってくれたが、その庇われ方も嬉しくはない。エドと自分を切り離して考えてほしいと思う。

だが、そうしてもらえるほどの仕事ができていない自分がいるから、真っ先にエドの名前が出てくるのだと思うと、ただただ自分に悔しさが募った。


「……はあ」

仕事が終わり、ピカデリー・サーカス駅までの道を歩きながら、礼はため息をついた。結局、今日もほとんどまともな仕事はなかった。

秋の展覧会について、なにをするかだけでも知りたかったが、質問してもメイソンはきみは見ていればいいというだけだし、アシスタントの一人に声をかけて訊いても、「詳しくはまだ決まってないの」と言われるだけだった。そのうえ日中女子トイレの前を通ると、中からはこんな話し声が聞こえた。

——レイってエドワード公の恋人じゃないの？　ベッドの上で絵を買ってって頼めないのかしら？

——本当に恋人かしらね。たしかにキュートだけど、セクシーじゃないわ。

——あのお高くとまったパブリックスクールイングリッシュ、アジア人が使うと違和感あるわよね。

やめて、下品よ、と誰かが窘めてその話は終わったが、聞いた瞬間は胸を突かれたような衝撃を受けた。こんなことでショックを受けているなんて、とも思ったし、パブリックスクール時代は、あんな噂《うわさ》などよりもっとずっとひどい言葉を言われてもいたのに、ギャラリー内では悪意もなく礼に対してあんな感想が持たれているのだろうな、ということを目の当たりにしてしまった。

（よくあること……すごくよくあることだ）

エドのことで口さがないことを言われるのも、パブリックスクール出身であることを揶揄《やゆ》されるのも、よくあること。

けれど問題は、受け止める側の礼がなんの自信も持てない状況で、だからこそ言われることにそのままショックを受けている、という悪い状況がある。

（誰にも仲間だと思われていない……）

その孤独感が体につきまとい、すると道を歩きながらも、ロンドン市街地の人々から自分一人だけが浮いているような気がした。美しい石畳も、古い建物が軒を連ねる様子も、行き交う様々な人々の――ギャラリーに展示されているような木彫人形と同じ、時にコケティッシュな様子さえ今は礼の慰めにならない。

と、そのとき携帯電話が鳴った。

立ち止まって出ると、相手はデミアンだった。日中何度か着信があったことを思い出し、礼は慌てて謝った。

『ダブリンに行く日が決まってないままだけど。ギャラリーの仕事って土日は休みじゃないんだっけ？　列車で行って帰ってこられる予定も決められないほど、忙しいのかな』

通話に出たとたんに言われる厭味《いやみ》に、今は笑顔で応える余裕がない。デミアン、ごめんなさい、ちょっと余裕がなくて……と弁解する声が、思いのほか弱々しくなった。デミアンは数秒電話の奥で黙り、

『仕事、うまくいってなさそうだね』

と、訊いてくる。デミアンがこちらの様子を窺《うかが》うなんて珍しいと思いながら、礼は路上の外灯にもたれて、「うん……」と思わずため息をついていた。

「歓迎されてません。……仕方ないけど。秋にやる展覧会の内容すら知らない。……エドの財布と思われてるみたい」

『ずいぶん、くだらないことになってるじゃないか』

「……そうはいっても、お金がなければギャラリーなんて立ちゆかないわけだし……」

どちらの味方なのか分からないようなことを言っているな、と自分でも思う。

お金とアート。

まるで性質の違うもののようでいて、金がなければアートは生まれない……。

まいってるみたいだ、とデミアンに言われると、ついつい口が滑った。

「変な気持ちなんです。……前に日本で展覧会を担当したときは、国の美術館で……寄付も十分あった。いい作品を見せることだけ考えていられたけど、ギャラリーはそもそも、作品を売る場所ですもんね」

そう言うと、デミアンは辛辣な口ぶりで応える。

『買うやつと売れるやつが偉い世界さ。構造的には、アートは貴族の社会だよ。金持ちだけの贅沢な趣味。アートの持ってる側面で、俺が一番嫌いなところだね』

……アートは貴族の社会。

そう言われて、ふとそうなのかなと思う。似ているところはあるのかもしれないが、礼にはまだ分からない。

「……アートってなんでしょうね」

ぽつりと言ってから、しまった、言い過ぎたと思った。今は自分が面倒を見ているアーティストではないとはいえ、こちらの心の重荷など、デミアンに見せるつもりはなかった。礼は

「忘れてください」と言って、「週末はもちろん休みです。帰ったらカレンダーを見てメールします」と約束し、電話を切った。

けれどその日、ダブリン行きによさそうな日程をいくつかあげて連絡をしても、デミアンからは返事がこなかった。怒らせたかなと礼は心配になったが、何度もしつこく連絡するのもはばかられた。エドはデミアンとダブリンに行く、と告げると、

「ダブリン？　デミアンと？　なんでそんなところにそんなやつと行く必要が？」

とひとしきりうるさく言ったあと、

「まあ、日帰り旅行に行けるくらいには、仕事に慣れてきたのか？」

と肩を竦めていた。礼はそれには苦笑いで応えるしかない——慣れるもなにも、仕事なんてしていない。しているのはゴミ捨てくらい。などとは、とてもではないが情けなさすぎてエドに伝えることができなかった。

翌朝もメイソンのゴミ箱からゴミを捨てるところから始まった礼の仕事だが、始業して二時間が経ったあたりで、一人の見慣れぬ男がオフィスフロアに入ってきた。

ちょうどみんなミーティング中で、礼もその端っこに形ばかりは参加していた。

議題は昨日と同じ資金繰りの話で、セールスのウィルが顧客名簿のいくつかをあたったが感

触が悪いと話していた。今の企画案ではコレクターの興味を引けない、根本的に見直さねばならない……という切羽詰まった話題だった。

「暗い顔をしてどうした？　また金の話か！」

そのとき入ってきた見慣れぬ男が、声を張り上げた。思わず礼が振り返ると、それは初老の男性で、恰幅《かっぷく》がよく髭を生やしている。質のいいスーツを着ていたが、シャツは肥《ふと》った体にピンと張り付いていた。

「ブライアン」

チーフ・ダイレクターのハリーが小さく息をつきながら言った。それで初めて、礼はこの声の大きな男が『スクエア・ギャラリー』のオーナー、ギャラリストのブライアン・ベネット氏だと分かった。

ブライアンが大股でフロアに入ってくると、アシスタントの中には居心地悪そうに視線を背ける者もある。礼が仕事を教わっているメイソンは、明らかに面倒くさそうに眼をすがめ、聞こえないくらいの小さなため息をついた。こっそりその顔色を見ると、いかにも「やれやれ、めうるさいのがきた」という表情をしている。どんなときにも感情を見せないハリーと違い、メイソンは意外にも喜怒哀楽が分かりやすいので、礼はなにかあると情報を得るために、メイソンの反応を見る癖がついていた。

「今ちょうど、先日メールした件で話し合っていました。今回のメインスポンサーであるダニエル・ガードナー氏が、オースティンの作品ではメインアートとして納得できないと……セールス担当の話では、交渉の余地はなさそうです。ですが、今うちにある新しい大きな作品はオースティンのものくらいです。現状のままなら、金は寄付でかき集めるしかありません」

ハリーは淡々とブライアンの登場に驚いた様子もなく説明した。

（資金繰りの話が続いてたのって、そういう理由だったんだ……）

ようやく展覧会の情報の一部を知れて、礼は合点がいった。

大きな展覧会を開催するにあたりとにかく資金が必要だが、そのためには所持している作品を買ってもらわねばならない。ところがスポンサーであるアートコレクターが、こちらの提示した作品を買わないと言った……という事情だろう。ブライアンはハリーの言葉を聞くと、持っていたボストンをどさりとテーブルの上に置き、にやにやと口髭を撫でた。

「そのことなら朗報だ、私がダニエルに話をつけた。新しく追加するアーティストの作品なら、喜んで購入するとのことだ。もちろん寄付も入ってくる」

ハリーが眉根を寄せ、他のスタッフも訝《いぶか》しげに顔を見合わせた。

「新しく追加するアーティスト？　所属アーティストとは別に、ということですか？」

「ああ。それも二名だ。秋の展覧会では、その二名の作家に競作してもらう。勝ったほうをダニエルが買う。予算はおよそ八十万ポンドだ」

礼は息を呑《の》んだ。八十万ポンドは、日本円でおよそ一億一千万円。ダニエルという人物は

『スクエア』の顧客名簿に名前を連ねるアメリカのアートコレクターだ。まだ若いが、投資業で成功して巨万の富を手に入れ、数年前からアートビジネスに乗り出している。若いアーティストの作品をいくつもコレクションし、競売で大金で売りさばいていて、毎年発行される『アートト・レヴュー』という雑誌の、「アートシーンにパワーを持った世界の百人」、『パワー100』にも名前が挙がっているくらいだ――。

だが、礼が何度も見返した、このギャラリーの所属アーティストの誰に、ダニエルの白羽の矢がたったのか分からない。

同じことを思ったのだろう、女性アシスタントの一人が、持っているリストをパラパラとめくって見ている。

「……八十万ポンド」

額に驚いたのか、思わずというように呟いたあとで、ハリーは顔をしかめ「しかし、誰の作品なのです」とブライアンに訊ねた。ブライアンは明るい茶色の眼を悪戯《いたずら》っぽく輝かせて得意満面に言った。

「一人はロブ・サイラスだ。知っているだろうが、普段はスペインに在住している我が国の誇る若手作家だ。彼の才能をダニエルが高く評価している。うちに所属する契約も進んでいる」

ロブ・サイラス――礼も作品と名前は知っていた。大学でロボット工学を学んだアーティストで、半分が機械、半分が肌を持ったアンドロイド風の人間や動物というセンセーショナルで、不思議な作品を多く発表している。年齢は礼と同世代。かなり若い作家だ。ロブの名前を聞くと、場の空気は一変した。

「ロブ・サイラスだって？　まだ国内のどのギャラリーにも所属してない。拠点をスペインから本国へ移すのか？」

「彼の作品、去年バルセロナまで見に行ったわ。半分ロボットのハリネズミよ。毛の部分は剣製を使ってたの。面白い世界観だった」

一斉に騒ぎ始めるスタッフたちを尻目にハリーは冷静で、「もう一人は？　ブライアン」と促す。ブライアンはさらに得意げな顔で、

「デミアン・ヘッジズだよ、諸君」

と告げた。

出てきた名前に、礼はびくりとして固まり、それはそこにいる他のスタッフも同様だった。数秒の沈黙のあと、

「デミアン・ヘッジズ……？　まさか。彼が作品を貸すわけがない」

「ましてや競作なんて。そのために作品を制作？　たった半年で？　ありえない」

メイソンは聞いたとたん、大袈裟《おおげさ》にため息をつき、「ブライアン、いくらなんでも非現実的だ」と否定した。

「デミアン・ヘッジズが、ここ数年で作品を貸したのは日本のナショナル・ギャラリーにだけ

――」

言いながら、メイソンはちらりと礼を見る。礼はそれになぜか緊張して、息を止めた。
「以降の経歴は知ってるはずだ。あちこちのギャラリーが彼に声をかけた。日本に作品を出したんだ。あの変わり者もとうとう丸くなったかと……もちろんうちも。それが大間違い。デミアン・ヘッジズは、展覧会に作品を貸すと口約束しても、直前でやっぱり貸せない……と言い張って、キャンセルを繰り返した。去年、俺が担当したんだから間違いない。今じゃ英国のギャラリーは、どこも彼に期待してない」

（……え？）

聞いたことのない話だった。礼は混乱し、思わず話しているメイソンの顔をじっと見た。礼が日本にいる間、デミアンが他のギャラリーや美術館から声をかけられていることは初耳だった。デミアン本人からも聞いていなかったし、エドやロードリーからも聞いていない。そのうえ、それを直前でキャンセルしていたことなど、もっと知らない事実だった。

（どういうこと？　詳しく聞きたいけど……）

心臓が、いやな音をたてはじめる。自分のことではないのに、大切な友人に近い存在だからこそ、まるで自分の悪評を聞いたような気持ちになった。

けれど今、誰かにそれを確認できる雰囲気ではないと、礼はぐっと我慢する。しかしそこにもっと衝撃的な事実が舞い込んでくる。メイソンの否定を受けたブライアンが、おかしそうに笑いながら言ったのだ。

「いいや、今回こそはキャンセルはなしだよ、メイソン。なにしろデミアン・ヘッジズに関しては我々のオファーじゃない。本人から直接連絡を受けたんだ。秋の展覧会に、自分の作品を展示してほしいとね——」

そう聞いてもまだ怪訝《けげん》そうなスタッフの中で、礼もまた信じられずに眼を丸くしていた。

「展覧会のメインは稀代《きたい》のアーティストの競作だ。オースティンの作品は適当なところに配置しとけ。計画を練り直すぞ、ハリー、メイソン。すぐに私の部屋でミーティングだ」

せわしなく言い立てて、ブライアンが自分の部屋へ引っ込む。残されたスタッフたちは顔を見合わせ、「本気?」「デミアン・ヘッジズが? どうせ嘘《うそ》だろ」「直前で掌を返されると分かってて、企画を通す? 正気とは思えない」と悪態をつきながら、それぞれの仕事に散っていく。

メイソンは舌打ちし、「競作か……アメリカ人の考えそうなことだな。アートもいまや賞レースだ」と皮肉る。セールス担当のウィルは肩を竦め、「アート市場は現在一位がニューヨーク。ロンドンは遅れをとってるから、仕方ないさ」と付け足して、持ち場に戻っていく。ハリーはなにをどう思っているのか、一人ため息をついている。

やがてミーティングスペースには誰もいなくなったが、礼はまだそこに突っ立っていた。今日初めて顔を合わせたギャラリスト、ブライアンに挨拶をすることすら忘れていた。

昨日デミアンとした通話のことが、頭に蘇《よみがえ》ってくる。ダブリン行きについて、返事のメールがなかったことも。

（……まさか）

いやな汗が、額に吹き出る。

（……デミアン、僕のために、出品するつもりじゃないよね？）

そのとき、自室に入っていたブライアンが扉から顔を出した。

「レイ・ナカハラ、きみも来てくれ！」

突然名前を呼ばれて、礼はぎょっとして顔をあげた。驚いているのは礼だけではなく、今まさにブライアンの部屋に入ろうとしていたダイレクターのハリーと、メイソンもだった。彼らの眼の中には、なぜこのアジア人を、という疑惑が浮かんでいるように見える。

いやな予感を覚えながら、一度こくりと息を呑み、礼は背筋を伸ばしてブライアンの部屋へ向かったのだった。

四

「俺から電話したんだよ。おたくの展覧会に出してくれって。『スクエア』のギャラリストには以前名刺をもらってたし……。ブライアンとかいう、あの拝金主義者は好きじゃないけど」

さらりと言うデミアンに、礼《れい》は「そ……そういうことじゃなくて」と上擦った声をあげていた。

土曜日、礼はどうしてもデミアンと直接話がしたくて、彼を誘った。ちょうどエドも休みだったし、エドはデミアンのパトロンでもある。一緒に話を聞いたほうがいいはずだと思い、今はまだロンドンに滞在中だと聞いていたデミアンを、ハムステッドのフラットでのランチに招待した。

もちろんエドは嫌がった──「なんだって貴重な休みに、陰気くさい芸術家気取りと食事をしなきゃいけないんだ?」と──自分が支援しているアーティスト相手にものすごい暴言だと礼は思ったが、誘いを受けるときのデミアンも、「いいけど、それってグラームズもいなきゃいけないの? お高くとまった貴族の顔なんか見てたら、食事が不味《まず》くなりそう」などと言っていたので、おあいこではある。デミアンだって、年間相当額の支援を受けながら、エドに対してその態度なのだ。

礼は初っぱなからけんか腰の二人をまあまあと宥《なだ》めすかしてサラダを作り、朝からローストチキンを焼いた。礼はけっして料理上手ではないが、イギリスは外食が高く、エドは礼以上に料理が下手なので（というより、興味がないのだろうと礼は思っている。エドがその気になればできないことなどほとんどないはずだから）、必然的に礼は料理を覚えるようになった。

思春期をイギリスで過ごしていても、自分はどこまでも日本人なのだなと思うのはこういうところで、エドは三食サンドイッチでも構わないし、ファーストフードや豪勢な外食、フィッシュアンドチップスが続いても気にならないようだが、礼はそうもいかず、せめて二日に一度は家でゆっくりと手料理を食べたくなる。イギリス風の簡素な味付けは思春期のころは気にならなかったが、一度帰国して十年近く日本の食事に慣れたあとでは飽きが早く、このごろでは日本の食材を扱うスーパーマーケットで、味噌《みそ》や醤油《しょうゆ》を買い置きするようになった。

その一方、デミアンは放っておいたら一週間栄養補助食品を食べて暮らしていそうなので、礼はチキンのまわりにたっぷり野菜を敷き詰めたし、サラダも店を回って新鮮そうな野菜を選んで買ってきた。ブイヨンを使ったオニオンスープも作ったし、美味しいブレッドも買った。

そうして、約束の十二時ぴったりに現われたデミアンを食卓に案内し、チキンを盛り付けるのはエドに任せて、とりあえず同じテーブルについて待つ間、「今日は訊きたい話があって」

と言うと、デミアンはあっさり、「『スクエア』の展覧会のこと？」と返してきたのだった。驚いた礼が眼を瞠ると、デミアンは自分からブライアンに電話をしたのだと告げた。

礼は一瞬固まり、それから、「デミアン」と、窺うような声を出していた。

「……あなたが、僕を指名したって本当ですか？　僕に……その、アシスタントとして、担当してほしいって」

礼はそう聞いていた——ギャラリストのブライアンからだ。

まだ見ぬロブ・サイラスというアーティストと、デミアンが競作し、それが展覧会の目玉になると聞いたのはまだ昨日のことだった。それは礼だけではなく、他のスタッフも同じだったようだ。

ハリーは難しい顔をしたままなにも言わなかったが、メイソンは「この時期にコンセプトからがらりと変えるなんて。無茶だ」と意見していた。

「まだ顧客に案内は出していない。今なら間に合う。それに、これはかなり高額のマネーチャンスになるぞ」

とブライアンは強気で、どうやら聞き入れる雰囲気はなかった。

ハリーはため息混じりに「とにかく急ぎであるのは事実です。ブライアン、アイディアがあるならすべて話してほしい」と素早く切り替えていた。

礼は扉の近くに待機したまま、どうして自分がこの場に呼ばれたのかと考えながら、緊張して待っていたが、やがてブライアンから声がかかった。

「レイ、よろしく。ブライアン・ベネットだ。きみには感謝しているよ」

よく考えれば、それがブライアンと礼とのファーストコンタクトだった。雇ってもらえたのはこの人の口添えがあったからだと思い出し、一言お礼を言うべきかと迷って握手しながらも、礼はブライアンの言葉に困惑した。なにを感謝されているのかが、まったく分からなかった。

ブライアンは礼の肩を叩き、

「日本のナショナル・ギャラリーで、デミアンを落としたのはきみだって？　彼はよほどきみが好きらしい。展覧会までの制作期間、きみにサポートをお願いしたいと」

上機嫌にそう言った。礼は動揺して言葉を失ったが、ハリーとメイソンも同じ様子だった。ゴミを捨てるくらいしかできないアジア人に、いきなり展覧会のメインアーティスト、それも巨額を稼ぐかもしれない作家を担当させると言うのだ——二人のダイレクターの不安と不満は、礼にだって察知できた。

「ミスター・ナカハラには無理です、経験が乏しすぎる」

すぐさまメイソンが反対したが、ブライアンはまったく聞く耳を持たなかった。

「あちらのご指名だ。約束した。いまさら反故《ほご》にはできない」

メイソンは鼻で嗤い、「相手はデミアン・ヘッジズですよ？　作品は人気があるが、平気で約束を破るタイプだ。こちらが守って破られたら元も子もない」と言った。

だが、ブライアンはとにかくレイに担当させると譲らなかった。礼の意見は特に聞かれなかった。礼もその場でどう発言するのが適切なのか、判断に困った。ただ三人の中で最も冷静なハリーだけが、

「……面倒なことになりそうだが。きみの意志は?」

と、訊いてくれた。気位が高く、時に不公平にしか見えなかったハリーが、礼の考えを訊いてくれたことには驚いたが、いやだと言って通るわけではないことも、デミアンからの指名なら当然断れないことも知っていた。

「もちろん、僕にできることならなんでもやります」

そう答えると、ハリーはイエスもノーも言わず、「I see」とも「Thank you」とも言わなかった。ただ小さくため息をつき、

「メイソン。担当はレイだ。我々は他のプランを練ろう」

とまとめてくれた。ただ、ハリーが納得しているかというとそうは見えず、想像だが、なにかしら複雑な感情を持たれているだろうとは思った。メイソンは明らかに気分を害していて、

「俺に担当できなかった作家だぞ」とぶつぶつ呟いていた。

(……やっぱりデミアンは、僕の弱音を聞いたからブライアンに電話したんだ)

そのとき、礼はそう思った。

ミーティングはブライアンの一方的な要求が続き、それにメイソンが噛《か》みつき、ハリーが調

整するだけで終わってしまった。部屋を出るとメイソンには小声で釘《くぎ》を刺された。

「余計なことはしてくれるなよ。デミアン・ヘッジズは神経質だ。きみは他のヤツらより顔見知りがいいというだけで指名されたんだ。ギャラリーの伝書鳩《でんしょばと》になってくれればそれでいい」

要するに、礼の意見や考えは展覧会に反映させないし、独断で動くことは許さないという意味だろう。もっとシンプルに言えば、信頼されていないということになる。メイソンに言われなくても、自分が周囲にどう見られているかは分かっていたし、今回のこの抜擢《ばってき》が力不足だと思われることも眼に見えていた。

だとしても、ギャラリストの決定を覆すのは到底難しそうだったし、とにかく一度、デミアンと話し合う必要があると思った。だから礼はデミアンをランチに呼んだのだった。

「……デミアン、その……うぬぼれたことを、至極率直に言うけれど」

ダイニングテーブルにはまだメインは来ておらず、水の入ったグラスとサラダの入ったボウル、それにブレッドの入ったカゴだけだ。キッチンでは、エドが作業している音がする。

「もしかしてあなたが『スクエア』に依頼を出したのは、僕のためなの？」

水を飲み、デミアンはしばらくの間黙った。彼は今日もくたびれたパーカーにややゆったりしたデニム姿で、相変わらず無精髭を薄く生やしている。

「それ訊いて意味ある？」

やがて言われた言葉に、礼は困らされた。

「だってもう出展は決まってて、制作のオファーも受けた。明日にもなにを作るか考えるつもりだよ、ブライアンからは自由にしていいと言われてる。きみを担当にというのも取り消す気ないし、俺の真意なんかどうでもよくない？　まあ真意っていうほどのものもないけど」

「……ほ、本当に出展は確実なんですか？」

思わず訊ねていた。今は五月。秋の展覧会まで、たった五ヶ月しかない。その間に作品を制作し、そのうえ展覧までするなんて、普通の作家にとってもかなりタイトだ。そんな制作スタイルはそもそもデミアンらしくないし、過去に出展をとりやめたケースが多い状態で、危ない橋を渡らせていいのか、という懸念があった。

（僕のために、無理をさせたくないし……でも）

もう一方では、本気でやってくれるならやってほしいという望みもある。

昨日、礼はメイソンに散々厭味を言われた。メイソンは過去にデミアンに作品の借り入れを申し出て、土壇場でキャンセルされた経験があるらしい。どうせ次もそうなる、と言われてしまうと、礼はそんなことはないと言い返したくもなった。デミアンは本当は、素晴らしい作家で——ただ繊細なだけで、状況さえ整えばちゃんと作品を世に出せると、礼はみんなに示したかった。だからこそ、失敗しそうな環境でデミアンと仕事をしたくない。やるからには、きちんと成功させたいという思いが、礼の中には強くあった。

「今回の展示は、その……僕があなたに以前お願いしたようなものではなくて、作品はコレクターに買われていきます。ギャラリーは制作期間中、あなたに制作費を出す。つまり、直前で売らないと言うことも、作品を出せないと言うことも、違約になる……」

「べつに分かってるよ。違約になったら金を払えばいい。そのくらいの蓄えはあるし」

平然と言うデミアンに、礼は不安が胸の内に渦巻くのを感じた。

最初から違約にするつもりだったら困る、と思う。デミアンのその考えを知りながら担当するのは、自分にはかなり難しい。

「今回の出展は競作です。相手はロブ・サイラス……そのこともご存じですか？」

競作なんて、話題にはなるかもしれないが、どう考えてもデミアンの趣味ではない。思わず訊くと、デミアンは肩を竦めて「ロブ・サイラスの名前くらいは」と興味なさげだった。

「貴族の作家だろ。好きじゃないし、相手なんてどうでもいい。評価なんてコレクターが決めることだ」

「……デミアン、僕はあなたの作品は世に出るべきだと思ってますし、きちんと出展が叶《かな》うなら、どんな形でも嬉しい。でも……僕を見かねて助けるために名乗り出てくれただけで、最初から出展を引っ込めるつもりがあるなら、それはあなたの評判に傷がつくので……」

上手く言葉が見つからない。ただ焦燥感だけがある。以前も似たような気持ちになったと、礼は思い出した。一年半前、エドが礼のためにデミアンに手紙を渡したときと似ている気持ちだ。自分のために動いてくれたことは痛いほど分かりながら、素直に受け取れない申し訳なさや、居心地の悪さがある。

「傷がつくもなにも、こいつの評判なんて既に底辺だろう」

キッチンからローストチキンを持ってきたエドが、不意にそんなことを言って会話に割り込んできた。デミアンは舌打ちし、

「じゃあきみの評判は地底にあるね、グラームズ卿」

と、切り返す。礼はため息をついた。部屋には香ばしいチキンの香りがいっぱいに漂っている……。

礼の隣に座ったエドは、「レイ、悩むな」と言ってきた。

「悩むだけ無駄だ。お前はお前の仕事をしろ。ヘッジズに期待しなければいい。競作相手はもう一人いるんだろう？　最悪そいつがなんとかするさ」

エドはパトロンのくせに、デミアンの作品に一ミリも興味がない様子でそう決めつける。デミアンはエドを無視し、勝手に自分の皿にチキンを取り分けている。

「鶏《とり》の皮ってグロテスクで苦手」

「じゃあ食べなくていいんだぞ、我が家は客に無理やり食事を押しつける主義じゃないからな。マーマイトでも出そうか？」

「盛り付けは気に入らないけど味はいいよ。まあこの盛り付けも、死ぬほど悪いってわけじゃない。一歳児並みにはできてる。たぶん。前衛的だ」

盛り付け担当のエドのセンスを揶揄し、デミアンは肩を竦めた。盛り付けといっても、大皿にチキンが置かれ、周りに野菜が載っているだけだった。難点は、皿の大きさが足りておらず、野菜がいくつかこぼれそうになっていることくらいだろうか。

「……べつに初めからキャンセルするつもりではいないよ」

食事を摂《と》りながら、ぽつりとデミアンが言った。

「出すって言ったんだから、ちゃんと出そうと思ってる」

ごく小さな声で、それでも礼を安心させるように断言してくれたデミアンへ、礼はこれ以上問い詰めるのはやめよう、と思った。もしもデミアンが礼の状況を見かねて心配して出展を申し出てくれたなら、そこにあるのは友情であり――責めることはできない。

最終的に、良い形でデミアンが作品を出展できれば、競作の勝ち負けは置いておいても、『スクエア』を始めとする多くのギャラリーからの信頼を回復できる。

（……そうだ。結果良ければすべて良しだ。良い結果になるよう、僕は僕の仕事をすればいい）

エドの言うとおり、仕事は仕事。自分の仕事をちゃんとやるしかないと、礼は思い直した。

食事が終わってデミアンが帰ることになり、礼は駅まで送っていった。

デミアンがメインで使っているスタジオは遠いが、このごろはロンドン市内に借りているフラットに泊まっていて、今日もそこに戻るようだった。

「エドがギャラリーを持って、レイがギャラリストになれば？　そこになら所属してあげてもいいよ」

ハイストリートを駅へと向かう途中でそんなことを言われて、礼は驚いてしまった。まさか、と言うと、わりと本気だけどと返ってくる。

「……経験が足りなすぎます」

「関係ないじゃない、ギャラリーなんてその持ち主の趣味嗜好《しこう》なんだから。アートの仕事をする意味が、とりあえずこの仕事に関わってたいってことなら、今のとこにいるんでもいいんだろうけど」

地下の駅に続く階段の前で立ち止まったデミアンは、両手をポケットに突っ込んだ姿勢で礼を振り返った。

「きみ、昔俺に言っただろ？　大事なのは、これから先俺がどう生きていきたいかだって。それってきみの問題でもある」

まあ、言える権利もないけどね、と肩を竦めて、デミアンはステップを下りていこうとした。その言葉は一年半前、日本の美術館にデミアンの作品を借りたくて、デミアンに依頼していた当時の、自分の本音だったはずだ。

（……今の僕はあのころよりも、自分が見えていないのかもしれない）

礼は思わず「デミアン」と声をかけていた。

「今まで、ギャラリーへの出展をキャンセルしたときには……なにか理由があったんですか？」

歩みを止めたデミアンは、しばらく黙り込んでいたがやがて言った。

「さあ。忘れたよ。気分が乗らなくなったんじゃないか？」

デミアンはそれだけ言うと、ステップを下っていき痩せた背中は見えなくなった。猫背気味に丸まった彼の姿を瞼の裏に思い返しながら、礼は忘れるはずがない……と感じた。

(……デミアンは昔は、一つだって無闇に作品を出さなかった。でも、貸し出そうと思えるところまでは変われたんだ。でも、作品をどうしても、出展できなかった理由がある……)

直感的に、そこは簡単には触れてはいけない場所のような気がした。もしもただのギャラリーのアシスタントと、たまたまゲストで呼ばれたアーティストの関係なら――たぶん、踏み込むべきではないところだ。

(でも……僕は、デミアンのこと……もっと近くて、親しいと思ってる。もっと……ちゃんと彼の力になりたいって)

けれどそれは単に友人として、ではなく、おそらく才能あるアーティストと、その才能を世界に見せる仕事がしたい、一人の人間としての感情だった。

(それってどういう仕事なんだろう。今やってるアシスタントもそう？　僕にはまだ力がないけど……働き続ければ、いつかデミアンにとっての最良の場所を、用意できるようになるのかな……）

　たとえば礼が本当にギャラリストで、そこにデミアンが所属しているとしたら。

　それは彼の人生を背負っていくことだろうから、友人では踏み込めない場所にも、踏み込めるのかもしれない。

　ふとそんなふうに想像したものの、実際のところは分からなかった。

　そもそも自分はギャラリーで仕事をして、将来的になにをしようというのだろう。おこぼれのようにもらったデミアンの担当という仕事をこなし、その先でなにがしたいのだろうか。

　とりあえずアートに関わる仕事を。

　そう思って職を探し、エドの名前でこの業界に入り、デミアンの情けでなんとか少し、それらしく働けそうなチャンスが巡ってきた。

　だが、そのあとは？

　自分はどう変わっていけばいいのだろうかと考えても、礼には答えが出せなかった。

　駅からフラットに帰ると、エドが食器を片付け終えて、紅茶を淹《い》れているところだった。ケトルがしゅんしゅんと音をたてて湯気をあげている。

「……エドは知ってたの？　デミアンが……国内のギャラリーから干されかけてるって」

　パトロンとアーティストとはいえ、エドはデミアンにさほどの興味を示さない。いちいち把握しているかどうか分からなかったが、キッチンカウンターに座ってそっと訊くと、「干されてるかどうかは知らなかったが。作品の出展を直前でキャンセルした話はロードリー伝いで何度か聞いていた」と答えが戻ってくる。

エドはデミアンのことは、もっぱら秘書のロードリーに投げっぱなしの様子だ。

「まあそんなことを繰り返せば、干されていても納得する。だがデミアンが自分で作品を出すと言えば受け入れるところはあるわけだ。それ自体は幸運なことじゃないのか?」

「そうだね……」

頑張ってみるしかないか、気持ちを決めて、礼は息をついた。エドは礼の前に紅茶を差し出し、小さな声で付け足した。

「時がいつ満ちるかどうかの違いだ。……生活すれば、矛盾は必ず生まれるものさ」

どういう意味? と、礼がエドを見上げると、エドは微笑んで肩を竦め、「とりあえず今は、俺の紅茶をどうぞ」と言うだけだった。

それから休み明けに出勤した礼は、事態がもっと驚くことになっていて、混乱した。

朝からブライアンに呼ばれた礼は、ハリーとメイソンも一緒に集められたギャラリストの部屋で、こう告げられたのだ。

「レイ! ロブ・サイラスからもきみを指名された。デミアンとロブ。二人の世話を頼めるな？」

礼は呆気《あっけ》にとられて、しばらく意味が分からなかった。

ロブ・サイラスは秋の展覧会での、もう一人のメイン。彼は礼を担当窓口に指名したというのだが、礼は彼と面識がなかった。作品をうっすら知っているだけだ。

「知り合いなら、なぜもっと早く言ってくれなかった？　さすがエドワード公の縁者だな」

顔が広い、もしかして、コレクターのダニエルとも知り合いか？　きみは金持ちの知人が多い、とブライアンは品の悪い冗談を言い、礼は戸惑ってしまった。いいえ、知り合いでは……と否定したものの、ブライアンは「なんでもいいさ。指名があったのは事実だ」と言うだけだった。

同じ部屋にいたメイソンの視線は冷ややかで、ハリーは渋面だった。

「うまくやってくれ、二人の作家がそろうなら、ダニエルが前金に四十万ポンドを振り込んでくれる。もし両方の作品が気に入れば二つとも売値がつく。一気に百六十万ポンドだぞ」

もう一つギャラリーを建てられるな、とブライアンは嬉々《きき》としていた。できればロブとデミアンを両方ギャラリーに所属させ、作品価値がもっとあがれば、イギリスのアート市場を『スクエア』が席巻できるだろう――。

礼はブライアンのその展望を、しばらくの間、ただ黙って聞いているだけだった。

「きみがアーティストと寝ているという噂《うわさ》は本当なのかな」

ブライアンの部屋を出たとたん、メイソンが小声でぽつりと言ってきて、礼《れい》は耳を疑った。思わず直属の上司である彼の顔を見上げると、メイソンは軽蔑を込めた眼《め》で礼を見下ろしていた。

「貴族出身のアーティストに知り合いが多く、可愛《かわい》がられてるそうじゃないか。それも男色家の作家にばかり……」

「……げ、芸術に携わるあなたが、そんな差別的な発言をなさるんですか？」

怒りがこみ上げてきて、咄嗟《とっさ》に反発していた。ダメだとは思ったが、胃の奥がムカムカした。メイソンは眼を細めて、「差別じゃない、事実を述べただけでは？　ハリーだって疑ってるさ」と言い捨てて、大股に自席へ戻っていった。

ふと見ると、フロア内にいる他のアシスタントも、ちらちらと礼を見ていた。きっと、ロブ・サイラスも担当することが知られたに違いない。個人的にはまったく知らないアーティストだが、有望な若手作家が二人もこぞって礼を指名したなら、妙に思われるのは普通の反応だ。もしかしたらスタッフの全員から、礼はアーティストと寝ていると思われているのかもしれない。それは日本にいたときも、似たような嫌疑をかけられたことがあるから、なんとなく分かる。だが実際は、礼だってわけが分からず戸惑っているのだ。

（……自分の仕事！　仕事をしよう）

頭の中で自分に言い聞かせ、空いているパソコンを借りた。ロブ・サイラスに関する資料を、できるだけ多く集めねばならない。企画書はハリーからあがってくるはずだが、それを受けて作家と実際に細かなやりとりをするのは礼だった。できるだけ事前に情報がほしいし、なにより自分を指名した理由を知りたい。

（……日本にいたとき、会社の雑誌でも何度か取り上げた作家だ。年齢は僕より一つ下……スペイン在住だけど、出身はスコットランド……たしか、そう、ウィンチェスター出身の貴族――）

名前で検索をかけると、作品の画像と一緒に、本人らしき写真がヒットした。世界中に利用者のいる画像メディアを使ったSNS、Instagramや、日記やメッセージなどのコミュニケーションツールを主体にしたFacebookなども積極的に利用するタイプのようで、それぞれにアカウントがあり、更新も頻繁だった。

開くと、日焼けした肌に青い瞳、淡い色の金髪が印象的な美男子の写真が一番初めに出てくる。投稿のメモを読む限り、ロブ本人だった。

彼は満面の笑みを浮かべ、南国のビーチを背景にセクシーな水着姿の女性とのツーショットをあげている。どうやら旅行に行った先での写真で、サングラスをかけ、ラフなTシャツ姿だった。しかし投稿を遡れば時折スーツ姿や、タキシードなどの礼装姿もあり、コメント欄には彼のルックスを褒めちぎる言葉が並んでいる。作品が展示されると、必ず作品とのショットをあげているし、一緒に映っている女性も一人だけではなく、様々だった。男性の友人グループと撮っていることも多い。中には有名なモデルや俳優、ミュージシャンもいる。交友関係はかなり広そうで、はっきり言ってデミアンとは正反対のタイプだ。

（……どうしてこの人が、僕を指名したんだろう？）

まったく見当がつかなくて、頭をひねる。

礼はギャラリストのブライアンに彼と面識がないことを再度きちんと説明し、なにかの手違いでは、と訊《き》くことにした。だがもう一度部屋を訪ねて説明しても、ブライアンから返ってきたのはまるであてにならない答えだった。

「きみはリーストン出身だ。覚えてないだけで、どこかで一度くらい顔を合わせたんじゃないのか？　いいじゃないか、先方のご指名なんだ。八十万ポンドがかかってるんだぞ。うまいことやってくれ」

そう言って追い出された礼は、フロアを戻りながらもやもやした気持ちだった。

（……うまいことって……コレクターに作品を売りつけるってこと？）

デミアンがブライアンを拝金主義者と呼んだときはさすがに同意しかねたが、今になるとその言葉の意味が分かる、と思ってしまいそうになる。競作する作家二人の担当を同じ人間に任せるなんて、危険以外のなにものでもない――。

（作家のためにならない。やっぱりもう一度話して、なにがなんでも辞退して、デミアンの担当だけをさせてもらおう）

そう思いかけていたとき、女性スタッフの一人が「ミスター・ナカハラ。呼び出しよ」と声をかけてきた。

顔をあげた礼は、ぎくりとした。

フロアの入り口に、一人の男が立っていた。それはデミアンよりも高い背に、男らしい体躯《たいく》。日焼けした肌と、青い眼に金髪。カジュアル仕立ての白いスーツに、紺地のシャツ。サングラスを胸元にかけている――たった今画像で見ていたロブ・サイラス本人だった。

彼はフロアをきょろきょろと見渡し、思わず立ち上がった礼を見つけると、にこりと微笑《ほほえ》んだ。そうしてまるで友人であるかのような態度で、大きな手を振ってきた。

「やあ、ミスター・ナカハラ。会えて光栄だよ。僕の名前は――もう知ってるかな？」

ひとまず、二階にある応接用の広い部屋にロブを通した礼は、彼のためにコーヒーを淹《い》れて持ってくると、「すぐにブライアンが来ますから」と伝えた。が、ソファに長い足を組んで座っているロブは、「いいよ、きみに会いに来たんだから」と言って、礼を困惑させた。

どうしていいか分からずに礼が黙っていると、ロブは穏やかに礼を手招き二人がけのソファ

の隣へ座るようにと促してきた。

いかにも優男風の物慣れた仕草で、とてもデミアンと同じようなアーティストとは思えない。

とりあえずは失礼のないよう仕方なく隣に座ると、身長は礼よりかなり高い——デミアンより高く、エドより低いくらい——なのに、座高はそれほど変わらなかった。モデルのようなスタイルの持ち主だ。

ロブは穏やかで、丁寧な印象だった。白いスーツも紺のシャツもあつらえたように彼の男らしい体軀を引き立てていて、カジュアルなのにラフすぎず、品がある。アーティストというよりも、ファッションデザイナーのように見えた。ちょうどブライトもこんな感じだが、彼はもっとノーブルな服装なことや、礼より年上なせいもあり、ロブとは雰囲気が違っている。

「ええと、もちろんお名前は存じています。ミスター・サイラス。こちらこそ会えて光栄です……あの、秋の展覧会であなたの作品が見られるのを楽しみにしています」

とりあえず挨拶をせねばと思った。話している間、礼は内心警戒していたが、ロブはニコニコと微笑んでいる。人の良さそうな笑顔だが、どう考えてもおかしなところ、納得のいかないことがたくさんありすぎて、無警戒に接することができない。

「……あの」

礼は勇気を出して、切り出した。まだブライアンが来る気配もないし、なにか間違いがあって自分が指名されているなら、なるべく早く断って、決着をつけてしまいたい……と思ったのもある。制作期間は五ヶ月、アーティストにとっては一日すら惜しいスケジュールだろう。

「ブライアンから、あなたが僕に担当するよう指名したと聞いて……なにかの、間違いではと」

もしそうでないなら、理由を教えていただけませんか――。

問うと、ロブはくす、と口の端で笑った。

「困ってる？　僕から指名されて」

「……戸惑ってはいます。失礼ですが、たぶんあなたとはお会いしたこともないはず……僕は、この仕事はほとんど未経験の人間で……なぜあなたが僕を知っているかすら分かりません」

リーストンの関係者ならいざ知らず、彼はヒュー・ブライトと同じウインチェスター出身だった。訝《いぶか》しみつつ訊いても、ロブはあっさりと、そう、初めましてだね、と認めた。

「……初対面の相手を、自分の担当にしてほしいと言う方なんて、普通いません」

「だろうね」

「なにかお考えが？」

「逆にきみはなんだと思うの？」

肘掛けに悠然と頬杖《ほおづえ》をつき、ロブは面白がるようにニヤニヤと眼を細めて、礼を見ていた。

穏やかで丁寧な物腰だが、性格にはいくらか軽薄なところがあるようだ、と思った。もしかしたらからかわれているのかもしれないが、ロブの真意が分からずにしばらく沈黙する。頭の中は、忙しく回転していた。なにを言うべきか、言わざるべきか。だがまったく分からなくて、礼は結局素直な気持ちを口にした。

「……思い当たるのは、僕がエドワード・グラームズと親交があることくらいです……」

「ああ。麗しのエドワード公か。いや、うちは子爵だ。格が違いすぎて相手にもならない。彼に対してなにか影響しようなんて、そんな大それたこと考えてないよ」

エドの名前を聞いたロブは屈託なく笑ったが、礼がエドの関係者だということは、とっくに知っているようだった。それがハイソサエティでは普通に共有されている事実なのか、ロブが誰から聞いて知っているのかまでは、分からない。

「残念ながら——そうじゃなくてさ。……僕が知ってるのはデミアン・ヘッジズのほうなんだ」

「……デミアン?」

礼はつい、訊き返していた。だって、デミアンはあなたを知らないのに? という言葉は飲み込む。デミアンが知っていたのは、ロブの名前だけだった。

「僕は彼のファンなんだ。かなり熱心なね。だから彼を口説き落として、外国の展覧会で、彼の嫌いな作家たちと作品を並べさせた人物は一体どんな人間なのかってずっと思ってた」

ブライアンのギャラリーにその本人がいると聞いて、とロブは嬉々《きき》として話を続ける。

「しかもデミアンも出展するって言うじゃないか。きみがいるからだろ? 絶対に一緒に出展したいと思った。そしたら自然と、きみのことももっと、知りたくなったんだよ」

話は終わりのようだ。にっこり笑って首を傾《かし》げるロブを、数秒見つめたあと、「そ、それで」と、礼は言葉を接《つ》いだ。

「僕を指名したんですか？　デミアンと……同じ担当がいいと？」

「そうだよ」

「いえ、でも……」

無邪気なロブの様子に、礼は言葉を選んで一度黙った。

気分を損ねずに、ロブに考えを改めてもらいたかった。だが上手《うま》い言い訳などなく、正直に自分の気持ちを伝えるしかないと、腹をくくる。

「……でも、僕があなたを担当するのは妥当ではないんです。実は僕は……デミアンも担当してるんです。あなたがたは競作するわけですから……僕以外のアシスタントをつけたほうが、きっとうまく運びます」

常識的に考えれば、分かってもらえる理由だと思っていた。ごく普通に作品を並べるのではなく、作ったもので競う形がとられる以上、作家はナーバスになるはず。担当アシスタントが一緒なことは、誰にとっても不幸せだと礼は感じていた。

しかしロブは、礼が率直に話しても動じなかった。子どものように唇を尖《とが》らせて、「ええ？　でもきみが担当してくれないなら、僕は出展しないよ」と、当然のように駄々をこねた。

礼は呆気《あっけ》にとられて、ロブを見つめた。

（……意味が分からない。どうして僕にこだわる理由が？　デミアンのファンだからって……そんなことでそこまで？）

眼の前のロブはいかにも世慣れていて、それほど礼を必要としている様子には見えない。そもそもまだ信頼関係もないのだ。

「あなたが僕にこだわる理由が……まったく分かりません。……今回の仕事は、大きなチャンスですよね？　あなたもベストな状態で臨みたいはずです……」

いくらインターネットで注目され、アート界でそれなりに名前を知られていても、この業界はいつどんな才能が出てくるか分からない世界だ。強力なコレクターを後ろ盾にしたい気持ちは誰にでもあるはずで、有名な『目利き』やセレブが購入したとなれば、そのアーティストの作品は一気に価値が増し、次の作品も売れていく。

礼は今回スポンサーにあがっているダニエル・ガードナーというコレクターを直接は知らないが、調べると若手ながら近年急成長したインターネット会社のＣＥＯで、アートにも関心が高く、アメリカではセレブとして人気がある。若手の中で、ロブがデミアンと並ぶほどの人気を博しているのは、ダニエルが頻繁にロブの作品をネット上で紹介するせいもあった。

（大事なのは僕に担当されることより、ダニエルに購入してもらうことのはず……なのになぜ）

困惑していると、ロブはそうだと閃《ひらめ》いたような顔をした。

「競作するライバル同士を一人のアシスタントが担当するわけにいかないなら、デミアンの担当をやめてよ」

無邪気な様子でそんなことまで言われて、ますます困惑する。

ファンだと公言する作家から、一度決まった担当アシスタントを取り上げる考えが分からなかった。そもそもデミアンは、礼が担当するのを前提に出展を決めているので、それは通らないのだ。

「それは……無理です。それに、デミアンのほうが先に僕を指名してくれてました。優先順位で言えば、先に指名をくれていたデミアンになってしまうんです」

かなりきっぱり言ってみたが、ロブには通用しなかった。にっこり笑って、

「でもきみら親しいんでしょ？　なら、訊くだけ訊いてくれてもいいんじゃない？」

などと言う。礼は困りきってしまった。そんなこと、デミアンに言えるわけがないと思う。デミアンの性格を考えると、礼が担当しないと言えば「それならやらない」と言い出しかねないと思った。

礼を好きだからとか、親しいから、というよりも、思わぬ方向から横やりを入れられて予定を狂わされることを、デミアンは極端に面倒くさがる。気持ちが冷めるとじゃあもういい、と言ってゼロにしてしまう投げやりな部分が、デミアンにはあるのだ。

日本の展覧会以外、土壇場で出展をやめたというのも、そういう類いのなにかが起きたのかもしれない。デミアンの担当を替えるというのは、デミアンから申し出がない限り無理だ。かといってここで強硬に拒めば、ロブの心証も悪いだろう。

「……分かりました。一度検討していいでしょうか」

自分一人で解決できる範囲を超えていると思い、礼は引っ込むことにした。ロブは愛想良く、もちろん、と微笑んでいた。だが青い瞳の奥から笑みが消え、冷たいものがすうっと宿るのを、礼はそのときふと垣間《かいま》見た気がした。

ロブはじっと礼を見つめて、静かな声音でもう一度同じことを繰り返した。

「ただ、僕は前言撤回しない。きみがどうしてもデミアンを担当して、僕からはずれるなら、出展はやめる。二人を担当するか、デミアンから外れるかにしてね」

横暴とも言える言葉に、礼は息を呑《の》む。ロブは眼を細めて、「デミアン・ヘッジズだけでも、客寄せにはなるだろ?」などと、露悪的な物言いをした。

「ただ……まあ、今回きみらのギャラリーのメインスポンサーをしてるダニエル・ガードナーは、僕と親交が深い。何点も作品を購入してくれてる。僕が出ないと言ったら、前金の四十万ポンドは消えるかも」

礼はつい、息を止めた。ロブは内部の事情に詳しすぎると思った。前金の四十万ポンドなんて言葉は、ブライアンから聞いていないなら、スポンサーのダニエル本人から直接聞いたとしか思えない。

体の内側に、一瞬震えが走った。怒りなのか怯《おび》えなのかよく分からない震えだった。

(ロブは僕を、脅してる?)

その可能性を感じて、不意に全身が硬くなる。

「……ガードナー氏は、デミアン・ヘッジズの作品にも価値を見いだされているかと思いますが。競作がメインです。他にも展示は出る。……あなたのためだけの場所じゃありません」

苦し紛れの反論に、ロブは苦笑気味に肩を竦《すく》めた。いかにも鷹揚《おうよう》な態度で、「Lovely」と返された。イギリス人らしい、肯定の言い回しだ。

「もちろん。当然さ、レイ。当たり前だよ。デミアンの作品を見たくないアートファンなんていない」

ただ、ただね、と困ったように付け足す。

「彼は本当に作品を出すのかな? 出さなかったらどうなる? このギャラリーが今押し出してるオースティンの作品なら論外だ、ダニエルには退屈だからね——悪い意味じゃない。オースティンは、アメリカ人には伝統的すぎるから……」

僕は好きだよ、とロブは付け足したが、礼は胃の奥がじりっと焼けるような気がした。どんな作品についても、低い評価を聞くのは良い気分がしない。

「きみは卑怯者《ひきようもの》じゃないだろ? なら、僕とデミアン、二人を担当したって問題はない。きみは僕にもデミアンにも、相手の情報を漏らさない……そうだよね？」

なにか言おうとして、うまく言えない。

情報を漏らすなんてあるわけがない。そこまで甘く見ないでほしい——という気持ちと一緒に、なにか煙に巻かれているような、奇妙な心持ちだった。

（なぜ僕を？　やっぱりおかしい）

ロブの提案には奇妙な点が多すぎる。だが、あなたを信頼できない……と言ってしまえばすべてが終わる。ギャラリーに勤務しているだけの一アシスタントが、アーティストに言っていい一言ではないことくらい、礼にも分かっている。

そのとき、廊下のほうからブライアンとハリーの声が聞こえてきた。やがて扉が開き、「ロブ！　よく来てくれた」と叫ぶブライアンの声が続き——礼はソファを立ち上がると、なるべく目立たないようにしながら、作家の隣の場所を、ギャラリストとダイレクターに譲ったのだった。


ブライアンでは話にならない。きっとメイソンも、まともに取り合ってくれない。

（だけど絶対にロブの担当からはずれなきゃ）

礼は焦っていた。一日でも早くはずれねばと思っていた。作品の制作期間は短いし、問題が起きてこじれる前のほうがいいに決まっている。

だが一人ではどうにもできず、策に窮した礼は、ロブがギャラリーを立ち去ったあと、ガラス張りの壁に区切られた、ハリーの部屋の扉をノックした。

部屋の扉は開いており、中ではハリーがノートパソコンに向かってなにか打ち込んでいる最中だった。

「企画書なら三時に出す予定だが」

ハリーは液晶の画面から、顔をあげずに言う。礼はあたりを見回し、「いえ、折り入ってお話が」と伝えた。ハリーはようやく顔をあげると、小さく息をつきながら、手振りだけで扉を閉め、中に入ってくるようにとジェスチャーした。礼は後ろ手に扉を閉めると、深呼吸してハリーの前に立った。ハリーはかけていたパソコン用の眼鏡を外し、眉間を軽く揉《も》んだ。

「……ロブ・サイラスの件です。競作するデミアンとロブ、二人両方を僕が担当するのは不合理だと思います……トラブルのもとになる。ハリーから、調整していただけませんか？」

切り出した内容を、ハリーも予想はしていたのだろう。驚きはせず、ただ物思わしげに、息を吐き出されただけだった。

「私もこの状態には不満を持っている。……だが、それはできない。デミアンとロブ、両者からの希望だ。どうしてもと言うなら、きみから作家に掛け合え」

礼はハリーの言葉に落胆した。不満があると言いながら、協力すらしてくれないのか、ともどかしい気持ちになった。

「無理です。ロブにははっきりと断られましたし、デミアンは先約です。僕がロブの担当からはずれるのが一番妥当です」

「そのとおりだが、できない。ブライアンがそうしろと言っている。ギャラリーはギャラリストのものでね。一度は意見するが二度目はない」

きっぱりと言い、ハリーはパソコン用の眼鏡を専用のクリーナーで拭いた。

礼は思わず焦りを抑えられず、「ハリー」と、身を乗り出して彼のデスクに手をついていた。

「どうかもっと協力してくれませんか。大体……今回の展覧会は、初めは競作じゃなかったんですよね？　それならせめて、形をもとに戻せませんか。競い合ってない二人なら、なんとか担当できます」

それでも負担には違いないが、そもそもアシスタントは一人あたり何人もの作家を面倒見ている。展覧会が競作ではないのなら、礼の担当リストにはたまたま今回のメインアーティストが二人いた。それだけのことになる。

けれどそれにも、ハリーははっきりとNOを突きつけてくる。

「諦めろ、レイ・ナカハラ。競作はブライアンが思いついたことだ。世界中からコレクターを集めて、作品に値段をつけさせる。高値をつけられた作品が栄誉を受け――一年間ギャラリーの玄関を飾る予定だそうだ。そのあと、コレクターのもとへ。話題性に富んでいて、おそらく収益に繋《つな》がるだろう。作家が世界平和を願って切り込んだ新しい視点……とかいう見出しより、八十万ポンドの作品、と宣伝されたほうが、一般人は興味を持つ」

身も蓋もないハリーの言葉に、礼は一瞬返す言葉を失い、ぽかんと口を開けていた。

「……ギャラリーはいつからオークション会場になったんですか?」

後半から、お金の話しかしていない。八十万ポンドが儲《もう》かる。ただそれだけのために、デミアンを傷つけるかもしれないのに、礼をロブの担当にしたままにするのかと思うと、腹が立った。けれどハリーは礼の言葉に眉をしかめ、「ここはそもそもセールスの場だ」と反論した。

「いいえ、作家を育てる場のはずです」

「そう、売れる作家をだ。売れる作家がいて初めて、売れない作家が作品を作れる」

「……アートはお金ですか」

声が震えた。そうじゃない、とどこかでずっと思っていた。腹の奥に得体の知れない怒りの感情が湧いてくる。自分のための怒りというより、義憤に近いなにかだった。大事なものを、大したものではないと蔑まれたような気がした。アートなんて、しょせんこの程度のもの。金には勝てない。そんなふうに言われている気になった。

けれどハリーは眼をすがめ、聞き分けのない子どもを見るような顔で、礼を見つめた。

「レイ、きみは日本人だったたな。だから分からないのかもしれない。……日本では、アートのことを〝美しい術〟というそうだが……我々は美だけを扱うわけじゃない」

きみの感覚は少し遅れていないかな、とハリーに言われて、礼は口をつぐんだ。

「我々がきみに期待しているのは、価値ある美しいものを保存したり、世間に広めることじゃない。今は……そうだな、拡大するアート市場で、権力を持つコレクターたちを顧客に取り込めるような……目新しいものを作家から気持ち良くもらってくること。あるいは、そんな作家をプロデュースすること。そんなところだ」

——ハリー、あなたは、なんのためにこの仕事を？

と、喉まで出かかった言葉を、礼は飲み込んだ。ばかげている、くだらない質問に思えた。子どもじみた考えにも感じられた。

（価値ある美しいものを保存したり、世間に広めることが——アートに携わる者の使命だと、僕は信じてた……違うんですか）

そんなことを言っても、ハリーには聞いてもらえないと、直感的に感じた。

「……競作相手のアシスタントを、自分の味方だと心から信じる作家がいますか？」

ようやく、絞り出せたのはそんな言葉だ。けれどハリーは重たいため息をつき、どこかうんざりした様子で言っただけだった。

「少なくともロブ・サイラスはきみが担当すれば気が済むだろう。彼の出展は保証されている。……デミアン・ヘッジズについては——端《はな》からあてにしていない」

……デミアン・ヘッジズについては、端からあてにしていない……。

ハリーの言葉に、礼は眼を瞠《みは》った。言い知れないショックに襲われた。瞼《まぶた》の裏にデミアンの顔がちらつき、悔しさがこみあげてくる。

「……あてにしていないって……どういう意味です？」

ハリーはもう礼を見ず、拭き終えた眼鏡を鼻にかけ直している。

「きみも聞いてるだろう？　ヘッジズは気まぐれで、まともな出展歴がない。扱いにくい作家だ。今は若者文化だかなんだかにもてはやされているが、ヘッジズ程度の才能、ギャラリーが売り出さなければすぐ消える。売れない作品、売る気のない作家は、こちらにもどうもしてやりようがない」

「……訂正してください」

思わず声がかすれた。頭がガンガンと鳴り、眼の前が眩《くら》むような気がした。国内屈指のトップギャラリー。そこに座するダイレクターが、一人のアーティストの才能を断じるなんて、礼には信じられなかった。

ヘッジズ程度の才能、という言葉に、礼は打ちのめされていた。

「僕らのような立場で、アーティストのことを、悪く言うのはおかしくありませんか……」

けれどハリーは、きみは夢見がちなようだ、と続けて礼の言葉を遮った。

「……エドワード公のご威光頼みでは分からないだろうが」

なぜここでエドの名前が出てくるのだと、礼は口をつぐんだ。

「時代は刻々と変わっている。少し前まではTwitterやInstagramで話題になればよかった。見たことがないものは稀少《きしょう》だと思われ、ファッションだと考えられた……だがアートを買うのは学生やその日暮らしのパートタイマーじゃない。投資家だよ」

かけ直した眼鏡の奥から、ハリーが言う。

「一万ポンドで買った作品を、百万ポンドで売るような投資家。あるいは権力を示したい見栄っ張りが買うかもしれない。……残念だがそれが現実だ」

インターネットでは毎日新しい情報が飛び交う。センセーショナルなデミアンの作品は一度写真が出回ると、長期間ネット上でその姿がさらされ続け、やがて消費されて、飽きられてしまう――と、ハリーは続けた。

「投資家と見栄っ張りが好きなのは、誰もがほしがるブランド。あるいは誰も見たことのないもの。それから小難しくて理解できないが、アートっぽいなにかだ。デミアン・ヘッジズの作品は？　ネットで昨日も見た。だがブランドとしては信頼できず――春夏のコレクションを出さなかったブランドが、秋冬のコレクションを出すと思うか？　そして、理解は容易だ。彼の作品はインパクトが強くキャッチー。意味もまた、消費される」

つまり彼は自ら首を絞めている、とハリーは言った。

「作品をなるべく多く作り、作ったものは常に発表し続ける。それだけがデミアン・ヘッジズの生き残る道だが、彼はそれをしていない」

ギャラリーも、コレクターも、やがて彼を相手にしなくなる――。

ハリーはそう結ぶと、私の話は終わりだが、きみは？　と訊いた。

礼はなにも言えなかった。友だちの作品が貶《けな》された。

時代や資本主義の原理に負けてしまう、凡庸な才能だと断じられたようで、悔しい。

そう思うのに、反論が出てこない。反論すべき点はいくらでもあると思うのに、適した言葉が見つからない。太刀打《たちう》ちできるほどの考えも、思考も、知恵も、自分にはないことを思い知った。そしてこれは対話ですらなく、ハリーには礼の考えを聞く気はないのだということも、もう言われなくても分かった。

（対話じゃないのなら、なにを言っても意味なんてない……）

無力感に打ちひしがれながら、結局、礼はいいえとだけ呟《つぶや》いて、部屋を出るしかなかった。

五

『時間があるなら、待ち合わせてたまにはレストランで食事しないか?』

エドからの誘いのメールに、礼《れい》は迷った末、断りを入れた。ちょっと疲れて……フラットで先に休んでるねと伝えると、エドはそれ以上なにも訊かず、なるべく早く帰るとだけ連絡をくれた。

夕飯の誘いを断ったことに、礼は罪悪感を覚えた。エドは礼の何倍も忙しい時間をやり繰りしてくれただろうに。

けれど礼の頭の中には、昼間ハリーに言われた言葉が渦巻いている。

——エドワード公のご威光頼みでは分からないだろうが……。

——ヘッジズ程度の才能、ギャラリーが売り出さなければすぐ消える……。

地下鉄の椅子に凭《もた》れて、礼は深く息をついた。

帰宅ラッシュよりわずかに早いこの時間、それでも地下鉄の中は混んでいて、向かいに座ったマダムが膝に乗せた袋から、カップケーキの甘ったるい匂いがこぼれ出ている。それらが隣に座る男性の香水の匂いと混ざって、社内はどこかよどんだ空気に思える。

（……僕のしてる仕事って、なんなんだろう）

何度もそう思ったが、分からなかった。ハリーの考えやメイソンの態度、ギャラリストであるブライアンの姿勢にショックを受けている。アーティストやアートへの敬意が欠けているように見えるところや、拝金主義的に見えるところ、礼に対して差別的な態度をとるところ……。ロブとデミアン、二人をいっぺんに担当することを思うと、とてつもなく気重で憂鬱だった。

（できるわけない……とてもやり通す自信なんてない）

不安が胸にのしかかり、礼は頭を抱えたい気持ちだった。

あれこれと考えていると、終《しま》いには大した目標もなくただ闇雲にアートの世界に飛び込んだ自分が愚かだったとさえ思えてくる。

（デミアンに……どうやってロブのことを伝えたらいい？）

礼は今日ハリーと話したあとから、ずっと思い悩んでいる。

本音を言うと、伝えないですむならそのほうがいいと感じていた。本来自分がどの作家を担当しているかなんて、担当作家にいちいち伝えるようなことではない。日本で編集者としての経験もあり、数多くのライターや時には美術系の書籍を出版する作家を担当していたが、彼らに自分の他の仕事を話したことはなかった。基本的にはいらぬ情報だと思っていたからだし、それは今も変わらない。

しかし今回の場合はケースがあまりに特殊だ。

デミアンとロブは競争相手で、礼はその二人から指名を受けて担当する。もし他人の口から漏れて知られるくらいなら、自分で伝えたほうがいい。必要にかられてというより、リスク回避のために伝えるべきだとは思う。

(でも……デミアンにとったらいらない情報だ。作品を作るのに、邪魔になるだけかも。それにもしかしたら、伝えて楽になるのは僕だけで……これは、僕の自己満足かもしれない)

伝えたところで、デミアンがどんな反応をするのかは予想がつかなかった。案外興味なさそうにされるかもしれない。もしかしたら、怒らせてしまう可能性もある。なにを言われても、ギャラリーの意向だと言うしかなく、説明もできない。そのこともいやだった。

(だけど……正直に全部話したら、ロブの言葉も伝えることになる)

デミアンには信用がないから、ロブが出展を取りやめたら採算が見込めない。だから礼はロブの要求をのむしかないし、ギャラリーのスタッフもそう考えていると。だがそんなことは、当然ながら絶対に伝えたくない。

(……どうしたら？　なにが正解なんだろう？　まったく言わないか、それとも、軽く伝えるか。どちらかしかない……どっちにもリスクがある……)

なにがデミアンのためになるのか分からなかった。一番正しい道を選びたい。公平でいたいと思うけれど、現状はどう考えてもなにをしても不公平になる。

けれど先延ばしにするのは意味がないし、失礼だ。

電車がハムステッドに到着し、外に出た礼は、デミアンに明日訪ねていいかとメールを打った。なんとなく家に帰ったらもう送れない気がして、路上の外灯の横に立ち、ぽちぽちと文字を打つ。その指が、いつも以上にのろのろと遅くなったが、送ると返事はすぐに返ってきた。

行っていいですかという質問に、『どうぞ』。

続けて『何時?』『俺は今ロンドン』と、短い文章だけで、バラバラと返信がくる。

どうやらデミアンは明日も、ロンドンの仮スタジオにいるらしいと分かり、礼は来訪時間を調整した。ギャラリーには既に明日、デミアンのスタジオに立ち寄ることを伝えてある。

(……ハリーからしたら、デミアンよりロブが優先なのかな。……確実に作品が出るという点ではそうなのかも。……分からない、でも僕は……身内だからだけじゃなくて、やっぱりデミアンの作品も一番いい形で展示したい)

——ヘッジズ程度の才能。

あんな言葉を、二度と誰にも言わせたくないと思った。デミアンはもっと尊重され、大切にされていい才能の持ち主だと礼は信じている。第三者からデミアンが貶《おとし》められているところを、けっして見たくなかった。それは悔しいからだ。

(悔しい……僕が作ったものでもないのに、でも)

それでも他人に、デミアンの作品をけなされるとまるで自分のことのように腹が立った。

（……なにも苦しまないであんな作品ができあがるわけないんだ）

体の中に指を差し込み、直接血肉を傷つけて、骨を割ってさらにその奥にあるものを直《じか》に取り出すかのようにして、デミアンは作品を作っている。そんなふうに礼には見える。己を傷つけ、痛めつけ、削りながら作っている。それを知っているから、たとえどんなにデミアンの性格や行動に問題があっても、彼の作品のために力になりたいと感じるのだ。

（それなのにそう思ってる僕が――明日、デミアンを傷つけてしまったら……？）

見上げると、空には星が瞬いている。自分の行動の正解が見えない礼は、答えもあの星のようにはっきりと分かればいいのに、と感じた。

ふと礼は瞼の裏に、どうしてか、ミレイのオフィーリアの絵を思い出していた。幼いころ、母と見た絵。その後、父が描いたというものを、グラームズの家の中で見た絵。そして、リーストンの人気《ひとけ》のない川辺で、水面《みなも》に映る魚の影を追いながら、こっそりと描いたオフィーリアの絵……。

出口も、答えもないままエドを愛しているだけだったあのころの――息が詰まるようだった孤独のなか、絵を描くことは礼にとってなんだっただろう……と思う。

みずみずしい優しい気持ちが、あのころの自分の中には常にあった気がする。あの気持ちを思い出せば、今悩んでいることの答えも出るような気がしたが、体が外気で冷え、地下鉄の駅から三度人の波があがってくるまで突っ立っていても、結局礼には、明日デミアンになにを伝え、なにを伝えぬべきか、分からないままだった。

翌朝、礼は約束の十時過ぎにロンドン市内にあるデミアンのフラットを訪ねた。

一年半前、親しくなったころはデミアンはロンドンにスタジオを持っておらず、今回が初めての訪問だった。どんな場所かと思っていたが、それなりに便のいい住宅街の一角、三階建てのフラットで、デミアンはそこの一階と二階を借りているようだった。

「スタジオは二階。一階は休む場所」

と言って礼を出迎えてくれたデミアンは、外で会うときと同じ、まるでかまわない格好だった。

起き抜けなのかと思うほど、くたびれただぼだぼのスウェットの上下に、寝癖のついた髪の毛、無精髭《ぶしょうひげ》。眼鏡など、半分ガラスが汚れで曇っている。

（きちんとしたら美形なのに……）

相変わらず宿なしめいた見た目に、ロブ・サイラスとは真逆だと苦笑しながらも、礼は最近では、デミアンのこの飾らないところを好ましく感じるようになった。デミアンの無頓着さは、彼本来の不器用な性質を思わされ、そんなデミアンを前にすると余計に金の事情が絡んだ問題など、話したくない気持ちになる。

（どうしよう、ここまで来てまだ、迷ってるなんて……）

昨日から散々考えているのに、礼はいざデミアンを前にしてもまだ、ロブのことをどう伝えたものか決められなかった。

伝えることで回避できるかもしれないリスクと、伝えることでデミアンが感じるストレスというリスクでは、どちらが大きいのかどれだけ考えてもやっぱり分からなかった。

受け取ったらデミアンの問題になるのだから、言ってみなければ分からない、とは思うが、それでも、その前にきちんと伝えることを悩みぬいたかというとまだ足りない気もしていた。

（そもそも僕自身が、ロブを担当することに納得してないから……だから余計に、どう伝えていいか分からないのかも）

悶々《もんもん》とした気持ちはなるべく隠して室内に入ると、

「先にお茶でも飲む？」

と、デミアンはいそいそとお茶を用意してくれた。

もっと素っ気ない対応を想像していたので、礼は正直驚きながら窓際の椅子でデミアンの紅茶を飲ませてもらった。部屋の家具は据え置きらしい、デミアンの趣味とは思えないアンティークな白い木製のダイニングテーブルとチェアがあり、デミアンが持ってきたティーポットも、こっくりとした濃茶色の素朴なデザインで、イギリスで一番よく見かけるブラウンベティーのポットだった。およそ、デミアンにはそぐわない家庭的な温かさを持ったポットだ。

「……これ、あなたが買ったんです？」

「このフラットに置いてあった。前の人間のものじゃない？」

思わず微笑ましくなって笑うと、デミアンは肩を竦めた。ポットからはアールグレイの芳《かぐわ》しい香りが漂っている。デミアンとポットと湯気。全部ミスマッチだなと思って、礼はちょっとおかしくなった。けれど部屋の中で一番眼をひくのは、なんといっても壁紙だった。部屋に通された瞬間に気づいたのだが、このフラットにはイギリスでもっとも有名な壁紙が貼られていた。

インディゴの染地に細密画のように細かく描かれた小鳥やいちご。愛らしくも高度な技術がうかがえる美しい作品だ。

「ウィリアム・モリスの『いちご泥棒』……すごく状態がきれいですね」

礼はしげしげと壁を眺めて囁《ささや》いた。壁紙だけではない。カーテンにも、長椅子に置かれたクッションのファブリックにも、モリスのテキスタイルが使われている。

ウィリアム・モリスは十九世紀のイギリス人デザイナーで、生活の中に美を取り入れることを訴え、自然の動植物を壁紙などにデザインしたことで知られている。その代表作が『いちご泥棒』で、藍色の背景の上に鮮やかに染め上げられた赤いいちごを、可愛い小鳥が狙っているといういかにも寓話的な、面白さのあるパターンだった。今でもこのパターンは人気で、世界中で様々なテキスタイルやファブリックに使われている。

見る限り、このフラットの壁紙はさすがに千八百年代のものとは思えないが、それでもしっくりと壁に馴染《なじ》み、いくらか年月が経《た》っているもののようだ。

「ロンドンに部屋を借りる気はなかったんだけど、きみの恋人が不便だから一室用意しろってうるさくてさ……いやなら勝手に借りるって言うし……、でもここは壁紙が気に入ったから、借りてもいいかなって」

他の部屋にもモリスの壁紙がある、とデミアンは教えてくれ、「見ていく？」と礼を案内してくれた。

一階にある他の二部屋――キッチンと寝室にも、モリスの美しい壁紙があしらわれており、電灯の笠《かさ》はどれもステンドグラスだった。

「前の家主の趣味がよかったんですね」

「そう思うだろ？　ブラウンベティーのポットだって、垢抜《あかぬ》けないけどよくできたデザインだよ。長く使われるものには理由がある」

アンティークでそろえられた部屋の可愛らしさにため息をつく礼に、デミアンも満足そうに眼を細め、嬉《うれ》しそうにポットの説明までする。得意げなその横顔に、礼はこっそりと微笑んだ。

デミアンの作るものは鮮烈で、時に人を不快にすらさせる。人によっては残酷で、グロテスクだと評する。けれどそんな作品を作るデミアン自身は、実は尖ったものよりも、ロマンチックで、伝統的なものが好きなのだ。

（このアンバランスさ……心の深いところにある、柔らかなところと、尖ったところ……少年そのものみたいな、デミアンのこの心から、作品は生まれてくる……）

――今は若者文化だかなんだかにもてはやされているが、ヘッジズ程度の才能、ギャラリーが売り出さなければすぐ消える……。

また頭の中で、ハリーの言葉が繰り返される。イギリスから遠く離れた日本では、デミアンの作品はただただ諸手《もろて》をあげて歓迎された。それは日本が、アートの市場として未成熟なせいなのかもしれない。だが、だとしても、本来デミアンの作品は本国イギリスでも歓迎されるものであるべきだと礼は思う。

（そうじゃなきゃ見合わない……心の奥底を暴いて、傷つきながら作品を作ってる。それに見合う対価を、僕は求めてしまう……）

デミアンはスタジオも見ていくだろ、と続けて、礼を二階へつれていってくれた。案内してくれるデミアンについていきながら、出会ったころにはこんなふうに部屋中を見せてもらえるなんて想像もつかなかったなと思った。それほど心を許してもらえている、と思うのと同時に、これからデミアンの信頼を裏切らねばならないかもしれない……と考えると、胃がキリキリと痛んで、気重だった。

階段を上って二階に上がると、そこは壁を取り払った広い空間で、階下の細かく描かれた壁紙からは一変して、壁は真っ白な漆喰《しっくい》のみだった。部屋の中には大きめの作業台と椅子、工具や絵具などが置かれている他は、作りかけらしい造形物の一部が真ん中に置かれていた。

作業台の上には、本物なのか偽物なのか、黄土色の人間の骨らしきものがいくつか転がっていた。頭蓋骨などもある。すぐそばには粘土や銅版が重なっていた。

「……人間を作ってるんです？」

ボソボソと、なぜか遠慮がちに話すデミアンに、礼は眼をしばたたいた。振り向いても、デミアンは気まずそうに眼を逸《そ》らした。

「『幸福な王子』の像を作ろうかと思って……」

「……オスカー・ワイルドの作品に出てくる？　あなたにしては、珍しい題材ですね……」

デミアンがこれまで、既存の作品や古典をモチーフに作品を作ったところは、見たことがなかった。それも、題材が『幸福な王子』。全世界に知られる悲しい童話で、愛と真実の尊さを謳《うた》った内容だ。金箔《きんぱく》や宝石で飾られた王子の像が、貧しい人々のために体の一部を分け与える。だが自分では動けないので、エジプトに渡る前のツバメに頼んで使者になってもらう。やがてツバメは凍えて死に、王子も箔が剝がれ宝石を失うと、がらくたとして捨てられる……それを憐《あわ》れんだ神様によって二つの命は天国に召されるという話だった。

デミアンはお得意の皮肉でもって、愛と真実を風刺するのかと礼は一瞬考えたが、作業台の上に散らばった何枚ものスケッチを見ると、まずはごく普通に王子の像が全身描かれており、ツバメの姿も何枚も何枚も、角度を変えて描かれている。

「……きれいですね」

「拝金主義者どもへの風刺になるだろ?」

「嫌いな人のために、あなたは作品を作らないじゃないですか」

あえてのように露悪的なことを言うデミアンに思わずそう諭《さと》すと、デミアンは頬をわずかに赤らめてぷいと眼を逸らした。

「子どものころ好きだったんだ。……こういうものを俺が作ったら、きみはどんな反応をするかなって思って」

小さな声でそう告げられて、礼は驚いてしまった。題材を選んだ理由に、自分が関わっているなんて思わなかった。

気まずそうにうつむいているデミアンは、ちらちらと礼のほうを見る。

今言った言葉をどう受け取られたか、気にしているのだと分かり、礼は胸が痛いほどつまされるのを感じた。いじらしい、という感情でいっぱいになったのだ。

「……僕のことを、ちょっとでも気にしてくれたなら、すごく、なんていうか……光栄です」

それは本心だった。胸の奥が、むずがゆいような気持ちになる。嬉しさと一緒に、彼の期待に応えられるほどの自分だろうか、という不安が頭をもたげてきた。こんなふうに想ってくれて、返せるような自分だろうかと、そう思う。

「きみに気に入られるために作るわけじゃない」

「もちろんです。あなたの作家性は簡単には消せない」

「ただ……自分のためだけに作るのもいいけど……見てくれる人のために作るのも、多少はいいかと思っただけだ」

「……ええ」

もちろん、と礼は頷《うなず》いた。作家が自分のためだけではなく、誰かのために――なにかを伝えようと作り始めるのは、悪い変化ではないはずだと浅い経験の中からでも礼は思っていた。

好かれるためだとか、嫌われるためだとかではなく、それはもっと純粋な感情だ。たとえば小さな子どもが、できあがった作品を母親に、見て、と持って行くような。

ひとりぼっちで、誰に見られることも望まずに作り続けてきたデミアンが、今は礼一人とはいえ、見てほしいと思い始めている。それは良い変化のはずだった。

ただ、受け止める側の礼の準備が、まだ整っていなかった。

デミアンのその純粋な気持ちを、ただ単純に受け入れ、喜ぶ資格が自分にあるだろうかと思う。

（……僕はロブ・サイラスも担当するんです、あなたがそれをいやなら、僕はあなたの担当をはずれるしかない――）

今日伝えようと思っていた言葉が、喉の奥で消えていく。とても無理だ。伝えられない、と思った。

（……伝えられない……せっかくのデミアンの気持ちに、水を差してしまう）

作品制作に、きっと悪い影響を与える。伝えても、いいことなど一つもないと感じた。

（前向きに作ろうとしてくれている。なら、話すのは終わってからだ）

今は他人のことなど気にせず、心の赴くまま創作をしてほしい。ギャラリーの都合に巻き込んで気分を害したくないし、余計な感情に振り回されてほしくない。少なくともデミアンの担当者である自分には、今ここでロブの話をすることは抵抗があった。

（知らなくていい、言わなくていい事実だってある——）

なにもかも言えば自分は楽になっても、デミアンはどうして？　と思うかもしれない。最悪、出展をやめると言うかもしれない。やめられたら困る。そのせいで、デミアンがますますアート界からの信頼をなくしてしまうのが、礼には一番いやだった。

「ところで、レイの本題は？　なにか話があって来たんだよね」

一通り見せ終わって満足したらしく、思い出したようにそう訊いてきたデミアンに、礼はえっと……と呟いたが、次の瞬間、腹にぐっと力をこめた。

「いえ、話は終わりました。今、どんなものを作っているか、簡単に知りたかっただけなんです」

にっこりと微笑んで、そう嘘《うそ》をついた。今は言わない。そう決めた瞬間でもあった。起こるか分からないリスクより、眼の前のデミアンの気持ちを大事にしたかった。

（間違ってる……？　でも、言うのが正解とも思えない……）

内心ではまだ苦悩しながら、けれど言わない決断しかできないとも分かっていた。

「『スクエア』にこれを飾っていただけるんですよね。デミアンのアレンジが楽しみです……他の出展物はまた後日、相談させてください」

「いいよ。過去のものにはそんなに未練なんてないし、好きにして」

レイが売りたかったら売っていいよ、と付け足して、デミアンは作業台の椅子に座った。仕事をするのだろう。邪魔にならないうちに帰ろうと、礼は頭を下げた。


——デミアンに、ロブ・サイラスのことを伝えられなかった。それでいいはず。だがなにか起きたとき、責任はとれるのだろうか？

『スクエア』に帰る道々、礼はずっともやもやと悩んでいた。自分は選択を間違っていないか？　今日伝えなくてよかったのか？　後から知ったら、デミアンはどう思うだろう……。

（いや、そもそもは、ロブの担当をするのが間違ってる。もう一度ロブと話して、他の人を指名してもらいたい……）

結局はそんな結論になった。ハリーに言ってだめだったことを、メイソンが聞いてくれるわけはないし、ブライアンも難しいだろう。ギャラリーの中には、味方はいない。それならロブに再び頼んでみるしかない――作家が言い出したことなら、担当替えは容易なはずだ。

ギャラリーに戻ると、ちょうど三階の廊下で出張に出る直前のブライアンに会い、デミアンの様子を訊かれた。

「展示プランを考えなきゃならない。彼はどんなものを作ってた？」

「……『幸福な王子』をモチーフにした塑像のようでした。まだ具体的には……」

ブライアンはふんふん、と頷いたあと、にやりと笑って礼を見た。

「さすがエドワード公のフッカーなだけある、デミアンからも難なく情報を引き出すとは」

もしかして、ロブとも寝たか？　と、ブライアンは冗談混じりに付け加えた。

その瞬間、頭の中からざあっと血の気が退《ひ》いていくのを感じた。ブライアンはフライトに遅れる、と笑って、キャリーを引っ張って礼を置き去りに通り過ぎて行った。

「……待ってください、僕はエドの男娼《だんしょう》じゃない……」

呟いたときにはもう、ブライアンはいなかった。つま先から急に力が脱けて、世界がガラガラと音をたてて崩れていくような錯覚に襲われる。

フッカーは売春を生業《なりわい》にした人の呼び名だ。その職業に差別意識はないが、自分がエドとそういう関係だと思われていることに目眩《めまい》がした。

――なぜ？　パパラッチに記事にされたのは、一年半前のことだ。

だがブライアンが礼を雇うようハリーに言ったのは、礼がエドの縁故者――もっとはっきり言えば、男娼だと思っているからで、ギャラリストがそう思っているなら同じように考えている人はこのギャラリーには他にもいるだろうと思われた。

（僕がなにをしても、全部、エドのフッカーが……と思われているなら、頑張っても意味がない……）

ふと、絶望が胸に差す。頭の隅で、いくらなんでも極端に考えすぎだと、自分を励ます声がする。

（みんながみんな、そんな人たちじゃない。分かってくれる人もいる……なにより、好きでアートの仕事をしてるんだから……誰かに褒められたくてしてるわけじゃない。なら、気にしなくていいはず）

そう思うけれど、同じくらいの強さで感じる。

——ままならないことばかりの中で、苦しみ、蔑まれてもなお、この仕事をする意味はどこにあるのか。

（……みじめだ）

うつむいた視界の先に、履いた革靴の先が見える。どんなに自分で手を汚して磨いても、そうと知られることはないのかと思う。初日に会ったメイソンは、礼の着ているシャツを見て、エドがサヴィル・ロウで見立てたというような言い方をした。

（全部、全部エドの影を重ねられるのか……分かってたことだけど——つらい）

味方が一人もいないような状況で、八方塞がりの自分を振り返ると、苦しさと悔しさで喉が詰まった。

オフィスに戻ることすらできずに、立ち尽くしていた礼は、不意にポケットで鳴った携帯電話の音で意識を引き戻された。

慌てて取り出すと、液晶には「ロブ・サイラス」の名前が出ている。

「はい、レイ・ナカハラですが……」

緊張気味に出た電話の向こうで、ロブがレイ！　と親しげな声をあげるのが聞こえた。

「ロブ？　どうかしましたか……？」

訊《たず》ねると、特に用はないけど、と続けられる。

『きみ、デミアンのスタジオに行ったんだろ？　どうだった？』

どうしてそれを？　と、戸惑う。声にしなくても、沈黙した息がわずかに震えたからか、ロブはその答えを与えるように『ブライアンから聞いたんだ。たまたま連絡することがあって』と言ってくる。礼はブライアンはなんのつもりで、ロブにデミアンの話をしたのだろう、と内心いやな気持ちになった。

（競作させる作家同士なのに、無神経すぎる――）

それともロブの気持ちを煽《あお》っているのだろうか？　そうすることで、よりよい作品ができあがるとでも言うのだろうか？　礼はまだロブとの付き合いが浅いので、そのへんのさじ加減が分からない。

「……競作相手の話は、僕からはできませんし、しません」

だがブライアンの考えがどうあれ、礼にとってはロブにデミアンの話をするのはＮＧ判定の行為だ。きっぱりと言うと、ロブはおかしそうに『堅いね』と言い、礼は押し黙った。

気持ちがもやもやとする。ロブは礼からデミアンの情報を聞き出すために電話をしてきたのかと邪推する。そんなことは、してほしくないと思ってしまう。

「……ロブ。近いうちに、きちんと時間をとって、もう一度話をさせてもらえませんか？」

できるだけ毅然《きぜん》とした態度で話そうと、ストレートに言葉にした。

「担当についてです。僕の意見を聞いてほしい」

このままでは続けられません、とまで言うと、ロブは数秒黙ったが、すぐに『だから、僕はきみ以外とは組まないって言ってるでしょ』と続けられた。礼は顔をしかめて、

「意味が分からないんです。僕に執着する理由なんて、ないでしょう？」

思わず強い口調で言ってしまった。ロブはしばらく答えなかったが、やがて、

『あるんだよ。きみじゃなきゃいけない理由がね』

独り言のように言って、『じゃあまたね』と電話を切ってしまった。

「ロブ、待って……話を」

電話の不通音を聞きながら、礼は言葉をおさめてため息をついた。若い作家の気まぐれに振

り回されている気分だが、なにをどうすればいいのかは分からない。

ただ一つ分かっていることがあり、それは、ロブが礼を指名した理由は「信頼」からではない、ということだ。どういうつもりかは分からないが、礼とならいい仕事ができるとか、そういう前向きなものをロブから感じていない。

（……やめよう。作家のことを疑うのは）

どんどんとネガティブになる思考を、礼は止めた。

たとえ裏切られても最初は信じる。最初は愛する――その姿勢を貫いて、ここまでやってきた。仕事で大事なのは信頼することで、特に礼のような仕事は作家を信じなければ始まらない。

気持ちを切り替えて、フロアに向かった。この部屋の中のスタッフも、自分のことを信じている人なんていないのかもしれない。エドともデミアンとも寝ているフッカーだと思われているのかも――と、心の片隅でちらと思いながら。


陰鬱な気持ちで仕事を終えて帰宅すると、フラットには灯《あか》りがついており、ドアを開けた途端に香ばしい料理の匂いがした。

「……エド⁉」

キッチンに立つエドを見て、礼は思わず声をあげてしまった。エドは似合わぬことに、シャツとベストの上にエプロンをかけて、鍋を火にかけていた。

「お帰り、レイ。夕食はできてる、着替えておいで」

驚きながらカウンターを回ると、エドが煮込んでいたのはビーフシチューだった。こんなもの作れたの？　とびっくりしながら、急いで着替えて戻ってくると、皿にシチューをよそったエドが「運んでおいてくれ。スーツだけ脱いでくる」と言って、エプロンをはずしていた。

はたして、ダイニングテーブルにはシチューと、柔らかなカンパーニュ風のブレッド、ビーンズサラダとが並んだ。

「ワインも買ってある」

エドはガウン姿で戻ってくると、買ったばかりのワインをテーブルに置いた。

「作ってくれたの？　すごいね、エド、どうやって？」

ワイングラスを合わせて乾杯し、そう言うと、エドは「いや、実は買ってきた」と言って、礼を笑わせた。種明かしされて、なんだやっぱりと思う気持ちと、妙に安心もして、ホッとした。

「オーランドから、家で作ったみたいに美味《うま》いデリがあると聞いてな。鍋で温めなおすといいと店員から聞いたから……俺が作ったことにしたいが、まあ食べてみよう。俺が作ったほうが美味いだろうがここも店を開いてるんだからそこそこじゃないか？」

礼はくすくす笑いながら、いまだどうしても癖がぬけずに、小さくいただきます、と言って

からシチューを口にした。肉はとろりと溶け、うまみと甘みがほどよく、美味しかった。日本で食べるビーフシチューとさほど変わらない味だ。

「美味しい！」

言うと、エドはにっこり笑って「よかった」と囁いた。

「このごろ仕事が忙しそうだったからな。外食よりは家で食べたほうがいいのかと思ったんだ」

礼はつい昨日、エドからの誘いを断ってしまったことを思い出してハッとなった。余裕がなく、自分のことで精一杯。デミアンとロブのことを考えたり、ブライアンにフッカーと言われたりで、心に余裕がなく、エドのことを考えられていなかったな、と思う。

「……ごめん。エド、時間作ってくれたんだね」

忙しさで言えば、エドのほうがずっと忙しいはずだ。ちっぽけなことに振り回されている自分が情けなくなりながら言うと、エドは「仕事始めだろ、慣れないのは当然だ」と優しかった。

「冷めないうちに食べて元気を出せ」

言われると、とにかく楽しく食べることが一番エドの気持ちに報いることになるかと思い、礼はなるべく元気よく「そうする」と答え、もう一口シチューを頬張った。

食事は楽しく終わった。お互いの仕事とは関係ない、どうでもいい世間話や雑談をして、礼もしばらくは仕事を忘れ、笑顔でいられた。

じわじわと頭の中に仕事のことが戻ってきたのは、シャワーを浴び、エドが入浴している間に、酒やつまみを用意していたときだ。

礼とエドは、早めに二人で夕飯を摂れた日、リビングでテレビ番組や映画を見ながらウィスキーやワインを飲み、時間があればセックスになだれ込むのが習慣になりつつある。

その夜の楽しみに、今は純粋に気持ちが向かわない。なにをしていても、ちょっと油断するとそわそわと落ち着きなく不安になってしまう。

チーズやハム、チョコレートを用意してリビングのテーブルに置き、シャワーからあがってきたエドへ「スコッチにする？」と訊ねながらも、礼はもう憂鬱な気持ちに半分意識を奪われていた。

けれどエドとゆっくり過ごせる平日の夜は、週に三度あれば多いほうなので、仕事のことで落ち込んで台無しにしたくないという気持ちもあった。

並んでソファに座り、テレビをつけると、ちょうど古い映画が流れていたのでそれを見ることになった。モノクロのロマンスムービーで、礼ですら何度か見たことがあるので筋書きは覚えている。とある国の王女が、ローマでお忍びで遊びに出て、新聞記者と恋に落ちるという話だった。

「エドはこの映画見たことある？」

「入った店で流れてたり、つけたテレビでやってたりで、通して見たことはないが知ってる」

素っ気なく答える態度から、いかに興味がないか知れて礼は笑ってしまう。エドが恋愛映画を好きとは思えないが、こんなに有名な映画にすら反応しないのはさすがに面白かった。

今だって、バックミュージックくらいにしか思っていないのだろう。スコッチをいくらか飲むと、エドは礼のほうへ体を寄せてきて、甘やかに唇を重ねてきた。肉厚のエドの唇からは、チョコレートとウィスキーの味がする。

ゆっくりとソファに押し倒され、体をそっとまさぐられて甘い声が出そうになった矢先、頭の中に昼間聞いた言葉が蘇《よみがえ》ってきた。

――さすがエドワード公のフッカーなだけある。

ブライアンの、悪意すら感じさせない、けれど礼をエドのフッカーだと信じて疑っていない、あの声音。とたんに礼はエドの胸に手をついて押しのけ、起き上がっていた。

眼の前に、驚いたようなエドの顔がある。付き合い始めてから、夜の誘いを断ったことがないから余計だろう。礼は自分でも無意識だったから、「あ……」と息をついて慌て、青ざめた。

「ごめん、エド……いやだったんじゃなくて」

弁解したものの、じゃあなんだったのかと問われると、職場でなにを言われているか話さねばならなくなる。それには抵抗があって、礼は黙り込んだ。エドはしばらく礼の様子を見ていたが、やがてため息混じりに呟いた。

「いや……仕事で壁にぶつかってるんだろう？　なんとなく想像はできるから、気にすることじゃない」

　今日はやめておくか、と続けたエドに、礼はなにをどう言えばいいのか分からなくなり、

「その……デミアンだけじゃなくて、競作相手の担当もしてるんだ」と、告白した。スコッチを入れ直していたエドが、さすがにそれは予想していなかったのか、怪訝《けげん》な顔で礼へ振り向いた。

「ロブ……なんとかとかいうやつか？　サイラス家の三男坊の……ウインチェスターに通ってたはずだな」

　さすが狭い貴族社会だ。エドはうっすらと、ロブのことを認識している。

「ロブ・サイラスだよ。――はずしてほしいって頼んだけど、無理だった。でもデミアンにはとても言えないし、ロブは僕をはずすつもりはないって聞いてもらえなくて」

　エドは額に手を当て、「待て、レイ。ストップ」と言ったが、その顔はいかにも混乱しているように見えた。礼が言葉をおさめると、一度息をついてから、エドは「なんでそんなことになる？」ともっともなことを言った。

「非建設的だ」

　礼は少し乱れたガウンの合わせを直しながら、僕もそう思ってる、と伝えた。

「だから何度か交渉したけど、誰も聞いてくれないんだ。……ロブの出展がなくなったら、前金が入ってこない。デミアンは僕ありきで出展してくれるから、担当をはずれるなんてできな

い。……ロブが僕を担当に指名したのは、デミアンのファンだからって言うけど」

「筋が通ってないぞ。ファンならなおさら、ヘッジズの邪魔になるような動きをするとは思えない」

「……ロブがなにを考えてるかは分からないんだよ。アーティストだもの、普通の人とは違う思考回路かもしれないし、僕はまだ彼との付き合いが浅い。だから……分からないけど、僕自身は担当をはずれたいんだ」

当たり前だ、とエドは唾棄するように言った。

「……」

エドはしばらくの間じっとなにか考えていたが、やがてこんな提案をした。

「俺が言おうか。レイ。俺からギャラリストに話してやる。前金がほしいなら俺が出してやるし――それなら問題ないんだろう？」

礼は一瞬で、血の気が頭からひいていく気がした。気がついたら「や、やめて」と懇願するように言っていた。

「そんなことされたら困る。ただでさえ、僕……」

……エド相手に売春してるって思われてるのに。

と、言いかけて口を閉ざすと、エドが眉根を寄せた。

「俺が出ていくことで面倒をかけるのは分かる。だがどうせ最初から、俺の名前で入ったところなんだろう?」

礼はぎくりとして固まった。それはその通り――実際、エドにも『スクエア』のことを最初に話したときに、過去にギャラリーとどんな関係だったか聞いているのだ。今さら違うなどと言ってごねるつもりもない。

「ならいっそ、俺の名前を利用しろ。今、お前にとって大切なのは、俺の名前を使う使わないじゃないだろう」

決めつけられて、言葉が出ない。正論だからこそ困る。けれど同時に、エドの名前を出して、エドの力を借りて、今の状況を変えたいわけじゃない、と思う。

「……エドの言うことはもっともだけど、でも、それは無理。ごめん……だってここで頼ったら、この先も同じように頼ることになる」

うつむきながら、自分の考えを必死にまとめて言う。なにかあるたびにエドを頼り、甘えて、辛い局面を脱するというのはどうだろうと思う。

「……俺はそれでいいと思っているが。お前には、俺と生きることで背負うデメリットもある。デメリットだけ受け取って、メリットを完全に受け取らないのも違うだろう。俺の権力くらいでどうにかなることなら積極的に使えばいい」

「ねえ、この話やめない?」

礼は落ち着かなくなって、エドを見上げた。二人の関係を、メリットやデメリットという言葉ではかるのがいやだと思った。エドはたしかに世界的企業のトップで、この国では巨大な権力を持っていて、指先一本、舌先三寸で礼の苦境など変えられるのかもしれないし、礼にはそれを受け取る権利がある……のかもしれないが、礼はそのためにエドと生きているわけではない。

（僕は、二人でいるときは……ただのエドと礼でいい……）

自分が悩みを打ち明けたことがきっかけなのに、もうこの話を続けたくない。けれどエドはムッとした顔になり、「レイ……」とため息をついた。

「……俺のすべてを受け入れて、一緒に生きるんじゃなかったのか？　だとしたら、甘ったるい面だけじゃすまない。一年半前……叔父にさらわれて、お前はそれを思い知ったはずだ」

礼は思わず、黙り込んだ。エドの叔父チャールズに脅迫され、乱暴を受けたとき――エドは礼が苦しむと知っていた、と話していた。分かっていて、自分と生きることの現実を知ってほしくて叔父を泳がせたと泣いて謝り、それでも俺を選んでほしいとすがってきた。

「……『スクエア』に僕が入るって聞いたときに、いつか自分の名前で助けるつもりだった？」

ぽつりと訊くと、エドは「当然だろう」と返してきた。返したあとで舌打ちし、

「逆にお前に訊きたい。俺の名前で入社しておいて、なにも起きないと思っていたか？　アートの世界はそう甘いものじゃない。扱ってるのは夢かもしれないが、実際には金、権威、虚妄がパワーを持っている……そういう側面もある。寄付してる人間からはそう見える」

「……それはエドが、アートに興味がないから」

「だから冷静に見えてる。お前はデミアンのためにどうにか残ってたいんだろうが、正直、『スクエア』のギャラリストのやり方はお前には合わない。本当は今すぐやめろと言いたいところだ」

イライラと吐き出され、礼は呆気にとられた。今まで、エドはいつも礼の仕事を支持するようなことしか言わなかった。それなのに裏ではそんなことを思っていたなんて、と思う。

「やめたらデミアンが出展しない……僕だって他に雇ってくれるところなんてない」

「俺がギャラリーを作れば？　どの問題も解決する」

悪びれなく言うエドに、礼は眼を瞠り、「そんなこと絶対に受け入れられない」と拒絶した。それこそ、「エドワード公のご威光頼み」以外の、なにものでもない。

「実力も経験もないのに、僕にギャラリストなんてさせる気？　業界からの信頼はゼロだよ」

「……ギャラリーの話は飛躍だとしてもだ」

反論しているうちに礼の中には怒りが芽生え、思わず顔が熱くなってくる。エドはその話を一旦脇に置いたが、それでも礼の中では置いておけなかった。だから怒りは持続したままで、エドが「お前をロブの担当からはずすよう、ギャラリストに話す」と言った瞬間、「絶対にやめて！」と強く言ってしまった。

「これ以上僕をみじめにしないで。仕事は僕の問題だ、僕の力で解決する」

「意味のない虚勢だ」

けれどエドは礼の言葉に、ため息交混じりにそう言って、首を横に振った。

「お前が言ったところで、誰が聞いてくれる？　聞いてくれないから、今その状態なんだろう。大体、ロブ・サイラスとかいうやつは頭がおかしい。お前とセックスしたいとでも考えてるなら別だが」

「そんなこと考えてるわけないでしょっ？」

「だったらなおさら、意味が分からないと言ってるんだ！」

礼が感情的になったせいか、エドもつられたように声を荒らげた。礼はぐっと身を乗り出して「口出ししないって言ってたよね？」と詰め寄った。

「僕を信じてくれないの？」

「……レイ。普通に考えてみろ。合理的に。あくまで合理的にだ。若くてきれいで、やたらコネはあるが、経験に乏しいアジアン。それもエドワード・グラームズの名前が後ろに控えてる……仕事の実力があると思うか？　思わないだろう。お前は俺の愛人で、だからコネを持ってて、『スクエア』に入れて、デミアン・ヘッジズなんて変人とも交流してる……そう思うさ。それが世間だ。それで、そんなふうにしか見えないお前を担当にしてほしがるサイラスの真意はなんだ？　いいことじゃない。それだけはたしかだ」

「やめて。そんな話したくない……きみとは、きみくらいは……っ」

礼は思わず耳を塞いでいた。

——仕事の実力があると思うか？　思わないだろう。お前は俺の愛人で……。

そう話したエドの声が、頭の中でぐるぐると回る。自分でもとっくに分かりきっている世間の眼を、エドから説明されるとひどく苦しかった。心の奥で大事にしていたものが、壊されたような気持ちになる。

（そうじゃない……僕は一生懸命仕事をしてて、だから……イギリスの、この国の、この社会に受け入れてもらえたって、思っていたかったんだ——）

そんなことはまったくないのに、エドのフラットで二人きりでいるときくらいは、そんなふうに勘違いしていたかった自分がいたのだと、礼は知った。エドと対等であるために、仕事くらいはできていなければみっともないと、心の中でずっと感じている。

対等でありたい。エドに見合う自分でいたい。

激しく、強くそう望んでいるのに、そうなれない。そのことをエドから直接言われてしまったら、自分の努力そのものが報われないようで悲しい。

「……僕もう、寝る」

これ以上言い争いたくなくて立ち上がると、エドは「レイ」と引き留めてきた。

「日本人の悪い癖だぞ、問題の本質と向き合わず、その場しのぎで逃げるのは。……俺とちゃんと話をしろ。サイラスになにかされる前に」

なぜ今、日本人、などという言葉で自分をくくるのだと、礼は恨めしい気持ちになった。思わずエドを睨《にら》み付けると、エドは礼の思い詰めた表情を見てか、思わずというように唇を引き結んだ。

「この状況がおかしなことも、自分が世間にどう見られてるかも、知ってる。ロブがなにを考えてるか分からないことも、分かってる。……僕は赤ちゃんじゃないんだから、エドは僕の仕事のことには構わないで」

頼りなくても、いつかはちゃんと自分の足で立って、エドと並ぶつもりなのだ。その途上なのだから、ただ信じて見守っていてほしかった。

今度こそもうエドと話をする気分になれず、礼は一人寝室に向かった。エドは一度だけ、レイ、と呼びはしたが、それ以上追いかけてはこなかった。ただ二階へと続く階段を上っている途中、「くそ」と舌打ちする声は聞こえたが――。

(くそ、は僕だよ。僕の気持ちだ……)

僕だって、「くそったれ」の気分だと思いながら、礼は暗い寝室のベッドに、どさりと横たわった。

開けた眼に、窓外の外灯の灯りがうっすらと映って見える。

(……エドのほうが僕より冷静だ。だけど、それでもエドの力には頼りたくない)

非合理的だろうがなんだろうが、自分の気持ちはごく普通だと思う。恋人の権力を使って自分の仕事を進めたい人間なんて、いるのかもしれないが尊敬はできない。

（どうせそんな人間に見られてるんだから、そうしろって言うの……？　いやだよ。行動に移したら、本当にそんな人間になる――）

エドはそんな自分でも愛せるのだろうかと、礼は不思議だった。なにもかも分からない。自分がどうしたらいいかも、作家の気持ちも、それどころかエドの気持ちさえ。

ただ対等ではないことだけがはっきりと分かった。エドは礼と対等であろうなんて、はなから考えていないのだ。

仕事への不安と同じように、エドへの気持ちに不安が芽生えた。一緒に生きていく。その決意にはなんの変化もないし、エドも礼と同じ気持ちだが、そもそもの生き方の部分は違っているのかもしれない、という不安だった。

（エドはべつに……僕が仕事をしてなくても、いいんだろうな）

ふとそう思う。家で待っているだけの礼でも、エドは同じように愛してくれる。礼が必死になって頑張ろうと思っていても、そんなことはエドにとったら些細《ささい》なことなのだ。対等になるだのならないだのの前提すら、たぶんない。

（……最初からエドは、なんにもない僕を愛してくれた。だから……僕のこと、一生……）

それ以上考えるのはなんだかいやで、礼は思考を放棄した。心の内側に、ゆっくりと、じわじわとしみこんでくるのはなんの感情だろうと思う。名前をつけるなら淋《さび》しさかもしれない。

礼はけれどその感情と、今すぐに向き合うのはやめようと思った。エドから言わせれば「日本人の悪い癖」なのかもしれないが、抱えきれないことと向き合って、大事な人との関係を壊すよりは——抱えきれるタイミングで、向き合いたい。

礼はそう思ったのだった。

六

その日、礼《れい》はエドと顔を合わせるのが気まずく、いつもよりかなり早めに起きて、そのまま仕事に向かった。エドは礼が起きたとき、まだベッドの中だった。

朝食はいつもはエドと摂《と》るが、その日は『早めに仕事に出ます』というメモだけ残して、駅近くのカフェで朝食を食べた。

昨夜はよほど困惑していたらしく、ベッドサイドのいつもの場所に携帯電話がなかった。リビングのサイドボードに置かれたままになっていて、エドが気を利かせてくれたらしく、礼のものではないケーブルで、充電してくれていた。

ため息をつきつつその電話を手にフラットを出てきたが、我ながらバカみたいだと思う。早く仲直りするか、あるいはいつもどおりに振る舞って楽しく生活したいし、そのほうが賢明だ。けれど心の中にまだしこりがあって、エドに対して素直になれるのか分からなかった。

持ってきた本を読む集中力もなく、二時間ほどを無為に過ごしてギャラリーに出勤した。

メイソンのゴミ箱をきれいにしてから、デミアンの作品リストを作り直していると、いつの間にか十時を過ぎている。作業に没頭していたらしい。少し、朝のもやもやが晴れている。

そのとき奥のほうがざわざわとうるさくなったので、なんだろうと思って顔をあげた礼は、ぎょっとしてしまった。

海外から戻ってきていたらしい、ブライアンがやたらと愛想よく誰かを案内している。

「ハリー、メイソン、きみたちも来てくれ」

呼ばれたハリーとメイソンがミーティングを打ち切って立ち上がった。ハリーはブライアンと一緒にいる人物を見ても、わずかに眉を動かしただけだが、メイソンは明らかに眼《め》を見開き、それから礼を振り返った。

ミーティングで集まっていたスタッフたちも、一斉に礼を振り返る。

それもそのはずで、ブライアンと一緒に立っているのはエドワード・グラームズだったのだ──。礼はくらりと、目眩《めまい》がした。

(エド……どうして?)

エドの緑の瞳と、一瞬眼が合った。が、エドは礼を指さしながらブライアンに小声でなにか言われても、かぶりを振ってNOを示した。そのあと四人はブライアンの個室に消えたから、きっと、ブライアンに礼を同席させるか確認されたエドが、必要ないと断ったのだろう。

(なにしに……なにしにきたの……!?)

緊張で胃が縮むような気がして、全身が一気に震えた。女性スタッフの数人が礼のところへやってきて、「レイがグラームズ卿を呼んだの？」「本物見たの初めて。すっごくセクシー」などと言ってくる。礼はそれにも、上手《うま》く答えられなかった。

もし今エドが、礼の仕事についてブライアンになにか言っていたらどうしよう。そうすればきっと、この場のスタッフ全員に白い眼で見られそうだ。

（許可はないけど、ブライアンの部屋に入る？　でも、呼ばれてない。そんなことしたら、それだって……まるで僕とエドが妙な関係だって示してるみたいなものだ）

恋人とは違う力関係や、信頼関係に見られるのはいやだった。悩んでいたが、エドはすぐに出てきた。固まってエドを見ていた女性スタッフたちにエドは爽やかに微笑《ほほえ》むと、颯爽《さっそう》と外へ出て行く。送ろうとしたブライアンを押しとどめ、笑顔で「お仕事中失礼しました」と声をかける。女性スタッフが数名、黄色い声をあげた。

礼はこれ以上我慢できずに、急いで立ち上がると、エドが下りていったエレベーターを追いかけて、階段を駆け下りた。

ロビーに出ると、ちょうどギャラリーからエドが出て行くところだ。見覚えのある社用車が『スクエア』の入り口に横付けされており、エドの秘書であるロードリーが佇《たたず》んでいた。

「ご用は済みましたか」

「ああ、まあな」

出口を駆け出ると、そんな会話が聞こえた。ロードリーが少し驚いたように眼を見開き「レ払っていた。

イ様」と言う。エドは礼が追いかけてくることを察していたらしく、振り返った顔は落ち着き

「……エド、なにを、なんの話をしに……」

「落ち着け。紳士はいかなるときも走らない、歩く」

エドは小さな弟に接するように言い聞かせると、礼の髪を撫《な》でつけ、襟を整えてくれた。

「心配するな。べつにお前の仕事についてなにも意見したりしていない。仕事で近くを通ったから、視察に来ただけだ。俺も何度か金を出したことがあるギャラリーだからな」

本当かどうか疑うような眼でじっとエドを見てしまったが、エドは肩を竦《すく》めて「戻ってなにも言われなければ、俺の言葉が真実だと分かる」と言って、礼の胸を優しく叩《たた》いた。

「エド、会議に遅れます」

ロードリーがそっと声をかけて、後部座席のドアを開けた。

「今夜仲直りしよう」

エドはそっと礼の耳元で囁《ささや》き、頬にキスだけして、車に乗り込んでしまった。扉を閉めたロードリーに、思わず礼は視線を向けた。ロードリーなら、エドの真意を知っているはずだ。問いかけるような眼をした礼に、けれどロードリーはため息混じりに「お怒りは分かりますが」と、囁いた。

「エドは慎重に動いています。レイ様を傷つけるつもりはない」

礼はその意見に困惑したが、結局それ以上はなにも訊《き》けないまま、エドの車が去っていくのを見送るしかなかった。

(慎重に動いてるって……なにをどう動いてるの?)

釈然としない気持ちでオフィスフロアに戻ったが、エドの言葉は真実だったようだ。ブライアンは上機嫌で礼を捕まえ、「エドワード公に話を聞いてきたのか? 彼は、うちに寄付してくれそうか?」と言うだけだった。

ハリーとメイソンはとっくに自分の仕事に戻っているが、メイソンは女性スタッフに取り囲まれて機嫌が良さそうだった。エドワード公となにを話したの、という質問に、メイソンはたいしたことじゃないさ、と得意満面に答えている。

「ダイレクターとしての信念、アートについての思想を訊きたいと言われた。まあ、大貴族様とはいえ、やっぱり芸術の分野には暗いんだな」

どうやら本当に、エドはここへ「視察」に来たらしい。

(……でも分からない。今回はなにも言わなかっただけで、いずれ僕になにかあったら、口出しするかもしれない)

今夜どうやって、どんな気持ちで、仲直りすればいいのだろう……と、礼は思った。

今自分が感じているもやもやとしたいやな気持ちを、すべてぶつけたところで、エドは変わらない気がする。

(僕が変わるしかない……? それってどんなふうに? ……エドの権力を利用するように?)

答えが出ずに深く息をついたとき、ふと、デスク上の携帯電話の画面が眼に入った。手癖で画面をオンにしていたらしく、いつの間にかアプリケーションの一覧が開いている。普段はあまり見ないページだ。そこにふと、見慣れないアイコンを見つけた。

「……mysp? なんのアプリだろう、これ……」

独りごちたとき、不意に電話が振動し、着信画面にロブ・サイラスの名前が現れた。

礼は一瞬緊張しながらも、あまり待たせてはいけないと、数コールめで電話に出た。昨日と同じように、ロブは明るい調子で、『レイ? お願いがあるんだけど』と言った。

「お願いですか?」

仕事なら、もちろん聞かなければならない。確認するように訊《たず》ねると、

『今から来てほしいところがあるんだ。きみの上司には僕から伝える。通話を切ったら地図を送るから。必ず来てね!』

礼が言葉を挟む隙もなくまくし立てて、ロブは一方的に電話を切ってしまった。

「ロブ、待ってください、すぐには——」

行けない、と言おうとしたが、聞こえてくるのは無情な不通音だけだ。また振り回されている気がしてかけ直そうか悩んでいると、直後にメールが届いた。地図を開いた礼は、眼を瞠《みは》っ

た。

それはロンドン市内でも、イギリス国内ですらなかった。

ロブが指定した場所はスペインのバルセロナ。

更に追加で送られてきたメールには、飛行機の電子チケットが貼ってあった。


結局礼は三時間後、バルセロナ空港に立っていた。

ハリーがロブからメールを受け取ったらしく、礼に「行ってきなさい」と声をかけたせいもある。それにしても海外になんてそんなに簡単には行けない、と礼は一瞬思ったが、その後すぐ考えを改めた。

（……ロンドンとバルセロナって、気軽に行き来できる距離だったんだな）

この日初めて、ロンドンとバルセロナが飛行機で二時間ほどの距離だと知った。

さらにEU圏内だから、パスポートもいらない。東京《とうきよう》から大阪《おおさか》に新幹線で行くような気軽さで、簡単に行けてしまう。だからハリーも行ってきなさい、と軽く言うのだ。

長い間イギリスに暮らしていても、学校の中しか知らなかったから、暮らしてみて初めて実感したが、イギリスで仕事をするということは職種にもよるが、日本にいるよりずっとグローバルに活動できる利点がある。

（日本のアート市場がヨーロッパに遅れるのは、こういう点もあるのかな……）

ふとそんなことも考えながら、礼はロブの言うことを聞くにあたって、一つ心に決めていることがあった。

（ロブの用事はちゃんと聞く。でも……もう一度、担当を外してもらうよう交渉しよう）

落ち込むことばかりだが、いつまでも悩んでいるわけにはいかない。とにかく自分が正しいと思うことはしなければ。

到着すると、五月のバルセロナは曇天のイギリスと違い、雲一つない青空が広がっていた。イミグレーションを出たとたん、礼は暑さに負けて上着を脱ぎ、シャツの袖をまくってしまった。うなじがじっとりと汗ばんでいる。湿気はないので風が吹くと心地いいが、春物のスーツはこの土地には合わなかった。

ロブからメールをもらったとき、フライトまで間がなく急いで出てきたので、礼はエドに報告せずに来てしまった。とはいえ日帰りするつもりなので、帰ってから話すことにした。今夜の仲直りに際して、礼はまだあまり感情の整理ができていない。

（先にロブの問題を片付けよう）

一つずつ向き合うしかないと決めて、礼はロブのもとへ向かった。

ロブに指定された場所は、市街地の中にある有名な高級ホテルだった。

世界各地に同じ名前を冠したホテルが建てられている、一流ホテルグループのバルセロナ店で、礼も日本でエドに連れられて利用したことがあった。

バルセロナの町並みに溶け込む壮麗なファサードの前には、スタイルのいいドアマンが立っていて、キャブから降りるとすかさず案内してくれた。中へ入るとモダンな造りになっており、天井の高いロビーには、白と青を基調にした椅子が優美に配置され、身なりから中流階級以上と思われる宿泊客が待ち時間を過ごしている。

フロントでロブのことを訊くつもりだった礼だが、手前から音もなく現われたホテルマンが「ミスター・ナカハラ？」と声をかけてきたので足を止めた。

思わず相手を見ると、壮年の支配人然とした男だった。彼はにこやかな笑みを浮かべて、「サイラス様から承っております」と言う。

「……ロブから？」

「ええ、お越しになると。お部屋へご案内いたします」

ホテルマンは、発音の美しいクイーンズイングリッシュで話す。イギリス人かと思ったが、肌は褐色だった。荷物をと言われたものの、持っていたのは上着とビジネスバッグだけだったし、長居するつもりもなかったので「いいえ、結構です、ありがとう」と礼もなるべく温和に返した。

内心では、目的も知らされぬままバルセロナまでやって来て、不安だった。けれどそれ以上に、これはロブときちんと話すチャンスでもあると思う。

ホテルマンは屋内の中央にあるエレベーターではなく、奥まった場所に一基だけのエレベーターを使った。小さなエレベーター内に入ってすぐに、ボタンがわずかしかないことに気がつく。

（やっぱり……）

と、思った。金のある貴族の振る舞いや行動には、ある程度慣れている。ロブの宿泊している部屋は最上階。おそらくこのホテルで一番いい部屋だ。エレベーターのボタンは、その他はロビーや飲食店など必要最小限で、宿泊階には止まらないようになっている。ロブの泊まっている部屋専用のエレベーターだった。

（……気を引き締めないと。ホテルの最上級スイートなんて……たぶん助けはこない）

ロブがどういうつもりで自分を呼んだかは分からないが、これまでの経験上、よく知らない男の部屋へ行くことが自分にとってある程度危険な意識はあった。エドが知ったらたぶん火を噴いて怒り狂うだろう。同じ男同士でも、相手はまるで体格が違う。力では敵《かな》わないことも分かっていた。

心臓がドキドキといやな音をたてている。緊張を見せないように、礼はこくりと息を飲み下した。

エレベーターが止まると、広いホワイエが見えた。大きな花瓶に美しい花やグリーンが飾られている。ホテルマンはそこで辞するようで、礼を先へ促すようにして降ろすと、エレベーターの扉を閉じた。

ホワイエの向こうには廊下があり、居室スペースに繋《つな》がっているようだ。おそるおそる歩いていくと、どうやら音楽がかかっている。テンポの速い明るいダンスミュージックで、近づくたびに音量が大きくなる。

廊下の先には扉が一つあり、礼はそっとノックした。返答はなく、もう一度今度は大きめにノックしたが、やはり音楽しか聞こえてこない。

意を決して、扉を開ける――そのとたん、大きな体にがばりと抱きしめられて、礼は中空に持ち上げられていた。

（え……っ）

持ち上げられた礼は眼を剝《む》いた。事態を把握する前に、逞《たくま》しい肩に担ぎ上げられて、持っていた鞄《かばん》と上着を取り落とした。

瞬間、耳に入ってきたのは激しいダンスミュージックと、人々の笑い声だ。笑い声は男のものも、女のものもある。

「ボビー坊や！　僕のお客だ、丁重にしてくれ！」

ゲラゲラと笑う男女の声に交じって、ロブの声がした。礼はくるくると体を回され、それから一気に放り投げられて、ふかふかのマットレスの上に落ちていた。マットレスの上には花びらが散らしてあり、落ちた瞬間ピンクの花びらが視界一面を覆うように舞い上がった。

「……やあ可愛《かわい》い人。ちゃんと来てくれて嬉《うれ》しいよ」

花びらが落ちきると、そこにはロブ・サイラスの整った顔があった。褐色の肌に、青い瞳。頬を覆う金髪。彼は白い麻のシャツを着ていて、胸元いっぱいにはだけており、その格好でベッドに座って、礼の上に覆い被《かぶ》さっていた。

近すぎる距離に心臓がどくんと音をたてて跳ねた。慌てて起き上がると、ロブはおかしそうに含み笑いしながら体を退《ど》けてくれたが、礼は困惑していて、冷静さを装うこともできなかった。

ベッドルームは開け放たれていて、続きの広いリビングが見える。そこには若い男女が十数人いて――礼は思わず息を呑《の》んだのだが、みなほとんど裸だった。

彼らは酒を飲み、頭を振って踊り、ゲラゲラと笑いながらソファにもつれこんだりしている。室内には怪しげな煙が漂っていて、集まった男女の半分以上が紙巻きにしたタバコのようなものを吸い、くすくすと笑い合っていた。場の異様な高揚感から、礼はそのタバコを、大麻だろうと察した。スペインでは、大麻の使用そのものは合法なのだ。

一気に緊張し、思わず体を硬くした。国によっては、大麻とアルコールならアルコールのほうが危険だと認識される。文化の違いだと分かってはいるが、日本から来た礼の倫理感からすると、大麻への抵抗は強かった。

「ロブ！　その美人を紹介してくれないの？」

女性の一人が言い、ロブは礼の手首を摑《つか》んで引っ張った。

「するさ、もちろん。僕の大事な人だ。さあ、レイ」

腰をとられて、礼はリビングへつれていかれる。冷静に、冷静に……と、頭の隅で念じていた。そうでなくても、場の空気に飲まれている。

――眉一つ動かさず、敢然と辛苦に立ち向かえ。

そう思った後で、いや、それほどの辛苦じゃないはず……と、考えを改めた。

もしもこれがエドなら――「裸の男と女が乱痴気騒ぎをしている。それだけだ。くだらない」と切り捨てるだろう。そう思うと、ほんの少しだけ落ち着いた。ぐっと腹に力をこめて動揺を押し隠し、顔に微笑みを貼り付けることができた。


しかし少しばかり落ち着いたからといって、全裸の男女と初対面で、ごく普通に話すのには戸惑った。

礼を持ち上げたのは屈強な男で、上半身にみっしりと複雑なタトゥーを彫っていた。

強面《こわもて》で寡黙らしく、雰囲気は恐ろしかったが、二年前までボディービルの選手だったという。

持ち上げてベッドへ落としたのは、ロブのお客を楽しませてみろ、とからかわれたからだと聞かされた。

「楽しかった？　レイ。ロマンチックなベッドに落とされるなんてエキサイティングよ」

女性の一人に言われても、礼は苦笑いするしかなかった。男の一人がそんな礼を見て、「アジアンなのにお前のとこの貴族みたいに上品な子だな」とロブに耳打ちするのが聞こえた。スペイン語だったが、礼はイタリア語が分かるのでなんとなく読みとれた。しかし一体どういう顔をしてこの場にいればいいのかは分からず、礼は勧められたタバコ——たぶん、大麻——をさりげなく断りながらも、動揺していた。

集まっている面々は貧困層ではなさそうだ。振る舞いは至って上品とは言えないが、中流以上の暮らしをしている、親が金を持っている層に見える。イギリス人だけではなく、アメリカ人やスペイン人もいて、みんな雑多な英語やスペイン語で話している。

「ロブが言うには、アートはお金になるって言うけど本当かしら？　絵描きなんてみんな貧乏なイメージしかないわ」

「それは古いわよ。サンローランのデザイナーは？　貧乏と言える？」

「あれはアーティストなのか？　デザイナーだろ」

礼がギャラリーのアシスタントだと自己紹介すると、彼らは好き勝手にアートについて話しはじめた。

「アートは貴族の趣味だよ。ジミーチュウの靴を片っ端から履くのが楽しみなうちは、無関係の世界さ」

ロブが白ワインを飲みながら友人たちをいなし、女性陣は「あたしたち、ばかにされてるわ」と言い合った。礼はただ黙って、彼らの空虚なおしゃべりを聞いていた。

（ここに呼ばれた理由が分からない――）

バルセロナからロンドンへの最終便は夜の十時。それを過ぎたら泊まりになってしまう。一応来る途中でチケットは押さえたが、既に時間は三時すぎだ。一体いつになったら、ロブは自分に用件を言うのだろう、と礼は少しそわそわしていた。

「今夜わたしたちクラブに行くの。レイもどう？」

女性の一人に誘われ、礼は微笑んで断った。

「ありがとう。でも、日帰りなんです。ロンドンに戻るので」

すると、ロブが「日帰り？　まさか、数日いるだろ？」と無邪気な顔で問うてくる。礼は苦笑し「仕事があります」と答えた。

「僕と過ごすのも仕事のはずだよ。アシスタントなんだから」

そんな無茶な話があるものか、と思ったが、礼は取り合わないことにした。と、横から女性の手が伸びてきて、礼のシャツにぐい、と手をかける。

「ねーえ、レイ、あなたも脱いだら？　あたしたちあと少し肌を焼くの。一緒に焼きましょうよ」

ぐいぐいとシャツの合わせを引っ張られて、礼は困惑しながら、やんわりと女性の手首を握った。

「いいえ、僕は肌が弱いので……みなさんだけでお楽しみを」

「肌を焼くなんて言い訳だろ、お前たちこのアジアンの裸が見たいんだ」

大麻を吸いながら男の一人が言い、女性陣がきゃあきゃあと甲高い声をあげて笑った。

「そうよ！　だってレイはエドワード・グラームズと寝てるんじゃなかった？　どんな体か見たいじゃない！」

礼は一瞬で、頭から冷水を浴びせられたような気がした。女性陣の眼にちらりと蔑みが映り、かわりに男性陣の眼に好奇が映った。思わず腰を浮かしかけると、

「よし、じゃあ水浴びをしよう」

と、ロブが立ち上がり、不意に腰に腕を回される。礼はあっという間に担ぎ上げられていた――。集まっていた仲間たちが、わっと手を叩いて喜ぶ。ホテルの最上階は贅沢《ぜいたく》なペントハウスになっていて、リビングからすぐテラスに出ることができ、そのテラスの隣にプライベートプールがあった。プールにはなみなみと水が張られ、バルセロナの青い空を映してサファイアのように輝いている。

「ロブ、お、下ろしてください！」

礼は言ったが、ロブは酔っ払っているのか「いいからいいから」と言って聞かない。

次の瞬間、礼はあえなく空に放り出されていた。あっと叫んだとき、視界にはロブの顔が一

瞬だけ映った。その瞳は笑っておらず、無感動で、なにを考えているのか分からないうつろな眼差《まなざ》しだ……。

水しぶきがあがり、礼は背中からプールに沈んでいた。自分の体から空気が抜けていき、鼻の中に水が入ってきて痛い——。

「う、あっ、はあっ、はあ……っ」

夢中でもがいてプールサイドへ出ると、ロブ・サイラスが待ち構えるように立っていて、その後ろには礼の様子を見物している男女の群れがある。見世物にされているみっともなさに、カッと頬が火照《ほて》る。礼は勢いよくプールを出ると、横に立つロブをきつく睨《にら》み付けていた。ロブは礼に睨まれても、にこりと微笑むだけだった。さっきまでのうつろな眼差しはなくなっていたが、感情の読めない顔なのは同じだ。

一体どうしてこんなことを？　と思ったが、訊ねる余裕もないほど腹が立っていた。

「……帰ります」

びしょびしょのシャツは肌に張り付き、全身から水がしたたっている。だが構うものかと思った。こんな無礼な扱いを受けてまで、ここにいる必要はないはずだ。けれど立ち去ろうとした瞬間、ロブの大きな手に腕を摑まれる。

「ロブ、放して……」

言いかけた礼の言葉は、もう一度プールに突き落とされることによって消えた。再び水の中でもがいたが、今度は大きな体が礼を捕まえていた。見ると、一緒にプールに入ってきたらしいロブが、おかしそうに笑いながら礼の体を引き寄せ、水中でベルトをはずし、あっという間にスラックスと下着を足から抜き取るところだった。

「や、やめ……っ」

顔を水の上に出した礼は叫んだ。抱かれている形なので、すぐ眼の前にロブの顔がある。ロブは笑った顔のまま、礼のシャツのボタンを外した。濡《ぬ》れたシャツはゆらゆらとプールの底へ沈んでいき、大きな褐色の手が、水中で礼の胸をまさぐり、唇が、彼のそれで塞がれた——。

その瞬間、怒りは頂点に達して、礼は無我夢中でロブの頬を張り倒していた。

抱く力が弱まった隙に急いで離れ、プールからあがる。全裸だったが、気にする余裕はなかった。見物していた男たちから口笛があがり、女性陣は笑うか、歓喜の声をあげるかだった。

「レイ、素敵よ。可愛いお尻！　Tバックを穿《は》いたらハート型よ」

「乳首が桃色だな、そそる体だ。これがエドワード公のお気に入りか」

からかっているだけなのか、侮辱しているのかも分からない言葉の数々に、礼はムカムカと胃が焼け付く気がした。プールサイドに置かれていたバスローブを勝手に羽織ると、後ろからロブがあがってきた。

「そら、気が済んだだろ？　解散だ！　僕は今からこの人と仕事をするんだから」

全員服を持って出ていけ！　とロブが言い、礼の肩を抱いてくる。ひどい行状をしたあとで、

こんなふうに触れてくる神経が信じられないと礼は思った。

思わず睨みつけても、ロブは苦笑して肩を竦めるだけだ。十数人いた男女は文句を言いつつも、慣れているのか「お開きね」「クラブまでお昼寝かな」などと口にしあい、結局はおとなしく帰って行った。

十分もしないうちに人はいなくなり、あとにはめちゃくちゃに汚れたリビングと、大音量のダンスミュージックだけが残った。

ロブはするりと礼のそばを離れ、びしょ濡れの服を脱ぎ捨てて全裸になると、テラスに放られていたサテン地のガウンを羽織った。それから乱痴気騒ぎのあとの、ゴミだらけのソファに座り、大麻ではなくシガーを一本取り出して火をつけた。

さっきまで友人たちと一緒になって騒いでいた彼とは一変し、その横顔は物憂げで、冷めて見える。

「ミスター・ナカハラ、シャワーを浴びておいでよ。脱衣所に着替えもある。適当に着ていいから」

「……いえ、帰ります」

警戒しつつテラスからリビングに入り、礼はロブの申し出を断った。ロブは手元のリモコンを操作している。やがてダンスミュージックがぷつりと消え、静かなクラシック音楽が流れ始めた。

「いいから。行っておいで。このあと仕事の話をしたい」

——仕事。

その言葉を持ち出されると、帰るわけにはいかなかった。ここで帰ればロブはまた出展しないと言い出すかもしれないし、礼だって担当替えの話をしに来ている。礼はため息をつき、分かりましたと答えたが、なんでも言うことを聞くと思われてはならない気もする。

「ですが……僕は今さっきのことには……気分を悪くしています。二度とああいう悪ふざけはしないでください」

言うと、ロブはニヤニヤと笑い「意外と言えるんだね？」と首を傾《かし》げた。

「僕の友人たちは放っておくときみをひん剝いて、思い思いにセックスしそうだったからね。それに替わるショーを提供したんだよ」

悪びれずに続けたあと、ロブは揶揄《やゆ》するように眼を細めて「それとも、乱交パーティのほうが趣味だった？」と訊いてきた。礼はなにも言えなくなり、早足にバスルームへ向かったが、腹の底からふつふつとたぎるように湧いてくる怒りは抑えられなかった。

（ばかにしてる……勝手に呼びつけて、人を見世物にして……ロブは僕と、アートの仕事をする気なんかない。僕のことを仕事相手だなんて、これっぽっちも思ってない——）

たとえば相手がハリーやメイソンなら？　ロブはこんな扱いはしないと思うと、悔しかった。

バスローブを脱ぎ捨てて熱いシャワーを頭からかぶったとたんに、けれど、その怒りと悔しさは霧散して頭が冷えていった。

（……ロブだけじゃない。僕をギャラリーの人間として頼りにしている人なんて一人もいない……誰も、言ってしまえばエドだって。僕がアートの現場で役立つとは思ってないんだ）

イギリスにやって来てからこれまでのことを、礼はふと振り返った。初めの一週間はよかった。エドと田舎に滞在し、恋人の時間を満喫した。

そのときも、早く仕事を見つけなければとは思っていたが、それほど切羽詰まっていたわけではない。就職先にアート関係の仕事を選んだのは、それが好きな分野で、自分の経験を生かせたらというだけで、高い志があったわけではない。

ただ、実際に転職しようと動いてみたら、思った以上に難しかった。心が折れそうになったときに、『スクエア』に拾ってもらえたが、それはエドの恩恵だった。それでも自分の仕事で認めてもらえたらいいと決意して入ってきたが、与えられる仕事は雑用ばかり……やっとまともにアシスタントらしい仕事ができるかと思ったら、ロブは礼を対等に見ていない。

挙げ句の果てには、雇用主であるブライアンからはエドの男娼《だんしょう》扱いで、ハリーには分別のない子どものように言われてしまう。

――レイ、きみは日本人だったな。だから分からないのかもしれない。……我々は美だけを扱うわけじゃない。

ダイレクターのハリーの声が、頭の中でこだまする。同時に、エドの声もそれに重なる。

——仕事の実力があると思うか？　思わないだろう。お前は俺の愛人で……。

そう思われているとエドは言い、それはそうだと礼も知っていた。実際、ついさっきまでロブの部屋に集まっていた男女は礼のことをエドワード公の愛人として扱い、ロブの仕事上のパートナーとしては扱ってもらえなかった。

（……僕はヨーロッパにいたら、エドの愛人ってだけか……）

それ以外なにも持っていない人間。分かっていたはずなのに、ぞんざいな扱いを受けて思い知らされ、予想以上にショックを受けている。

（ノブレス・オブリージュは持てる者の義務……でも僕は、この国ではなにも持ってないんだった）

——きみは多くの英国人にとって、まだ誰でもないんだよ……。

『スクエア』の面接を受けた日、たまたま会ったヒュー・ブライトの言葉が蘇《よみがえ》った。少し心配げに礼を見ていたブライト。あの言葉は核心をついていた。

ため息をつきながらシャワーを終えると、広い脱衣所に真新しい下着とTシャツ、綿のパンツが置いてあった。パンツは穿き口がゴムで、寝間着のようだったが他に着るものがないので仕方なく着用させてもらった。

濡れた髪を簡単に乾かしてリビングに戻ると、さっきまでおもちゃ箱をひっくり返したように散らかっていた部屋の中がきれいに調えられていた。

（……シャワーの間にクリーンサービスを呼んだのか）

エドもよくそうするので、訊かなくても分かる。高級ホテルの清掃員は素早く部屋を片付ける高い技術を持っている。きれいになった室内にロブの姿はなく、礼はきょろきょろとあたりを見た。室内に設けられたバーカウンターの上に伝票が置いてあり、見ると、礼の服がクリーニングに出されていた。

（ホテルのクリーニング、急ぎならフライトまでには戻るはず……）

気を利かせてくれたらしいロブに、感謝すればいいのかよく分からない。ただこの一件で改めて思うのは、ロブ・サイラスはデミアン・ヘッジズとは正反対の作家だということだけだった。

振る舞いも、趣味も、なにもかもが違う。大勢の男女と戯れ、酒や大麻やダンスミュージックを楽しみ、悪ふざけで余興まで用意するなんて、デミアンにはありえなかった。たぶんそういう場には、一秒といられないだろう。

「……ロブ、どこにいますか？」

続きの寝室にはいない。テラスへ出ると、今さらのようにバルセロナの市街地が一望できることに気がつく。いまだ建設途中だというサグラダ・ファミリアの尖塔《せんとう》が、ものものしく黄昏《たそがれ》時《どき》の空に切っ先を突きつけている……。

プールサイドを一回りして、礼はテラスとは反対側から部屋に入った。リビングの奥の間はもう一つの寝室だったが、そこにもロブはいない。部屋を出るとリビングへ向かう廊下と反対側へ続く角があり、ぐるりと回ったら小上がりの階段があった。上がってみたら、かなり広いスペースがあり、そこに作りかけの作品がごちゃっとひとまとめに置いてあった。

スチールで作られた機械構造の上に、人工の毛髪や肌をくっつけたアンドロイドのような人間や、あるいは半分機械で半分剝製のような動物たち……。

ロブはガウン姿のまま、それらの作品の群れの中に座ってスケッチをしていた。

周りには、鉄をつなげるはんだや、硬いものを削るための電気工具なども転がっている。ついさっきまで友人たちと騒いでいたときの軽薄そうな笑みはなく、じっとスケッチを見下ろす顔は静かで、これまで見てきた中で一番アーティストらしいロブの表情を見た気がして、礼は思わず息を止めた。

邪魔をしていいかが分からずにその場に立ち尽くしていると、ふとロブが顔をあげて、礼に気がついた。

「見る？」

問われて、「お邪魔でないならぜひ」と言うと、手招きされた。

ロブは地べたに座ってあぐらをかいている。隣にそっと座ると、手元のスケッチブックにはタランチュラの精密な絵があった。ふと見れば、ロブの膝のあたりに大きなケースが置かれており、中には真っ黒な毛をもじゃもじゃと生やしたタランチュラがいた。成人男性の掌《てのひら》ほどの大きさで、礼は思わずびくりとしたが、ロブは「おとなしい種だよ」と笑った。

「……うちに出展してくださるのは、タランチュラがモチーフですか?」

訊ねると、「いや、なにがいいか悩んでる」とロブは肩を竦めて、両手を後ろについて礼を見た。

「さっきは無茶させてごめんね。悪ふざけが好きな連中なんだ」

さらりとした口調だが、それでも謝られるといつまでも怒っているわけにはいかなかった。美しいスケッチを見てしまえば、怒りの感情が呆気《あっけ》なく消えていくのも感じた。自分はアーティストに甘いなと、つくづく思う。

「……いいえ。あなたの作家性に、ああいったお付き合いが入っているのなら、悪ふざけも大切でしょうから」

自分個人の感情は置いておいて、冷静な意見としてはそう思う。なので正直に言うと、ロブはおかしそうに笑い「レイって真面目だなあ」と付け足した。

だが実際、優等生や聖人が、必ずしもいい作品を作れるわけではない。私生活がめちゃくちゃでも、いいものを作る作家はかなり多い。デミアンは派手な人間関係はまるで持っていないが、閉じていて気難しく、普通のコミュニケーションがとりづらいタイプだ。ロブとはまた違った面で、問題があると言える。そしてデミアンのその傾向は、本人が感じすぎる性格だからだろう。けれど同時に、その気難しさの中からデミアンの作品は生まれている。ロブもまた同じだろうと礼は思う。

「あなたのＳＮＳを拝見してます。……よくパーティをされてますよね。いつも、今日のご友人たちとですか？」

しかし訊ねると、ロブはうーん、と首を傾げた。

「さあ、今日来てた連中も、半分以上は初めて会ったやつらだ。知り合いが知り合いを連れてきて、いつも大所帯になるけど、誰が友人で誰が友人じゃないかは分からないな。僕は……本当は友人なんて一人もいない気がするね」

淡々と告げられた言葉に、礼はびっくりして眼を丸くした。だって、と思う。

（あんなにいつも、人に囲まれている写真を載せるのに？）

有名人とのツーショットや、大勢の若者たちとの日常。

ロブのＳＮＳにはそういう輝かしく、賑《にぎ》わしいものが溢《あふ》れている。それなのに本人は友人などいないかもと言う。ほんの一瞬脳裏をかすめたのは、ついさっきプールに落とされる瞬間垣《かい》間《ま》見た、ロブの無感動な瞳だった。

（……この人、見た目よりもずっと、うつろな人なのかな）

ふと思ったが、今はまだそんな問題について触れられるタイミングでもなければ、関係性でもない。今後触れてよくなるかすら分からないと思い、礼は「あなたの作品……」と、話を逸《そ》らした。

「いつも、機械と……生命体らしい質感の……融合ですよね。すごくユニークで……やっぱりずっと追いかけてらっしゃるモチーフなんですね」

まるで放り捨てるように床に置かれている完成品のいくつかを、礼は見た。半分機械のハリネズミが、黒いつぶらな眼でじっと礼を見ている。

「……たまたま思いついたものが当たった。そうしたらまあ、それを突き詰めるしかない。普通のアーティストはそんなものだよ。デミアンは違うけどね……」

ロブは皮肉るように言う。

「デミアンは前の作風をすぐに捨てていく。造形をやっていたと思ったら、次は絵画。それも気がついたらデザインに変わる。そこを突き詰めるわけでもなく、気がついたらインスタレーションをやってたり……。モチーフも、統一感があるようでない。まるで子どもみたいにやりたい放題、好き勝手だ」

たしかにそうだ。デミアンは一つの作風や制作方法にこだわらない。そのときの気分で好きなように創作し、執着もなく次の作品に移る。かといって、クオリティを追求するとか、そういう方面にも興味がない。どちらかといえば自分のイメージの具現化にもっとも適した方法を、その都度選んでいる気がする。それだってなにかセオリーがあるわけではなく、単純に直感的に思い浮かんだ方法をとっている、ただそれだけに見える。

「……彼の作品には、特別哲学があるわけでもないんだよね。意志も、批評性も、社会への問いかけも、かといってロマンチシズムも、センチメンタリズムもない。ただあるのは、デミアン・ヘッジズっていう人間だけなんだ」

淡々と話していたロブの声音に、わずかに皮肉が混ざる。

礼は黙っていたが、「……お詳しいんですね」と言ってしまった。ロブがちらりと礼を見る。言葉の真意を測るような眼をされて、慌てて他意がないことを弁明する。

「いえ、デミアンは……出展の経歴が少ないので……詳しい方の少ない作家です。あなたはファンだと仰《おつしや》ってただけあるなと。……展覧会に行ったことが？」

「……日本での、きみがデミアンを担当した展示を見に行ったよ」

礼は驚いて、ロブを見つめた。寝耳に水とはこのことだろう。じっと見つめていると、ロブは「そりゃそうでしょ？」とやや気まずそうに続けた。

「デミアン・ヘッジズの大型作品が一挙に展示されたんだ。あんな機会初めてだったし、当然見に行ったさ……もしも日本のナショナル・ギャラリーが、彼の作品を購入したらどうしようかと焦った……ロンドンに収容してくれないと、見に行くのが手間だって……」

「……売買に関しては、デミアンはあのときは考えてなくて」

「だろうね。売る気もなく作品を作るなんて不思議だよ」

「でも、多くの作家はそうでは？　作り続けたものがたまたまコレクターの眼にとまって、購入される……なにが売れるかなんて分からないんですから」

「それは昔の話だ。今のアートは、ブランド戦略だよ。僕は売れるものを作ってる。というより、売れる作家であろうとしてる」

話しながら、ロブは舌打ちした。深く息をつく様は、そんなことを言う自分にうんざりしている様子にも見えた。ロブは体を起こすと、再びタランチュラをスケッチしはじめた。

「そこに僕の作品リストがある。どこのギャラリーにもまだ置いてない、僕個人の持ち物だ。きみたちギャラリーが売りたいものがあるか見て」

ロブの言う「仕事の話」とはそのことだったらしい。彼はスペースの隅に置いてある作業台を指さした。礼が立ち上がってそこに近づくと、数冊の書籍や書類の束と一緒に、彼の作品を写真で撮ったものを、バインドしたらしき資料があった。半透明のカバー下の作品は売れたらしく、赤いペンで写真にバツ印がつけられ、soldと書かれているのも分かった。

開く前にふと迷いが生じる。

（これを見る前に、担当替えの話をするのが、マナーじゃないか？）

単なるリストとはいえ、中に収まっているものは作家の命そのものの作品だ。ロブはそれを礼に預けようとしているのだから、預かったあとにやっぱりできません、と言うのは卑怯《ひきょう》な気がした。

「……ロブ」

礼はもう一度ロブのすぐ近くに座り直し、真剣に呼びかけてみた。ロブはちらりと礼を見た

が、

「担当を替えてって話なら聞かないよ。何度も言ってるけど」

と、先手を打ってくる。礼は一瞬言葉に詰まりながらも、「でも、どうしてですか？」と食い下がった。

「あなたが、僕にこだわる理由が分からない……」

ロブは面倒そうに息をつくと、「前も言ったとおり、きみがデミアンに作品を出展させられる……唯一のアシスタントだからだよ」と述べた。

最初のときから同じことを言われている。ロブがデミアンに詳しいところを見ると本当なのかなとも思うが、やはり納得しづらい。引き下がるわけにはいかずにじっとロブを見つめていると、彼は眉をしかめて手を止めた。

「問題ないじゃない。僕がなにも言わなければ、デミアンの耳にはきみが僕とデミアンを掛け持ちしてることは届かない。ブライアンたちだって、わざわざ言わない」

「……それは、そうですが」

「僕がデミアンに不利益なことをすると思ってる？」

訊ねられて、礼は黙り込んだ。ロブの青い瞳と、視線がかち合う。じっと見つめても、ロブの眼はほとんど表情が動かず、なにを考えているのか分かりにくかった。

なにか冷たい、諦めに似たものがその眼の中に横たわっているが、それが弱さかというと、そういうふうにも見えない。

「……誰であれ、初めから疑ってはいません。……担当作家ならなおのことです。信じています。なによりも作品のために」

たどたどしく言うと、ロブは一瞬面食らったような顔をしたが、すぐに小さく微笑み、「そういう言葉で、デミアンのことも落としたの？」と囁いた。

けれどそこに悪意はないようだ。彼はなぜか機嫌良さそうに、

「リスト持ってって。デミアンに負けないように作品を選んでほしいから」

と、付け足した。これ以上はもう、話を聞いてもらえなそうだ。礼はまだ消化不良だったが、ロブの創作活動の邪魔をしてはならないとも思った。

諦めて立ち上がり、先ほど開かなかったリストをパラパラとめくる。どれもインパクトがあり、美しい造形群だった。

「ロブ、このバインダー、お借りするか、中身をコピーさせていただくことって可能ですか？」

訊ねると、ロブは礼を見ずに「……どうぞ。コンシェルジュに頼んだらコピーしてきてくれるから」と言った。その声は大分上の空だった。

これがあれば助かる。ハリーとメイソンに見せれば、どの作品を借りるか決められるだろうと思った。

（普通にアシスタントの仕事をすることになるのかな……たしかにロブさえ黙っていれば、なんの問題もないことだけど……）

まだ悩んでいると、腕が積み上がっている本にぶつかった。

バラバラと本が数冊落ち、間に挟まっていたらしき紙が落ちる。

「す、すいません」

慌てて声をかけたが、ロブはスケッチに没頭しているらしく、礼の声も、本を落とした音にも気づいていない様子だ。

（デミアンとは正反対だけど……こういうときの集中力は、やっぱりトップアーティストって感じだな）

思わず感心してしまう。制作の邪魔はしたくないから無言で片付けていると、挟まっていた紙のいくつかが、なにかの作品の写真であることに気がついた。

それらはスチールのみで作った造形物のようだったが、礼はどこでも見たことがなかった。写真の下に日付が入っており、十年ほど前の日付だ。似たような造形の写真が、同じ場所に数枚あった。日付順に並べたほうがいいかと、紙だけ拾って並べていくと、不意にそれまでの、無味乾燥の鉄の塊のような造形とはまるで違う、迫力ある造形の写真が出てきて、ぎくりとした。

体の半分がむき出しの骨と肉。上半身は恐ろしい顔をした、ホホジロザメ。

それは見た者すべての眼を引きつけ、けっして忘れさせない迫力あるデミアンの、一番最初の作品だった。彼は小さなスペースでこの作品を展示し、一躍、世界的に有名になったのだ。写真の日付は十年前の西暦が書かれている。

そのとき、礼は最後の一枚を拾って、息を止めた。いつ撮られたものなのか、それもまた、ホホジロザメを模した造形の写真だった。

（……これ、デミアンが作ったもの？）

不意に礼はそう思った。頭部を含めた半分がサメの剝製のようなもの。もう半分が異物でできた作品だったからだ。ただし、むき出しになった半分は、デミアンの処女作と違い、スチールの組み合わせだった。ロブの作品に必ず登場する要素だ。

（……作ったのは、ロブ？）

思わず手元の作品リストを開くが、同じ作品はなかった。ならば、このサメの造形はロブの作品ではないのだろうか。

（いや……でも、これはロブの作ったものだ。……それもたぶん、デミアンの作風を真似《まね》てる）

ふと胸に、なにか不安のようなものが兆したが、礼は開けてはならない蓋が開きそうな気がして、怖くなって書類と本を急いで片付けてしまった。

「そういえば……デミアン・ヘッジズはどういうものを作るの？　秋の展覧会に」

ふとロブが訊いてくる。礼は振り返り、「……それは内緒です」と伝えた。

「僕からなにか訊こうと思わないでくださいね。ただ、どちらの作品も楽しみにしてます」

ロブはふうん、と物憂げな返事だ。礼はこれ以上その話を長引かせたくなくて、「コピーしてもらってきます」と、彼の創作スペースを後にした。

短い階段を下りると、テラスに通じる窓が見える。バルセロナに着いたときはあんなに晴れていたのに、いつの間にか雲が空を覆い、雷鳴が鳴っていた。雨の多い街ではないことは知っていたので、珍しいなと思いながら、礼は室内の電話機を持ち上げ、コンシェルジュに繋がる番号をコールした。

七

『バルセロナ⁉　なんでバルセロナなんだ、お前が働いてるのはピカデリー・サーカス駅の近くじゃないのかっ？』

電話の向こうでエドが怒鳴っている。礼《れい》は窓の向こうの土砂降りを眺めながら、「担当作家の方がここにいて……」と説明しながらも、居心地の悪さを覚えていた。

まさかと思っていたが、礼がロンドンへ帰るための最終便が雨で欠航になってしまったのだ。明日朝一番のフライトを押さえ直したものの、日帰り予定だったので、特にエドに説明をしていなかったことが仇《あだ》になった。そのうえ、エドとは微妙にケンカをしたままで、本当なら今夜仲直りしようと言われていた。

ロブは創作スペースに引きこもっており、礼が事情を告げにいくと「ベッドルームは二つあるから、一つを使えばいい」とあっさりしていた。

友人たちが来ていたときの彼からは想像もつかないほど淡泊な態度で、どうやら創作に意識がいっているらしかった。クリーニングからもまだ服は戻らないし、そもそも飛行機が飛ばないのでは身動きがとれず、礼はロブの言葉に甘えることにした。今から別のホテルを探そうかとも思ったが、それはそれで迷惑をかけてしまう。

（とりあえず家に帰らないんだから、報告はしなきゃ……）

憂鬱な気持ちで、ゲスト用らしきベッドルームからエドに電話をかけると、案の定、エドは怒り狂った。

『自家用ジェットを出す。迎えに行くから場所を教えろ』

そう言われて、礼はぎょっとした。

「自家用ジェットなんて持ってた？　興味ないって言ってたよね」

以前税金対策に、とオーランドが軽口混じりに勧めたとき、エドは非効率的だと一顧だにしていなかったことを、礼は覚えていた。

『だから今すぐ買い付けてくる。そっちは九時だろうがこっちはまだ八時だ』

けれどエドの回答は、礼の想像を超えていた。

ロンドンとバルセロナの時差は一時間だ。今ならぎりぎり間に合うと言われて、礼は思わず、「やめてやめて」と慌てた。

たった十時間かそこらのために、五千万ポンドかそれ以上を払うなんてあまりにもばかげている。

「そもそも、エアラインは視界不良で欠航するんだよ。自家用ジェットなんて危ないでしょ……、無茶しないで。エド、心配かけてごめんなさい。ほんとに日帰りのつもりだったから……報告が遅れたこと、謝る」

『それはいい。だが相手はサイラスだろう。なにをするか分からないやつだ』

礼はため息をついた。

「……なにもされてないよ。彼は今制作に集中してる」

昼間プールに突き落とされたことは伏して言うと、「寝室の扉に鍵はあるんだろうな？」と念を押された。

『お前に手を出したら、俺のすべての権力を持って潰すと今からサイラスに電話する』

「本当にそんなことしたら怒るよ。彼はアーティストなんだから……」

しかしそう言いながら、礼は次の言葉を飲み込んでしまった。アーティストなんだから……権力とは無縁な人。そう続けようとした。だが、違うかもしれない。

権力は、本当はアートの世界にとても近いところにある。少なくとも礼がここ数日見てきた現実はそうだった。

電話の向こうでエドが、レイ、どうした？　と訊いてきたが、「……ううん。ちょっと疲れて。もう眠るよ、明日ヒースローに着いたら電話する」と言って、礼は通話を切った。

エドが口では怒っていても、それ以上強硬な態度をとらなかったことにホッとした。仲直りしようと言っていたから、そのせいかもしれない。エドからすぐにメールが来て、『眠る前に鍵を閉めろ。ブランケットをかぶって眼をつむる一秒前にメールしてくれ』と書かれている。

礼は思わず苦笑しながら、まずは扉の鍵をかけ、電気をベッドランプだけにすると、ブランケットの中に入ってから『もう寝ます、おやすみなさい』とメールした。

ランプを消し、携帯電話をサイドテーブルに置いてごろりとベッドに横になると、すぐに電話が振動する。エドからの返信かと思って見ると、デミアンからのメールだった。

文章はなく、画像だけだ。

美青年の顔写真と、メッキに覆われた人面が合わさったコラージュだった。これから作るもののイメージかもしれない。

『こんばんはデミアン。あなたが作ったらきっと面白くなりそう。どうなるか楽しみです』

そう返事すると、笑っている絵文字が一つだけ送られてきた。

無愛想の固まりのようなのに、作っている最中の構想を送ってくるなんて――今までになかったことだ。礼はおかしくなって、くす、と笑った。

（……デミアン。僕に見てほしいと思ってくれているのかな）

だとしたら嬉しい。自分はアシスタントとしては頼りないし、誰にも相手にされていないが、少なくともデミアンは、礼を「見る相手」として選んでくれている気がした。落ち込んでいた自尊心が少しだけ回復する。

思っていたより疲れていたのか、気がつけばうとうととしていた。

ドアの向こうから、なにかの機械音がしている。制作スペースで、ロブがなにかを溶接しているような音だ。

(彼もアーティストなんだ……)

作品の前に真摯である限り、どんな横暴も忘れたいと思った。アシスタントはやめたいが、今日話した感じでは、どうしても無理かもしれない。無理なら、デミアンにとってもロブにとっても最良の道を探そうと思う。

(それ以外、できることなんてないのかもしれない……)

ぼんやりと思いながら眠りに落ちた礼は、深夜、奇妙な夢を見た。

ドアの鍵が、ガチャンと開く。誰かがそっと室内に入ってきて——眠っている礼の顔を覗《のぞ》き込んだ気がしたけれど、それが誰だったかは分からない。

ただ相手は、礼の顔を覗き込んで囁いた。

——出てこられると困るのに……。

きみが英国に来なかったら、よかったのに。

(……誰?)

泣いているような声に聞こえて、礼はその相手がかわいそうな気がした。なにに苦しんでいるのか、知りたいと思った——。

そっと手をとられ、優しく指を撫でられる。けれどその感触はあまりにささやかで、まどろみの中に意識が溶けていくと、もうなにも分からなかった。

翌朝、バルセロナの雨はすっかりあがっていた。窓辺に立ってカーテンを開けると、昨日の土砂降りが嘘《うそ》のような晴れがましい空が広がっている。まだ朝日が昇りきる前で、地平線のかなたは白々としている。

(昨日、変な夢を見た気がする)

ふと思い出し、慌ててドアに駆け寄ったが、鍵はかかったままだった。やっぱりただの夢だったようだ。

ドアの向こうには、クリーニングから仕上がってきたシャツとパンツがカゴに入れてあった。着替えながら携帯電話を見る。赤い光が点滅していて、どうしたのかと思って画面をつけたら、なぜかバックグラウンドでビデオアプリが起《た》ち上がっていた。

(あれ、寝るとき触ったかな)

不思議に思ったが、覚えがないのでアプリを切った。身仕度を調えてからリビングへ出ると、ロブがダイニングテーブルに座り、一人朝食を摂っていた。

「おはよう、眠れた?　朝食、きみのも持ってきてもらったけど」

振り返ったロブは爽やかに微笑んで言った。彼は昨日眠る前に見たのとは違うガウン姿で、髪を洗ったのかこざっぱりとしていた。昨夜創作中だったロブは笑顔もなく素っ気なかったが、今はまた軽やかで気さくな雰囲気だった。友人たちとパーティをしていたときの表情に戻っている。二面性というほどではないが、創作に向き合うロブは、普段はこの社交家の仮面の中にひっそりと眠っているような印象を礼は受けた。

（……そういう意味でもデミアンとは正反対なのかも）

デミアンはどんな場所でも、どんなときでも、大抵一つの人格のままだ。

室内には昨日と同じくクラシック音楽がうっすらとかかり、テーブルには豪勢なブレックファストが並んでいる。ビーンズサラダにバタートースト、ブリオッシュやクロワッサン、ボイルした卵に、ベーコン。フルーツの盛り合わせやヨーグルト、紅茶やオレンジジュース、ミルクなど、五人分はありそうだ。

「きみヴィーガンじゃないよね？　もしくはムスリムとか」

「いいえ、ミスター。ありがとうございます。食べられます」

向かいに座ると、ロブは礼のために紅茶を淹《い》れてくれた。

「すぐ帰らずに、市街地を回っていったら？　ピカソには興味ない？」

「いいえ、好きです。でも、フライトを押さえてますし、ギャラリーに連絡もしないと……」

「ふうん……」

ロブは礼の説明を、興味なさそうに聞いている。これ食べる？　スペインの朝ご飯、と言って、差し出されたのは薄く切ったパンにトマトソースがかかったものだった。

「パ・アム・トゥマカットですか……?」

「せっかく来たのに、スペインのものをなにも食べずに帰るのもね」

身勝手に呼びつけたのはロブなので礼のことなどなにも考えていないかと思うと、急に親切を見せるんだな、と意外に思った。ありがたく皿に取り、ハムとチーズを挟んで食べると酸味と塩気がちょうどよく、美味《おい》しかった。食事はイギリスより、スペインのほうが礼個人としては美味しいと思ってしまう。日本人の舌に合うのかもしれない。

ちらりとロブを見ると、皿に載っているのはイングリッシュ・ブレックファストで定番のものばかりだ。スペイン風のものはなにも食べていない。

「……ロブはなぜ、バルセロナに? ロンドンにもスタジオはあるんですよね?」

訊ねると、「ここのほうが自由にやれる」と答えられる。けれど礼は不思議だった。ロブは、なにから自由になりたいのだろう。

「……お友達が気兼ねなく呼べるからですか? 昨日みたいな……」

「きみからしたら、ばかげて見えるだろうね」

そんなことは、と礼は言いながらも、口ごもった。ばかにはしていないが、大麻を吸い、裸になって踊るような習慣は礼にはないし、苦手だった。突然プールに落とされるのも、二度とごめんだと思う。それを考えると、礼がイギリスで付き合いのある友人たちは、みんな品の良い遊びしかしていない。

（でもロブだって……）

友人たちが帰れば、きれいな部屋で黙々と制作に打ち込み、クラシックを聴きながら食事を摂っている。ハムを切るナイフやフォークの使い方も美しい。育ちの良さがにじみ出ている。そのうえ、押しかけていた友人たちのことをロブはほとんど知らないと言っていたし、興味もなさそうだった。

……本当は友人なんて一人もいない気がするね。

昨日のロブの、独り言のような言葉が蘇る。悪ふざけをしたり陽気に振る舞ったり、SNSに華やかな生活を発信するロブもロブなのかもしれないが、彼の本質は床に直に座って、一人じっとスケッチをするようなところに隠れている気がした。

（……ロブはデミアンのファン。それは本当？　でもなにか、それだけではなさそう……）

パンを食べ終えたところで、部屋のインターホンが鳴った。ロブは不思議そうな顔をして、礼を見た。

「誰だろう？　きみ、ルームサービス頼んだ？」

頼んでいないので否定する。その瞬間、なぜかいやな予感がした。

ロブが立ち上がった矢先、エレベーターホールのほうから、つかつかと大股に歩く足音が聞こえてくる。扉は朝食を運んだときに鍵がはずれたままになっていたらしく、突然、バン！

と大きな音をたてて開き、一人の長身の男が部屋に顔を出した。

　とたんに、礼はどうして、という気持ちと、やっぱり、という気持ちがないまぜになるのを感じた。

「失礼、うちのレイを迎えにきた」

　朝から完璧なスーツ姿で現われたのは、エドだった。常に飄々《ひょうひょう》としているロブも、これには驚いたらしい。ぽかんと口を開けている。

「エ、エド」

　驚いてはいたが、一方ではどうしてこの事態を予測できなかったのかと礼は自分を責めた。慌てて立ち上がり、

「ロブ、申し訳ありません。伝達違いがあったみたいで……」

　と、言い訳したが、エドが「伝達違いじゃない、お前のフライトなぞ待っていられないから来ただけだ」と言ったので、丸くおさめようとしたのは無意味だった。思わず背後のエドを睨んだが、エドは気にもかけず礼の肩を抱いて、

「ダーリン、ひどくないか？　異国のホテルに俺以外の男と泊まるなんて」

　と、関係を隠す気など皆無のセリフをのたまう。礼は真っ赤になって、エドを睨《ね》めつけた。

ぽかんとしていたロブが、やがて小さく笑い、

「すごいね。本物のエドワード・グラームズだ」

と肩を竦めている。

彼はもう落ち着きを取り戻し、さほど関心もなさそうな顔で、エドに向かって手を差し出した。

「サイラスだ。あなたのことはタブロイドでよく知ってるよ。本当にきれいな顔だな。作りものみたいだ」

「造形をやられているとか。お褒めにあずかり光栄だ。きちんと挨拶したいが、午前の会議に遅れるのでね、レイがお世話になった。ああ――今度から、急にここへ呼び出すのはやめてくれないか」

ぐいぐいと礼の肩を引っ張りながら、エドは軽くロブと握手すると、最後にちくりと釘《くぎ》を刺す。

「ロンドンでならお好きにどうぞ。レイの仕事だ。ただし、レイの勤務時間は九時から五時。それ以外はプライベートだ。ご遠慮いただきたい」

「……ちょっと、エド」

自分の仕事相手だ。変なことを言うなと伝えたかったが、それよりも先に強く引っ張られて、部屋を出るしかなかった。

「上着と荷物なら入り口のそこに」

と、ロブが言うと、入り口付近の椅子に置いてあったそれを、エドが無言で掴む。礼は振り返り、「ロブ、あとでメールします」と言ったが、最後に視界に映った彼は、よそ行きのようなつかみ所のないいつもの笑顔で、ひらひらと手を振っていた。


礼はエドに促されるまま、強く腕をひかれてエレベーターに押し込まれた。

「どうやってここまで来たの」

最上階のペントハウスに勝手に入ってこられるとは思えず、エレベーターが閉まってから訊くと、「ここのホテルの経営者が知人だ」と返ってくる。礼は思わずため息をついた。

しかしこの狭い空間で言い合いたくないので黙っておく。ロビーにつくと、昨日礼を案内してくれた壮年の男性が待っており、エドに深々と礼をした。エドは見送りはいい、と彼に断って、ロビーを横切りホテル前に待機させていたらしいリムジンに礼を乗せた。リムジンはすぐに出発する。きっと空港だろう。

「フライトをキャンセルするね」

ため息まじりに言う礼に、そうしろ、とエドも悪びれたところがない。エドのこうした強引さには慣れているものの、チケットのキャンセル手続きをしたあとは、やっぱりもやもやとした気持ちが湧いてきた。以前の礼なら上手く言葉にできなかった気持ちだろうが、今は違う。

（だって昨日も、エドはギャラリーに勝手に来たし――）

アシスタントを外れたいと何度も言っておきながら、とは思うが、それでもまだ外れていない以上、担当作家のロブの前で醜態をさらしたような形なのも恥ずかしかった。ごく日本人的な感覚なのかもしれないが、仕事の場にプライベートを持ち込みたくないし、それをすりあわせる前にエドに勝手に振る舞われている気がする。

「来るなら相談して。どうやって来たの？　朝一番のフライトはまだのはず。まさかジェット機を買ってないよね？　ああ、でもそんなことは後でいい……エド、ロブは大事な作家なんだよ。土足で踏み入るようなことしないで」

向かい合ったリムジンの席で、ぐっと身を乗り出して言うと、ドリンクホルダーからミネラルウォーターを取り出していたエドが、「仕事の時間内なら踏み入ったりしない」と舌打ちする。

「人の男を勝手にホテルに泊めるようなヤツに、なぜ俺が遠慮しなきゃならない？　アーティストなら不倫が許されるのか」

「僕ら結婚してないじゃないか」

「いずれする」

迷いなく言いきられて、礼は一瞬怒りが霧散した。エドからの不意打ちのプロポーズに目眩がして、顔が赤くなったが、すぐに論点がずれているのを思い出した。

「……デミアンと会うときにも言ってるけど、担当作家すべてと僕がそういう関係になるなんて思わないでほしい。ロブは僕に興味ないよ。だから……」

「これでも？」

不意にエドが自分の携帯電話を手元で操作し、礼に見せてきた。そこに映っていたのはロブのInstagramで、投稿時間は三時間前。いつの間に撮られていたのか、ロブの友人たちに囲まれた礼が微笑している写真で、テキストは「New Friend」。おそらくプールに落とされる前の時間だ。絶妙にトリミングされていて、周りの友人たちの裸体などは写っていない。礼はただ談笑しているようにも見える。実際には、内心ずっと困っていたときだ。驚いて、ついエドの携帯を奪い、前後の投稿を見た。幸い礼のショットは他にはなかったが、そのたった一枚にブックマークがたくさんついていて、「可愛い子」「新しい恋人？」というコメントが大量に寄せられていた。中に一つだけ、「これ、エドワード公と新聞に写ってた子じゃない？」というコメントがあった。

頭のてっぺんから、血の気が退《ひ》いていく気がした。

「エ、エド、ごめんなさい。僕の不注意で……」

ロブに投稿を消すよう言ってみるつもりだが、ほとんど無意味だろう。もう既に世界中に発信されている。

「手を出されてないのはお前の顔を見れば分かるからいい。最終的にはInstagramを買収すれば済む話だ」

本気なのか冗談なのか分からないことをエドは言ったが、おそらく本気だ。つい青ざめてしまった礼の頬に大きな手を伸ばし、エドが顔を覗き込んでくる。

「ロブ・サイラスは腹の底を見せそうにないやつだ。ヘッジズはまだいい、生意気だが、考えていることをそのまま話す。性格の悪さが最初からにじみ出てる」

「……エド、口が悪い」

「口が悪いほうが親切だ。俺が善人じゃないと前もって知らせてやれる。ロブ・サイラスには気をつけろ。なにか企んでいるかもしれない」

（……疑わないって、ロブには言ったのに？）

戸惑ってエドを見つめる眼が、自分でも不安に揺れているのを感じた。

礼が黙ると、エドはこれ以上の説教をやめたらしい。肩を竦めて離れ、飲むか？　と、礼にもペットボトルを差し出してくれた。

空港に着くと、思っていたとおり待っていたのは小型のジェット機だった。買ったのかと思ったが、会社の名前が入っている。グラームズ社の持ち物のようだ。エドとの付き合いも長くなり、もうこれくらいでは驚かなくなった。たぶん、早朝のロブの投稿を見た直後に、ロードリーに言ってジェット機を借り、やってきたのだろう。それでも昨晩は我慢してくれたぶん、エドも礼を信頼してくれているのだろうし、仲直りしたい気持ちもあるのかもしれない。

（会社の持ち物を私用に使うのはどうかと思うけど……）

そのへんはエドのことだから、上手く口実をつけているのだろうと思い、礼はなにも言わないことにした。

だだっ広い空港の敷地から、小型のジェット機に乗り込んだ。中はレジャー用のリムジンの内部と似ていて、座り心地のいいソファや、オーディオ機器、軽食、ドリンク類などが取りそろえられている。奥にはベッドルームがあるのだろう、琥珀色《こはくいろ》の壁に扉がついている。椅子に座ってシートベルトをすると、すぐにエンジンがうなりをあげて、大型のジェット機よりは激しく揺れながら上昇した。

礼が顔を歪《ゆが》めていると、向かいに座ったエドが「安心しろ、すぐ安定する」と言う。

「エアラインよりもはるか高い場所を飛ぶ。上昇しきれば揺れは少ない」

エドは仕事で、何度も乗っているのかもしれない。しばらくするとエドが言ったとおり揺れはなくなり、飛行機は滑るように青い空の中を飛んでいくところだった。

ベルトをはずしてよくなり、エドに手招きされて広いソファに移ると、すぐにその上に押し倒された。

「ちょっと……エド」

添乗員の眼が気になって思わず室内を見渡したが、気を利かせているのか、ジェット機に乗り込む際にいたはずの女性添乗員の姿がない。

「飛行時間は二時間ある。仲直りがしたい」

きっぱりと言われ、緑の瞳で熱っぽく見つめられると、はねのけることは難しかった。複雑な感情はかなりあるが、それでもエドを愛している。その愛情のほうが、眼の前の問題よりも基本的にはいつも大きい。

「……一つ約束して」

しばらく考え込んでから、礼はそっと、エドに言った。エドは眼を細め、先を促す。

「僕が本当に困って、助けてって言うまでは――仕事のことは、任せてほしいんだ」

のっぴきならなくなったら、ちゃんと助けを求めるから、と言うと、エドは数秒黙ったが、やがてため息と一緒に「分かったよ、ダーリン」と折れてくれた。

「お前の仕事に口出しはしないが、この時間は勤務外だ。なら手は出していいだろう？」

エドはニヤニヤと笑いながら、礼の目許《めもと》に口づけを落としてくる。甘やかな仕草に、体が反応する。自分でも眼が潤み、頬が上気するのが分かる。

（……対等じゃない。そう見てもらえてない、そのことは、辛《つら》いけど）

それは今は、仕方がないことだとも分かっている。これ以上エドとケンカを続けるほうが辛くて、礼は緊張を解き、エドの首に腕を回した。こめかみにキスをされると、背中にぞくぞくと欲が走る。

「……ん、スーツ、皺《しわ》になる……」

礼が訴えると、替えが積んであると言われた。用意周到なエドに驚くが、はじめからここで礼を抱くつもりだったのかと思うと、なんだかエドが可愛い気がするから、自分も重症だなと礼は感じる。ついばむようなキスをされ、シャツを脱がされ、肌をゆっくりとまさぐられる。乳首をつままれて、礼は「あっ」と声をあげていた。

明るい太陽の光が窓辺から差し込むジェット機の中、ヒースローまでの二時間で——礼はエドに抱かれた。

たぶんこれまでで一番、天国に近い場所での情事だった。

抱かれている最中、礼は幸せだったけれど、心の片隅に小さな不安と悲しみを感じていた。

——仕事の実力があると思うか？　思わないだろう。お前は俺の愛人で……。

そう口走ったエドのことを、どうしても忘れられなかった。僕はなにも持っていなくて、なにもできない。世間から見たら、僕はきみの愛人で、そして……きみはエド、そう思われたままでいいと思ってる。……たとえ僕がとてつもなくいやでも。

（そのことをつまびらかにしても、僕はエドを……愛しているけど）

きっと深く傷つく気がして怖い。

互いの価値観の溝を埋めるため、向きあっても、変わらない気がする。一緒に生きていくのならわずかな違いは諦めるしかない気もして、礼は一度忘れようと思った。

それから、ロンドンに帰ってからしばらくの間、礼の日常はせわしなくも平穏に過ぎていった。

ロブとデミアン、それぞれからもらった作品のリストをメイソンに渡したあとは、ひたすら二人の作家に連絡事項を伝えたり、制作の進行を確認するのが仕事のメインになった。

競作する作家を二人同時に面倒みていることはやはり精神的に辛かったが、替えてもらえない以上頑張るしかなく、そしてその辛さは次第に薄れていった。単純に、その状態に慣れてしまったのだ。ロブがなにを考えているかは分からないままだったが、結局、特になにか問題が起きることもなく日々が過ぎたせいもある。

ロブは秋の展覧会まで、ロンドンのスタジオで活動すると伝えてきて、バルセロナから移ってきた。そしてそれからたびたび、礼は呼び出しを受けた。

市内にあるロブのスタジオは交通の便がよかった。ロブは三階建ての建物のすべてのフロアを借り切っていた。

初めて呼ばれたときは警戒したが、バルセロナのときのような騒がしい友人たちがいたことはなく、ロブは必ず一階で礼を出迎えて、二時間ほどお茶や食事に付き合ってほしいと言うだけだった。作品については、完成するまでのお楽しみと言われたので、礼は見ようとしなかった。進捗状態だけを確認して帰っていた。

デミアンのほうは、特別礼になにかをせがむことはなかった。制作期間が短いので、ダブリ

ン行きが延期になったときは少し不機嫌にしていたが、

「でも、これからはずっとイギリスにいられるんですから」

と言うと、

「作品が売れたら旅行にももっと行けるよね」

と思い直していた。ただ、礼には一つだけ気がかりがあった。

それはデミアンのところへ行く、と約束した日に限ってロブに呼び出されることだった。

ロブはほとんど毎日のように礼にメールを送ってきて、そろそろ会いに来て、とねだるのだが、礼が行けない日を伝えると、逆にその日でなければ困る、と言い出す。デミアンのほうは、礼に来てほしいと言うことはなく、礼が勝手に行きますと伝えているだけなので、結局ロブの都合にあわせて、デミアンとの予定を変更する、ということが数回続いた。

デミアンは理由を訊ねたりはしなかったが、「最近そういうの多いね」とだけは言われた。礼はただ謝るだけで、ロブのことは話せなかった。

デミアンはロブと違い、礼がやって来るとごく自然に作業場につれていってくれた。礼は少しずつできあがっていく造形物を、週に一度のペースで見せてもらった。

本物の人骨を土台に使って、その上に薄く紙や金属を貼り、デミアンは自分なりの「王子像」を作っているところだった。モチーフは以前聞いたとおり、「幸福な王子」の王子だ。繊細で入念な作業で、何度もやり直しがきくわけではない。気に入らないと一週間手が止まったままになったりして、初めからやり直す、という連絡が来たりする。礼は足りなくなった人骨を譲ってくれるところを、デミアンのために探したりもした。

ロブのほうはというと、頻《しき》りに会いに来てと言うわりに、礼が行ってもさほど嬉しそうではない。特に頼られることもなく、作業はいつも順調だよの一言だった。

SNSにあげた礼の写真を消してくれとも頼んだが、展覧会が終わったら消すよ、と言われて、礼は黙るしかなかった。強硬に主張すれば、また展示をやめると言い出しかねないと察したためだった。

夏になり、とうとうギャラリーは広告を打ち出した。デミアン・ヘッジズとロブ・サイラス——イギリスのアート界が誇る若い才能が雌雄を決するという見出しに、メディアは面白がってネットニュースにした。

もっともそれは一瞬で、ギャラリストのブライアンは、もっと金になりそうな広告アイディアを出せとスタッフに発破をかけていた。

展覧会が三ヶ月後に迫ったその日、ギャラリーの関係者やスポンサー、顧客やアーティストなどを集めた、内輪向けのセレモニーが開かれた。

礼もそのスタッフに借り出されていた。

ロンドンの七月は過ごしやすい陽気だ。時折ひどく暑くなるが、日陰に入れば涼しく、湿度はなく乾燥している。冬の間はどんよりと曇りがちな空も、夏は晴れ間が増え、ちょうどラベンダーが咲き盛りの季節で、ストリートを歩いているだけでどこからともなく甘い香りがする。

セレモニーはその気持ちの良い七月に、『スクエア』の地下階で開催されることになった。

時刻は六時過ぎ。『スクエア』には関係者が続々と集まってきた。

セレモニーの内容はごくシンプルだったが、アメリカから今回の展覧会に大金を寄せると約束したコレクター、ダニエル・ガードナーが招待され、関係者の前でブライアンが紹介した。

ダニエルはいかにも投資家風で、ブランドもののスーツに身を包み、チタンフレームの眼鏡をかけた若者だった。ブライアンはダニエルが約束してくれた金額を提示し、会場には賞賛の拍手が響き渡った。

「最も注目されるのは、ロブ・サイラスとデミアン・ヘッジズの新しい作品になるでしょう。皆様にも入札の機会があります。今度の展覧会はまったく新しいアートシーンになります。若手を育て、守ることが使命であるギャラリーとして——ルネサンス時代、メディチ家が果たした役割を我々が果たすことになるでしょう」

ブライアンは得意満面にスピーチしたが、内容を考えると単に、展覧会がオークション会場になるという話に過ぎなかった。最も高額をつけられた作品が勝利して、ギャラリーのシンボルになるだけのことだ。ごくごく資本主義的な発想に礼には思えたが、同時にそうでなければギャラリーが成り立たないというのも分かった。

礼がこのセレモニーで負った一番大事な仕事は、ロブ・サイラスとデミアン・ヘッジズを会場に招くことだった。ロブはダニエルとも親交があり、ブライアンとも懇意なので、来てほしいと伝えれば二つ返事だったが、デミアンは渋った。

「パーティなんて着ていくものもないよ」

「いつもの格好で構いません、身内だけの、ごくカジュアルな集まりですから」

実際には正装してくる人が多い場だったが、ドレスコードがあるわけではない。デミアンはしばらく嫌がったが、やがて「レイがいてくれるなら……」と小さな声で付け足して、了解してくれ、礼はホッとした。今現在、デミアンはギャラリーからあまり信頼されていない。セレモニーに集まる関係者は『スクエア』以外のギャラリーのギャラリストや、有名なコレクター、キュレーターなどもいるので、顔だけでも出して、印象を良くしてほしいという気持ちが礼にはあった。愛想を振りまかなくてもいいから、せめて出席した、という事実がほしかったのだ。

本当はブライアンからエドも誘うように言われていたが、案の定エドは自宅に届いた招待状をすぐにくずかごに捨てていた。

「俺は行かない。ガードナーが金を出すんだろう。ヘッジズには年間七万ポンドを払ってるんだからな、個人としては十分な貢献度だ」

礼としても、エドに来てほしいかというと複雑だったので、それ以上は誘わなかった。

とにかく当日、礼はロブとデミアンをそれぞれセレモニーに参加させられてホッとしていた。ロブはデザインのあるスーツ姿だったが、デミアンは黒いパーカーに黒いデニムだ。それでも絵の具で汚れたり、はさみで切れたものを着ていないだけ、こぎれいにしてきたのだと分かる。髭《ひげ》も珍しくきれいに剃られていたし、眼鏡も買い直したのか、新しくなっていた。フレームはまだ歪んでいない。

そうすると彼の整った顔立ちがよく分かり、ギャラリーの出入り口に立って、出迎えた礼は思わず微笑んでしまった。

「こうして見ると、あなたがハンサムなのが分かります」

本音で言うと、デミアンは居心地悪そうに肩をすぼめた。周りには、今日のセレモニーに参加する客が大勢行き来していて、騒がしかった。きれいに着飾った人々の中で、カジュアルな服装のデミアンはたしかに浮いていたけれど、ポケットに手を突っ込み、どこかそわそわとして立っている彼は、礼よりずっと年上なのに少年のようにも見えて、礼は一段とデミアンへの慕わしさを感じた。

「黒いパーカーしかなかった。本当はアーミー柄を着るつもりだったのに……」

いつもよりぎこちない皮肉に、デミアンが照れているのだと分かって、礼はくすくすと笑ってしまった。

「パイソン柄も映えます。次はそれでもいいかも。とにかく中へ……」

同じように冗談を言いながら会場に案内しようとしたところで、礼は頬のあたりに、じっと視線を感じて振り返った。見ると、すぐ近くにロブが立っていた。今しがた着いたようで、キャブから降りてこちらへ向かってくるところだ。

　一瞬迷い、けれどすぐに気持ちを立て直して、礼はデミアンにロブを紹介することにした。近づいてきたロブを呼び止めて、二人を引き合わせる。

「デミアン……こちら、ロブ・サイラス。ロブ、こちらはデミアン・ヘッジズ」

　デミアンは紹介されてもいつもどおり無愛想で、ロブのことをちらりと一瞥《いちべつ》しただけだった。

「サイラスです、どうも。あなたの作品のファンなんです」

　ロブは明るい調子で言い、ほとんど無理にデミアンの手を握った。ファンと言われても嬉しくはないらしく、デミアンは小さな声でぽつりと「貴族作家か」と呟いた。他人に興味の薄いデミアンだが、貴族出身の作家のことはそれなりに知っている。展覧会が被らないようにしていた時期があったためだ。

「あなたもでは？」

　にこやかにロブが言い、デミアンは眼をすがめた。以前のデミアンなら、ここで相手を口汚く罵っている――礼は冷や汗をかいたけれど、今日のデミアンはただゆっくりとロブの手を払い、

「いや。俺は生まれも育ちも悪くてね」

　とだけ言って、先に立って歩き出した。慌てて追いかけようとしたとき、ロブが微笑みながらデミアンの背中に声をかける。

「ヘッジズ、お互いに正々堂々と勝負しましょう」

デミアンは眉をひそめ、それには返事をせずに会場に入っていった。礼は少し迷い、

「ロブ……デミアンはこういう場に不慣れなので、僕が案内をします。いいですか？」

訊ねると、ロブはもちろん、と肩を竦めた。

「僕は慣れてる。一人でも楽しめるよ、味方も多いしね」

一瞬なにかの皮肉かと思ったが、いちいち反応している余裕がなかった。

軽くお礼を伝えて、デミアンを追いかけた。中に入ってから振り返ると、ロブはまだもとの場所に立ったまま、ただじっと、人混みに消えていくデミアンの背中を見つめていた。いつも本心の見えない穏やかな笑みを浮かべていることの多いロブが――今はうつろな瞳をしている。

（……プールに投げ落とされたときと同じ眼）

ふと、バルセロナでロブが似たような眼をしていたときのことを思い出した。気がかりだったけれど、デミアンに追いついてしまうと、もうロブの姿は見えなくなっていた。

それから地下階でセレモニーが始まり、ブライアンのスピーチと、ダニエル・ガードナーの紹介のあとは、会場に用意された食事や酒が、来客者に振る舞われた。

一流シェフの用意したフレンチだ。会場は一気に活気づき騒がしくなったが、デミアンは居心地悪そうに壁際にくっついていて微動だにしない。ギャラリーのスタッフが一通り挨拶に来たが、彼らに対しても、デミアンは一言か二言返すくらいであとは黙っていた。

「これ、もう帰っていいのかな」

デミアンに訊かれたが、礼はもう少し、と引き留めた。

「食事をもらってきます。お酒も少し。待っててください」

借りてきた猫のようにおとなしく、一歩も動こうとしないデミアンのかわりに、礼はそう言って食事をとりに行った。デミアンは一瞬だけ、離れていく礼を見て心細そうな眼をしたが、すぐにむっつりとした神経質そうな無表情になって、じっと視線を床に向けてしまった。

(デミアン……こういう場所が本当に苦手なのに、来てくれたんだな)

全身に棘《とげ》をまとっているかのような、ぴりぴりとした雰囲気のデミアンに、礼は憐《あわ》れと愛《いと》しさを覚えた。出会ったばかりのころなら、デミアンは絶対にセレモニーなど参加してくれなかっただろう。そういえば日本の展覧会のときも、レセプションパーティに来てくれた。あのときは、意外にも場慣れして見えたが、あれは会場が日本で、知り合いもほとんどおらず、当然のように貴族などほとんどいなかったからかもしれない。ここではデミアンの顔を知っている人が、日本より何倍も多い。

自分の国のパーティのほうが居心地が悪いのか、と思うと、デミアンの弱さに触れたようで勝手に情が湧いてしまう。せっかくなのだから他のアーティストと交流を持ってほしいとも思うが、それは礼の我が儘《まま》かもしれなかった。

所在なさげなデミアンを見ていると、早く戻ってあげなければいけない気がして、皿をもらうと急いで料理を載せていく。

と、近くに立った女性数名が、潜めた声で「デミアン・ヘッジズ」と呼ぶのを礼は聞いてしまった。

「あそこに立ってる方？　美男だけどあの格好はね。まるでChavね……」

言いにくそうに一人が喋《しゃべ》った。その中に蔑称が使われていて、礼はぎくりと足がすくむのを感じた。

Chavは日本語で言えば「不良」のような意味で、差別用語だ。例えば日本人の礼が、ジャップと呼ばれるようなものだった。とはいえ、下品なメディアでは乱用される日常的なスラングでもあり、イギリスに住んでいれば必然的に耳にする。礼はその言葉そのものよりも、現代アートのためのギャラリーで、そのギャラリーにお金を出すような富裕層にあたる人々の間で、その蔑称が一人のアーティストを指して使われたという事実に、衝撃を受けていた。

「本当に作品を出すの？　これまで数回、カタログで彼の展示予告を見たけれど、本物は見たことがないわ」

「強力なパトロンがいるらしいじゃない。展示する必要なんてないんでしょ。社会へ問いかけたいことなんてないのよ。彼の作品少しチープで、私は好きじゃない」

「分かるわ、現代アートの命題として——いいえ、アートは自由。もちろんそうよ。でも、私たちは常に平和と公平を願っているわ、これは社会活動でもある」

「彼の作品にその祈りはないわよね」

ええそう、チープよ、と誰かがまた言い、礼は耐えがたい怒りの感情が腹に膨《ふく》れてくるのを感じた。他人に差別的な用語を使っておきながら？　同じ口で、世界平和と公平を願っていると言うのが信じられない。

——あなたがたはひどい矛盾を口にしている。

そう言おうかどうしようか、数秒迷う。だが口を開こうとした刹那《せつな》、すぐ後ろから話しかけられた。

「やあ、レイ」

ふり返ると、シャンパングラスを片手にしたヒュー・ブライトが立っていた。

「おたくのギャラリーは、前はもう少しお上品だったけどな。ブライアンのパパの時代だけど」

ブライトの言葉に気を取られている間に、デミアンの話をしていた女性たちは移動してしまっていた。怒りのやり場がなくなり、礼はしばらく気まずい気持ちでブライトを見ていたが、話しかけられた内容を思い出して、「えっと……ブライアンのお父様のお話ですか？」と訊いていた。

「うんまあ……それはくだらない話さ。それより驚いたよ。レイ、きみ、サイラスもヘッジズも両方担当してるって本当？」

ブライトも女性陣の噂話《うわさ》を聞いていて、礼に声をかけたのかもしれない。彼女たちが立ち去るのを横目で確認すると、あっさりと話題を変えた。助けられたような気がして恥ずかしくなり、礼は少しうつむいた。

「ええ、そうなんです。スタッフから聞いたんですか？」

ブライトは秋の展覧会にも、アーティストとしてではなく、デザイナーとして参加をすることが決まっていた。先日打ち出した広告も、ブライトがデザインで携わっている。

「うん。びっくりして、一応ブライアンに、普通はありえないと話したんだけどね。彼はああいう人だから……」

と言って、ブライトは指を擦り合わせた。お金を意味するジェスチャーだった。皮肉な仕草に礼は苦笑した。

「四十万ポンドですから……」

とんでもない金額だ。ブライトは首を傾げ、「アート・バーゼルの四日間の売り上げ規模は数百億だ。珍しくはないさ」と、世界最大のアート市の例をあげた。礼はただ、小さく息をつくことしかできない。

「……まだ戸惑ってます。あなたが言ったとおりかも。僕はあまり、お金の面でアートを考えたことがなくて……ロマンチックなのかもしれない」

『スクエア』で働き始める直前、ブライトに言われた言葉に、いまだ礼は引っかかっていた。

……礼は現代アートとは相性が悪い。アートに求めるものがロマンチックだ。

あれは、もっと言えば拝金的なところが足りないという意味だったのだろうと、ギャラリーの末端で働いてみた今となっては痛いほど分かる。

「お金は分かりやすい指標だからね。……ヘッジズの作品も、数十万ポンドで買われていったら、さっきのご婦人方は評価を変えるさ。前々から他の作家とは違うと思ってたたって」

爽やかな笑顔で、皮肉たっぷりのブラックユーモアを口にするブライトに微笑み返しながらも、礼は内心弱音を吐きたい気持ちでいっぱいだった。

そんなのおかしいと思う。どうして作品そのもので判断してくれないのだ、と言いたいが、同時にブライトの言うことは真実だろうと思った。

（デミアンが悪《あ》し様《ざま》に言われても、僕に言い返す力はなくて……。デミアンの作品が高額で売られればそれが力になるなんて……すごく矛盾してるけど、たぶん現実だ）

けれどそれが現実だと受け止めると、結局はアートよりも金のほうがパワーがあるのかと、そう思わされてしまう。

（無知は罪――誰の言葉だったっけ。僕が無力なのは、無知だからかもしれない……）

業界のこともアートのことも、世間のこともあまりよく知らない。かつてはリーストンという狭い檻《おり》の中で生き、そのあとは日本という場所で生きた。イギリスのこと、世界のことには、まだまだ無知なのだと思わされる。

「ブライト……僕にもあなたのように知恵があれば、この世界を自適に渡っていけるかもしれない。それが足りてないのを、日々……感じます」

思わず気持ちをこぼすと、ブライトは気遣わしげに一歩、礼に近づいてきた。背の高い彼は、体をやや屈《かが》めて、顔を覗いてくる。

「レイ……、そうでもないよ。僕も自適なんかじゃない。僕は、アーティストとしてのキャリアを諦めたんだ」

そっと明かされた真実に、礼は眼を瞠り、顔をあげた。

「今年はアート市にも作品を出さないし……デザイン一本に絞ろうと思ってる。これからはオーダーを聞いて、顧客の要望に応える……つまり資本主義に隷属するわけだ」

礼は言葉もなく、ブライトを見つめた。彼はデザインの仕事を多くこなしているが、最初に礼が知り合ったときは、幾何学的な模様を描く画家だった。

アーティストが自分の才能に見切りをつけ、芸術を諦めるとき——それはどんな気持ちで、どんな決断なのだろう……と思ったが、想像すらできなかった。きれいに流した前髪の下で、ブライトは甘いマスクに苦笑を乗せて、呆《あき》れた？　と訊いてきた。

「まさか。……ただ、あなたの作品、僕は好きだったから……」

「ありがとう。でも、自分で分かってるんだよ、アーティストとしてやっていくには、僕は凡庸すぎるってね。悲しいかな、アートの世界は、才能が勝利する場所だ。残酷なまでにね……」

ブライトは肩を竦めて、なんでもないことのように話す。そんなことはない、とは、礼は言えなかった。一緒に仕事をしてきた経験から、礼はブライトがデザイナーに向いていることを知っていた。オーダーを汲《く》みながらも、顧客の想像を超えるものを提供してくれる。だが一人のアーティストとしては、多くの作品の中に常に埋もれて、一番にはなれないタイプだ。

性格的にも社交家で、誰とでも気さくに話す——そこまではロブと似ているが、ブライトはロブとは違って、とても親切で気配り上手で、芯から優しい人だった。少なくとも、来たばかりの客をプールに投げたりはしない。落ち込んでいる礼を見て、トラックでサンドイッチを買ってくれるような人だ。肩肘を張ったところのない、自然な優しさを身につけている。

そしてその優しさは、注文通り仕事をするデザイナーとしては申し分ないけれど、アーティストとしては、作品の凡庸さに繋がってしまう部分がある。

言い知れぬ悲しみが胸に押し寄せてくる。名前のつけられない無力感に、ブライトへかける言葉が見つからなかった。慰めるのも違う。けれど新たな門出を祝し、よかったですねと言うには、礼はアーティストとしてのブライトを好きすぎた。

無言で立ち尽くしていると、ブライトは困ったのか、「あ、レイ。見て」と目配せをした。視線を誘導されて振り返ると、壁際に立ったデミアンへ、ロブが声をかけているところだった。二人はしばらく話した後、携帯電話を取りだして、やりとりしはじめた。

「うわ……ヘッジズが連絡先を交換するなんて」

　ブライトが心底驚いたように呟いたそのときだった。ロブが携帯電話の画面を操作し、なにかをデミアンへ見せた。デミアンが顔を曇らせる。不意にいやな予感がした。

　そのとき会場の舞台代わりになっている、ロビーから地下への広い階段上から、ブライアンがマイクを通して語りかけてきた。

「皆様、実は本日、素晴らしいご報告があります」

　礼はセレモニーの途中で、こういう流れがあることを聞かされていなかった。もらった式次第には、食事の途中でブライアンがなにか発表する、とは書かれていなかったと思う。

　と、デミアンのそばを離れたロブが、壇上に上がっていく。すぐ隣に、出資者のダニエル・ガードナーも並ぶ。二人とも戸惑った様子はなく、あらかじめ内容を知っているような顔だ。

（……なに？　担当の僕が知らされてなくて、ロブが知っている報告って……？）

「下手のスクリーンをご覧ください。既にほとんど完成されたロブ・サイラス氏の作品に、ダニエル・ガードナー氏は四十万ポンドの値をつけました！」

　会場が暗くなり、白い壁面にプロジェクターの光が映る。

　映し出された作品を見て、礼は息を呑んだ――腹の奥から、一瞬吐き気がこみあげる。

　それは、ロブが得意とする鋼鉄と生物の合成作品。

　だが見た目はほとんど、デミアンの作っている作品と同じだった。人体型のスチールの組み合わせに貼られた、人工皮膚とメッキの顔の合成。こぼれ落ちそうな冠、宝石の瞳。

デミアンと違うのは、人骨を使っていないところくらい。

一気に、血の気が下がっていく。体が細かく震え、礼は咄嗟《とっさ》にデミアンを探した。さっきまでいた壁際に、デミアンの姿がない。

「作品名は『幸福な王子』、有名なオスカー・ワイルドの童話をモチーフに、現代の拝金主義的な考えを批判した作品で……」

ブライアンの説明が響き渡り、頭が痛くなる。礼は咄嗟に、皿をブライトに押しつけた。

「ブライト、すみません、これをちょっと預かってください……」

壇上から眼を離した一瞬で、どよめきが会場に沸き起こった。礼はぎくりとして振り返る。デミアンが階段を駆け上がり、ロブ・サイラスの胸ぐらを掴むのが見えた。

「どういうことだ！　このインチキ貴族が……っ」

怒鳴るデミアンの声。礼は急いで人混みをかき分け、階段へあがろうとするが、混乱した人々がどよどよと動いていて、道を開けてくれない。

「いやね、やっぱりChavよ」

誰かが言うのが聞こえた。さっきの女性かもしれない。分からない。ブライアンがマイクをオンにしたままの手で、デミアンをロブから引き離そうとし、マイクを通してデミアンの声が会場中に響いた。

「なぜ俺の作品とお前の作品がそっくり同じなんだ……っ」

ロブは眼を細めて笑い、

「僕はほとんど完成間近だよ。そちらが盗んだのでは？」

と、嗤《わら》った。その声も、マイクを通して会場いっぱいに聞こえている。冷たい汗が、どっと礼の額に噴き出る。ロブは続けた。

「ろくな展示歴もないあなたの信頼がどの程度のものだと？　デミアン、あなたのアシスタントは僕のところに週に数度足を運んでいるし、初めのころは僕のホテルに宿泊して、僕の制作現場を見た——ＳＮＳに彼の姿を投稿したから知ってる人は知ってる」

礼は息が浅くなるのを感じた。目眩がした。心臓が、どくどくと脈打っている。

「あなたのアシスタントが、あなたに僕のアイディアを伝えてないと、どうして言える？」

誰も礼を見ていない。けれど、見られた気がした。デミアンの顔が一層歪み、彼は嚙《か》みつくように怒鳴った。

「展示はやめる！　薄汚い貴族と、作品を並べられるか……！」

会場は不満げなざわめきに包まれる。信じられない、盗んだのはヘッジズのほうでは？　ひどい言いがかりだ——。それにやっぱり、展示をやめるつもりか。ヘッジズは腰抜けだな。

「そういえばヘッジズはゲイだって噂だ、アシスタントとも寝ているのかも」

下卑た声がどこかから聞こえた。ロブを突き飛ばし、デミアンが階段を駆け上がっていくのが見える。礼は追いかけようとした。足が上手く動かない。ようやく人混みから抜け出すと、眼の前にはロブがいた。

どういうことですか？

そう訊きたかったが、声が出ない。ロブは微笑み、「初めから気づいてたろ？」とだけ言うと、礼の肩を軽く叩いて、人の中へ紛れていった。ブライアンが、「えー、トラブルがありましたが、ガードナー氏はロブ・サイラス氏の作品さえ展示されるならば引き続きの支援を約束してくださり……」と、説明を再開する。

礼はもうわけも分からず、人々の視線が再びスクリーンに戻る中、一人階段を駆け上がった。デミアンを探すために――。

探して、引き留めて、作品を出展させるためにだった。

八

——どうしてこんなことが？

なぜ、ロブの作品はデミアンの作品に酷似していたのか？

（分からない、なにも分からない、とにかく、デミアンを引き留めないと……）

このままでは、デミアンは出展を本当にとりやめてしまう。そうすれば、アート界は彼からいよいよそっぽを向くだろう。まともに出展しないアーティストとして扱われ、誰からも声がかからなくなってしまう……。

困惑しながら、礼《れい》はただ必死にデミアンを追いかけていた。分かっているのは、デミアンが出展をやめるべきではない、ということだけだった。

「デミアン！」

ロビーにあがると、ちょうどデミアンがギャラリーを出て行こうとしているところだった。

礼は必死にその背中に追いすがり、出口を出てすぐのところでようやく、彼の腕に手が届いた。

「待って……デミアン、待ってください！」

振り向いたデミアンの眼《め》に、礼はぎくりと固まる。深い青の瞳の中に、傷つき、憔悴《しょうすい》したような色を見た。礼に向けられる眼差《まなざ》しに含まれた感情は、戸惑いと拒絶だった。裏切られたような顔をしている、とすぐに思った。デミアンに疑われているのだ。そう気づいた瞬間、自分でも驚くほどショックを受けていた。

「あの……話をさせてください。出展をとりやめるなんて……おかしいです、あなたは盗んでいないのに」

「……ああそうだろうね。きっときみから情報を抜き出して、あっちが盗んだんだ」

無気力な、どこか投げやりな声でデミアンが言う。礼は言葉が見つからず、ただそう言うデミアンの真意を探るように彼の顔を見つめた。

あたりは日が落ちて暗く、街灯のぼんやりとした灯《あか》りがデミアンの横顔を照らしている。人通りはなく、建物の地下で行われているセレモニーの音は、ここにはほとんど届かない。通りの向こうで自動車の走っていく音だけが、涼しい夜の外気に混ざって聞こえていた。

「さっき……ロブ・サイラスに見せられたよ。レイが彼の友だちと一緒にいるところ」

礼はハッとして、息を呑《の》んだ。それはバルセロナに呼びつけられた、五月の写真だ――。彼の友人たちと話しているところを、盗撮のように撮られていた。

（待って……あのとき）

不意にその瞬間、礼は二ヶ月以上前の、あの夜のことを思い出した。――ロブの作業スペースで見つけた、いくつかの写真。書籍の間にはさまっていた、作品のショットと……デミアンの処女作。まるで、それを模したかのような――ロブが作ったかもしれない作品の、写真。

(……待って。もしかしてロブは、初めから)

あの日眠りに落ちながら、夢の中でドアの鍵が開く音を聞いた。そのあと、誰かの気配を感じ――そっと、指をとられた気がする。

その晩は、デミアンから制作予定の作品の、イメージが送られてきていた……。

「……指紋認証?」

礼は呟《つぶや》いていた。途端に、冷たい汗がどっと全身に吹き出た。携帯電話など、指紋一つで開く。自分が泊まっているホテルだ。宿泊者であるロブは、礼の使っていた部屋の鍵を持っていてもおかしくない。

なによりついさっきの、ロブの言葉が引っかかった。

――初めから気づいてたろ?

いいや、気づいていなかった。だが、可能性を考えることはできた。ロブの今現在の作風は、スチールと生物の融合。それは初期、デミアンが作っていたものと似ているのだ。

……たまたま思いついたものが当たった。そうしたらまあ、それを突き詰めるしかない。普通のアーティストはそんなものだよ。

どこか諦めたように言っていた、ロブの声が蘇《よみがえ》る。でも手詰まりだったから、新しいアイディアを盗んだ……？

（ロブはデミアンの模倣をして当たった？）

いや、信じたくない。一瞬そう思ったが、礼はその気持ちが間違いだったのでは、と思った。ロブのアーティストとしての誇りを、確かめたわけでもなく信じていた。

真剣な表情でスケッチをし、夜遅くまで作業をしていた彼に、盗作などするはずがないと勝手に期待していた。だからあの日ロブの古い作品を見ても、礼は考えなかった。ロブが、デミアンからなにか盗むつもりで、礼に近づいたなんて……。

心臓がいやな音をたてている。礼は震える声で、頭が地面につきそうなほど体を折り曲げて、謝罪した。

「ごめんなさい……僕の、携帯に送ってもらった画像を、見られたのかもしれない……」

危機管理が甘すぎた。たとえそれが真実でも、ロブがアイディアを盗んだ証拠はどこにもない。もし自分がエドなら……と、礼はそのとき思った。

もっと権力を、信頼を得ていたら、みんなが礼の話を聞いてくれる。けれどたぶん、ブライアンは礼の話を聞いてくれない。ギャラリストが聞き入れなければ、ダイレクターも、その下につくスタッフも、誰も信じてくれない。

礼にはなんの実績も権威も、お金もなく、そしてデミアンもそれは同じだった――。

イギリスのギャラリーでの展示歴が極端に少なく、依頼を受けても直前で何度もキャンセルしている。それらも、盗作がバレるのが怖かったのだとありもしない噂《うわさ》がたてば、デミアンのアーティストとしての価値はあっという間に地につく。

「……もう、いいよ。きみが悪いわけじゃない。盗んだロブが悪いけど……そうなる可能性を考えずに、きみを無闇に信頼した俺だって悪かったんだ」

舌打ち混じりに呟くデミアンに、礼は顔をあげた。デミアンは苦い顔をし、「知ってたなら」と呟いた。

「きみがロブ・サイラスも担当してると知ってたら……もう少し考えた。どうして言わなかったのか知らないけど……きみのことだ。そのほうがいいと思っただけだろ」

信じすぎたな、と、デミアンは独り言のように言う。

「……自分のために、自分一人だけの世界で、作ってればよかったんだ。いい教訓になったさ」

違う、と礼は言いたかった。デミアンの心の扉が、閉じようとしている。礼が入れてもらっていた小さなスペースさえなくなろうとしている。だめ、待って、と礼は思った。

(閉じないで……そこは大事なところ)

デミアンが今後アーティストとして生きていくために、きっと大切なところ、開かれていることに意味がある場所だと、直感的に思う。

「デミアン……お願いです、信頼を裏切っておいて、ムシのいい話だけれど……でも、どうかもう一度チャンスをください。出展は取りやめないで」

礼はすがるように、デミアンの手をとった。デミアンは顔をしかめて、礼を見下ろしている。必死になって、礼は言葉を接《つ》いだ。

「あなたは盗作なんかしていない。出展をやめる必要なんてない。作品を見てもらえば伝わります。出展しましょう、今回思ったような結果にならなくても、必ず次に繋《つな》がる……」

デミアンのことを、誰にも、尻尾《しっぽ》を巻いて逃げ出した負け犬と思われたくなかった。

デミアンの作品の力強さなら、きっと見る人には分かってもらえるはずだと、礼は信じていた。けれどデミアンは礼の言葉を聞いても、硬い表情のままだった。

「もういいって言ったろ。……いいんだよ、作品を見てもらわなくたって。世間からどう思われてもべつに関係ない。俺は好きに作るだけ。これからはまた元通りそうするさ、きみの彼氏が生活費はくれるし」

違う。それじゃいけない、と思う。礼は首を横に振った。

「ダメです、デミアン、ダメ。見てもらわなきゃ……作品は、見てもらうためにあるんです……っ」

「……それはきみの考えだろ」

デミアンは迷惑そうに言い放ち、礼の手を振り払った。デミアン、と呼び止め、もう一度追いかけた。けれどデミアンは振り返らない。通りに出たところでキャブを停《と》めて、さっさと乗り込んでいく。礼はキャブのガラス窓にへばりつき「待って」と叫んだ。

「あなただって本当は分かっているはず。誰にも届かなくていいなんて、そんなわけない……作品は、見てもらって初めて作品になる、価値が出るんです……っ」

お願いデミアン、と礼は叫んだ。

「逃げないで……っ」

その瞬間、カッとなったようにデミアンが振り向いた。ガラス窓が下に下がり、怒りに顔を真っ赤にしたデミアンが、嚙《か》みつくように怒鳴る。

「いいやレイ、見てもらって価値が出るんじゃない、高額の金を払われて初めて価値が出るんだ。俺の作品と、パクリ野郎のものを並べろって？　コレクターはやつの盗作に四十万ポンドを払って、俺のものには一ペニーも支払わないさ、俺のアートはゴミ同然だ！」

成金どもの趣味に付き合ってられるか、とデミアンは吠《ほ》え、礼がなにか言い返すより前に、車を発進させた。

夜のロンドンに消えていくキャブを、礼はただ呆然《ぼうぜん》と見送るしかなかった。

——誰も金を払わないアートは、無価値なのか？

そうは思えない。だがそうなるかもしれない場所へ、デミアンを無理にでも連れ出すことに意味があるのか、礼にはもう分からなくなった。

デミアンが立ち去って数分、ただ立ち尽くしたまま、絶望に打ちひしがれそうな心を、礼はなんとか奮い起こさねばと思い出した。

（まだ、……まだできることがあるよね？）

礼は混乱している頭を振り、冷静になろうと努めた。とにかく会場に戻ろうと、ギャラリーに戻る。焦燥から、それはだんだん早足になっていた。ギャラリーではちょうどセレモニーが終わり、客が帰っていくところだ。出入り口には人が溢《あふ》れかえっていた。

「明日の新聞にはこのことが載るだろうよ、若手芸術家、競作相手の作品を盗作……」

酔いの混じった声で、話している声がする。礼は怒りを覚えながら人の流れと逆行し、大股にロビーへ入っていった。怒りがたぎるように湧いてくる。大勢の前で、デミアンを辱め、貶《おとし》めたロブ・サイラスのことも、ブライアンのことも許せない——。

地下への階段にさしかかると、階下にロブはいなかったが、大口の出資者であるダニエル・ガードナーと話しているブライアンの姿を見つけた。

「ブライアン！」

礼はもう怒りを隠すこともできずに、ほとんど怒鳴りつけるようにしてそう呼んだ。

顔をあげたブライアンは、階段を駆け下りてくる礼を見ると、ムッと眉根を寄せた。

「どこに行ってたんだ。担当している作家同士が揉《も》めていたのに。そのうえ盗作騒ぎなんて、とんでもないぞ」

どの口がそんなことを言うのだろうか？　礼は眼の前が赤く染まるような気がしたが、必死になって感情を抑えた。

「ブライアン、よく聞いてください。アイディアを盗んだのはデミアンじゃない、ロブです！」

眼の前に立ってきっぱりと言うと、ブライアンは眉を少し動かしただけで、まるで礼の言葉を信じるつもりがないようだった。体の中に熱い炎があって、外に出たいと暴れ回っている……そんな錯覚さえ覚えるほど、礼はブライアンの反応を腹立たしく思った。

「ロブが？　証拠はどこに」

「彼は僕の電話を勝手に見て、デミアンが送ってくれていた最初のアイディアを見たんです。それに古い作品でも彼は――」

言いかけて、信憑性《しんぴょうせい》のない話をしても仕方がないと言葉を切る。

「とにかく、誤解です。デミアンは盗んでない。出展をとりやめさせないでください。デミアンの作品をギャラリーに飾り、正当に評価してほしい」

「私は願ったり叶《かな》ったりだが？」

ブライアンは礼の言葉を聞くと、ニヤニヤとニヒルな笑みを浮かべて、隣にいたダニエルへ

目配せした。まだ若いアートコレクターはおかしそうに、

「真作と贋作《がんさく》を並べる展示は、これまでにも案外人気のあった展示ですしね、話題になりそうだ」

と、面白がった。

礼は耳を疑い、ブライアンを、ダニエルを、それぞれに何度か見つめ返した。

真作と贋作？

なぜそんな言葉を使うのかと、神経を疑った。

「……あの、僕は、デミアンは盗んでないと言ってるんです。前提として……彼の作品は彼のオリジナルです。贋作と一緒にしないでください」

「ああ――悪い、レイ。言葉の綾《あや》だ。デミアンが出展したいならもちろん歓迎だと言いたかっただけだよ。だがプロモーションのスタッフは、今回のことは公にしたほうがいいと考えている。そのほうがアートへの関心が高まる」

「はっ？」

思わず、礼はいつにない大声を出してしまった。怒りで体が破裂しそうだ。

「プロモーションてなんですか？　まさかデミアンが盗作をしたと広めるつもりですか？　なんの証拠もないのに？」

「ギャラリーとしての発信はしないさ、もちろん。だが今の時代、人の口に戸はたてられんも

のだろう」

体から力が脱《ぬ》けていき――礼は自分の息が浅くなっていくのを感じた。ブライアンはもう礼と話したくないらしい、ダニエルを促して、上階へ行こうとする。

待ってください、と礼は呟いたが、ブライアンは足を止めない。気がつくと、礼は飛びつくようにしてブライアンの腕を引き留め、驚いたブライアンが思わずというように、礼を振り払った。

胸に衝撃があり、視界がぐらついた。頭を強く打ち、眼の前に星が飛んだ。気がついたら礼は、階段を転げ落ちて地下階の床の上に寝そべっていた。

階上からは慌てたブライアンの声がする。

――なんてことだ、彼はエドワード公の縁者なのに――突然腕を掴《つか》むから……。

――落ち着いて、彼が足を踏み外して転げ落ちたんですよ。この眼で見ました。

答えているのはダニエル・ガードナーだろう。礼は眼を閉じた。ブライアンはああ、そうだな。勝手に落ちた。とにかく人を呼んで運ぼう――、そんなことを言っている。

(黒でも白と言えば、それが……白になるんですか。そのほうが儲《もう》かるならそれでいいと……？　デミアンのアーティストとしての人生を、潰《つぶ》す気ですか……)

言いたいことを口にしているつもりが声は出ておらず、礼は意識が朦朧《もうろう》としてくるのを感じた。眼を閉じると、暗い視界が涙でにじんだ。己の無力さが恥ずかしかった。みじめだった。

肩を落とし、もう、いいよ、と呟いていたデミアンのことを思い出した。

もう誰のためにも作らない、と言っていたデミアン。礼を信じすぎたと独白していた。

――信頼を裏切った。デミアンの心を、深く傷つけてしまった――。

とめどない後悔が押し寄せてくる。バタバタと足音がして、人が駆けつけてくるまでの間、礼はただ、声を押し殺して泣いていた。


夢の中でも息苦しかった。

礼は九歳で、母と住んでいた二間のアパートにいた。これは古い記憶かもしれない。母が仕事をしている間、礼は邪魔しないように、一人黙々と絵を描いている……。

時折顔をあげると、母の仕事をしている部屋が見える。会社勤めの傍ら、副業で英語の翻訳をしていた母は、一心不乱に分厚い辞書をめくっていた。

――お母さん。

と声をかけようとして、やめる。邪魔をしないように紙の上に眼を落とし、鉛筆を握りこんだ。中指にできた鉛筆のたこを、以前母は、「神さまがキスしすぎたところ」だと言って、慰めてくれたっけ……――。

淋《さび》しい、と、幼い礼は思っている。

どんなに愛されていると分かっていても、淋しい瞬間がある。

淋しさが押し寄せてきて、どうにもならない瞬間、礼はいつも絵を描いていた……。


眼が覚めて一番最初にしたことは、ロブ・サイラスへ、電話をかけることだった。

だが意味はなかった。五分間コールし続けてもロブは電話に出ず、メールをしても開かれた様子もなかった。そしてそれは、デミアンも同じだった。

礼は昨夜病院に運ばれて、CT検査を受けた。幸い異常はなくすぐ家に帰されたが、エドは礼が階段から落ちたと聞くと訝《いぶか》しみ、やや狼狽《ろうばい》していた。疲れたから、となにも話さずに眠った。朝起きるとエドは出勤しており、リビングにメモが残っていた。

『今夜話を聞かせてくれ』

礼はエドにメール一つ送ることもできなかった。

全身が重だるく、息をするのも苦しかった。半日、無断でギャラリーを休み、午後から出勤した。けれど出向くと、集まっていたスタッフからは一様に白い眼でじろじろと遠巻きに見られた。

「盗作が問題になってる。ギャラリーにも朝から問い合わせのメールが相次いでてね。担当はいないってことにさせてもらったよ」

メイソンにため息混じりに言われ、見せられたのは、昨夜のセレモニーで流されたロブの作品の映像と、デミアンがロブにつかみかかっている場面の盗撮のような写真が、ネットに流されているところだった。事情を深く知らない人々の、揶揄《やゆ》まじりのコメントとともに、次々に拡散されている最中だった。

「……撮影可だとアナウンスしてましたか？　違反報告をしてください」

「したさ。だがSNS会社も暇じゃない」

「広報担当はなにをしているんですか？　動画と画像を流している人に連絡をとって、すぐに取り下げてもらってください」

礼は怒りを抑えながら言ったが、メイソンは肩を竦《すく》めるだけで取り合わない。礼は黙っていたが、きっとブライアンが、積極的に消す必要はないと指示したに違いないと思った。ギャラリーの宣伝になるからだ。

「……で、どうする？　きみはロブの担当からはずれることになったし、デミアンは出展しないらしい。ならまあ……とりあえずはゴミ捨てでもやってもらうことになるが」

メイソンは言いながら、ちらりとフロア全体に眼を向けた。

「……ただ、今回のことで責任を取りたいならそれは自由に、とブライアンからのお達しだ。……エドワード公からの寄付もなかったようだし」

礼はなにも言い返せなかった。背後から、同じスタッフの好奇の視線を感じた。ブライアンとハリーは、朝から出張で不在だと言う。待っても帰らないと言われ、礼は「今日は帰ります」と頭を下げてオフィスフロアを出た。

「レイ」

エレベーターの前で突っ立っていると、女性スタッフの一人がこっそり駆け寄ってきて、声をかけてくれた。

「なにも辞めることないわ。盗作だって本当かどうかよく分からないし、あなたが本当にエドワード公と仲が良いなら、彼に少し寄付金をお願いしたらいいと思うの」

ブライアンはそれで機嫌を直すわよ、と言ってくれた彼女は、親切心のつもりだろうし、礼は敵ばかりだと思っていたギャラリー内に、こんなふうに言ってくれる人がいたことに少し驚いた。

けれど彼女の言う内容には、どうしても首を縦に振れなかった。

「……ありがとう。参考にします」

ただそれだけ言って、礼は『スクエア』を後にした。気持ちがぐちゃぐちゃになっていて、なにをどう考えたらいいのか分からなかった。冷静になろうとしても、すぐに拡散されている動画のことや、『スクエア』に居場所がないこと、けれど辞めてしまったらデミアンの出展もないだろうという気持ちが、交互に訪れて礼は混乱していた。

帰りに買ったタブロイド紙では、アメリカの投資家、ダニエル・ガードナーが、悲劇に見舞われたロブの若い才能のために、彼の作品に八十万ポンドの値をつけてもいい……と話している記事を見た。

礼は腹が立って、そのタブロイド紙を公園のくずかごに捨て……結局また戻って拾い上げた。

そんな自分を、滑稽にすら思う。

とにかく真相をはっきりさせたくて、ロンドン市内にあるロブのスタジオを直接訪れたが、誰も出てこない。何度も扉を叩《たた》いたが、無駄だった。重たい体をひきずって次にデミアンのスタジオへ行った。

デミアンは不在で、玄関の前に立ち尽くしていると、隣の部屋を借りている紳士が、「ヘッジズを待ってる？　早朝、大荷物を持って出ていったよ。田舎のスタジオへ引きこもると聞いたけど……」と、教えてくれた。

礼は仕方なく、もう一度ロブの部屋の前に戻り、日が暮れてもずっと、玄関先に座り込んで彼を待った。

けれど部屋に灯りは灯《とも》らず、ロブも不在かもしれないと分かり、のろのろと帰路についた。

地下鉄に乗って携帯電話を取りだしてから初めて、礼はジョナスやオーランド、ギルやヒュー・ブライトなど、友人たちからメールや着信があったことに気がついた。

開いて見ると、思ったとおりタブロイドやネットニュースでデミアンの騒動を知り——ブライトに限っては当日現場にいたわけだが——礼を心配している内容だった。

一人一人に、「ごめんね、今度ちゃんと話します」という短文だけを送った。今はとても冷静に話す自信がなかったし、話して自分だけすっきりするわけにはいかないという気持ちがあった。

脳裏に何度もよぎるのは、傷ついたデミアンの後ろ姿だ。

（一番苦しんでるのはデミアンだ……一体どうしたら、償える……？）

分からない。足元に視線を落とすと、じわじわと涙が浮かんできて、地下鉄の汚れた床にパタパタと散った。

出会ったばかりのデミアンの、頑《かたく》なで意地悪な笑みが思い出される。やがて少しだけ信頼しはじめてくれたときの、恥ずかしそうな声音。一緒に絵を見に行かないかと誘ってくれた。そこから……小石を積み上げるようにして重ねてきた信頼を、昨日一気に失った。

礼に見せたいと思って、作品のモチーフを選んでくれたのに。スタジオに訪れるたびに、気を許して進捗状況を見せてくれた。礼のために紅茶も淹《い》れてくれたし、一緒にダブリンに行くのを楽しみにもしてくれていた。

それなのに……それらすべてを間違いだったと、デミアンに思わせてしまった。傷ついたデミアンは、今度こそどこにも作品を出さなくなるかもしれなかった。

（でもきっとそんなこと、誰にも痛くもかゆくもない……一人の作家が永遠に閉じこもってしまっても……世界は変わらず回るし、ロブの作品には法外な値段がつくんだ）

高値がついたアートは、また高値で取引される。そのうち、国の美術館にも入る。そしてロブは、才能ある稀代の作家としてプロデュースされ続けるのだろう。

その一方でデミアンの作品は、日の目を見ることもなく埋もれていく……。これが現実かと思い知らされた。なら闘いに負けたデミアンは、才能がなかったのだと言うしかないのだろうか？　そんなことはないはずなのに。

大人なのに地下鉄で泣いている礼に、不審げな視線が集まるのを感じたが、気にすることもできなかった。

泣きはらした眼のまま地下鉄を降りると、あたりはもう真っ暗だった。重たい体を引きずるようにして、自宅へ着く。

ドアを開けると既に部屋着に着替えたエドが、半ば呆《あき》れ、半ば痛ましげな顔をして、待っていた。

「エド……」

エドは礼の顔を見ると、ため息をついた。組んだ腕の隙間に、タブロイドが挟まっている。今日礼も買って読んだものだ。もうなにもかも知られているだろうと思い、礼はうつむいた。自分がみっともなく、みじめで、恥ずかしかった。

「……失敗した。デミアンのアイディアを盗まれて……先手を打たれた。でも、誰も信じてくれない……仕事はクビになるだろうし、デミアンは捕まらない。ロブとも話せてない……このままじゃ、デミアンは——二度と、どこにも作品を、出せない……っ」

きちんと、冷静に話そうと思っていたが、無理だった。きれぎれに話しながら感情が昂《たかぶ》り、あまりの理不尽さと悔しさに、胸がつぶれるのを感じた。ひどい、と頭の中で声がする。ひどい、ひどい、ひどい。一人の作家の命を、こんなふうに消してしまうなんて。

悔しくて悔しくて、嗚咽《おえつ》がこぼれた。

「レイ……」

エドの腕が伸びてきて、強く抱きしめられる。けれどそうされても、喜べなかった。デミアンには今こんなふうに、抱いてくれる腕もないのだ。自分一人楽になるわけにはいかないと思うのに、これ以上なにができるのかとも思う。

「デミアンの作品を展示してもらいたくても……どうしていいか分からない」

エドの名前を出せば——もしかしたら、『スクエア』は言うことを聞いてくれる。

だが、それが正しいとは思えなかった。結局はデミアンの盗作疑惑は晴れない。デミアンの作品はロブの作品と並べられ、まるで贋作のように扱われるのだ。

(そんなの、耐えられない——)

けれど他にどうすれば、なにもかもを丸く収められるのだろう?

礼は今日『スクエア』を出るときに声をかけてくれた、女性スタッフのことを思い出した。

エドが寄付金を出してくれたら、ブライアンも機嫌を直すと彼女は言った。

（……たった三ヶ月仕事しただけ。でも、その間に僕が努力したことは、なにひとつ認められなかったたってことだ）

最後の頼みが結局エドだというのなら、ギャラリーにいるのは、礼ではなくてもいいということになる。

自分にこの仕事は無理なのだと思い知らされた気がする。アートが好き。ただそれだけの気持ちでできる仕事ではなかったのだと……。

「……レイ」

そのとき、頭を撫《な》でてくれていたエドの手が、ぴたりと止まった。そっと肩を摑まれ、顔を覗《のぞ》き込まれる。翡翠《ひすい》のような美しい緑の瞳が、じっと、礼の瞳を見返していた。

真剣な眼差しに、礼は息を詰めた。ついに言われるのかもしれなかった。もっと簡単で、楽な仕事を探せ。あるいは、仕事なんてしなくてもいいと……。

エドは礼と自分が対等であることなど、特別望んでいないのだから。

もし仕事をするなと言われても、今は否と言えるか分からず、礼は内心怯《おび》えた。

「反撃しなくていいのか？　このまま、泣き寝入りで」

けれど問われた言葉は、礼が想像していたのとはまるで違うものだった。

「正義がどこにあるかは知らない。アートがなんであるかも俺には分からない。ただ、大事なお前が傷つけられ、泣かされたことは分かる。それから、俺が一応金を出しているアーティストも侮辱された。——俺なら耐えられない。お前は？」

睫毛《まつげ》にかかっていた涙が、ぽろりと頬をこぼれる。

「耐えられない……」

喘《あえ》ぐように、礼は言った。

「他のことはなんでもいい……デミアンを、助けたい」

「それがお前の闘う理由になるか？」

問いかけを噛みしめる。礼はエドの眼を見つめ、それから頷《うなず》いた。エドの口の端に、笑みが上ってくる。

「三日、考える時間をやる。覚悟を決めろ、レイ。もしも——誰に憎まれても、恨まれても、自分がしたいことを確実にやり遂げる決心がついたら」

エドが礼の額に、額をくっつけて囁《ささや》いた。

「俺の持てるすべての力を、知恵も、財産も。お前が使える。俺の権力を、行使できるぞ」

きっぱりと言い切ったそのとき、エドの瞳には、まるでそこだけ日が差しているかのように——純粋で、自信に満ちた輝きが宿っていた。

（……エドの権力を行使する？　それって……結局、エドワード・グラームズの名前を使うってことだろうか……）

いくら考えてもよく分からなかった。

三日の間礼は外出すらせず、一人ロンドンのフラットに引きこもってただひたすらにぼんやりとしていた。

ロブとデミアンへメールは打っていたが、返事は返ってこないままだった。『スクエア』にはしばらく休暇をとる旨を連絡したが、メイソンは気にもかけておらず、むしろ礼がもう辞めたものだと思い込んでいる様子だ。

覚悟を決めろ、と言ったエドは、それから以降はなにも言わない。ただ以前より、なぜか帰りが遅くなり、なにやら忙しそうにしていた。礼はもう、ネットのニュースやタブロイドも、怖くて覗いていなかった。

世界には心ない言葉が溢れ、デミアンを傷つけ続けている気がして、何度も悪夢で眼が覚めた。息苦しい毎日で、食事もあまり食べられなかった。

一方で、礼は一つ一つ、確かめるように思い出し始めていた。

――なぜ自分は、アートを仕事に選んだのだろう?

日本でその経験があったから。

じゃあどうして、日本でアートに関係する仕事に就いたのだろう?

絵を描くのが好きだったけれど、自分の才能は凡庸だと知っていたから、せめてなにかしらできる形で、芸術に携わりたかった。

ではなぜ、絵を描くのが好きだったのだろうか……？

（生きるのに、必要だったから……）

――そしてそのことは、礼の今にどう繋がっているのだろう……？

最後の手がかりがあやふやなまま、三日目の夜を過ごしていた礼は、ふと玄関のベルで我に返った。

寝間着の上に薄いガウンを着て、窓辺の椅子に寄りかかって物思いにふけっていたところだった。まだエドは帰っておらず、食事も済ませていなかったが、腹は減っていなかった。

「はい……どなた？」

宅配便かなにかがあっただろうかと思いながらドアを開けて、礼の鼻先に飛び込んできたのは、大きな花束だった。

甘いラベンダーの香りに顔が包まれる。押しつけられるように持たされた花束からびっくりして顔をあげると、

「ハイ、レイ。お邪魔するよ」

「やあ、こんばんはレイ」

「元気？　ひどいクマだよ」

玄関先に立っていたのは、ギルとオーランド、それと驚いたことに、ジョナスまでいた。

長身で男らしく整った美貌のギル、モデルのようなスタイルのオーランド、中性的な美しさをたたえたジョナスが並ぶと、玄関先はひどく華やかだ。だが突然の来訪に礼はびっくりしていて、しばらく固まっていた。

ギルとオーランドは仕事帰りなのだろうスーツ姿で、ジョナスは軽装だったが、普段暮らしているのは香港《ホンコン》だ。わざわざ便をとってくれ、こちらに着いたばかりなのか、足元にキャリーケースを置いていた。

「ギル……オーランド、それにジョナス……どうして？　ジョナスは、香港から来てくれたの？」

「そうだよ、当たり前でしょ。親友の一大事に駆けつけなくてどうするの」

ジョナスはおかしそうに笑い、礼の鼻を優しくつまんできた。長い指は柔らかく、懐かしい親友の匂いがふわりと香った。

ギルとオーランドは勝手知ったるエドのフラットとばかりに、既に部屋の中へ入っている。

「エドがまだ帰ってないぞ。ラッキーだな、しばらくはくつろげるよ」

ギルが言うと、オーランドがニヤニヤとからかうような笑みを浮かべる。

「そこの角で花を買うって言い出したの、ギルだからね。レイ。恋人が他の男から花束を贈られて喜ぶような寛容な男は、イングランドにはいない。エドに訊《き》かれたらくれぐれもギルからだって言ってよ」

ギルは頬を赤らめてオーランドを睨《にら》むが、オーランドはおかしそうだ。よく考えてみれば、ギルも普段はコペンハーゲンにいる。週に一度はロンドンに来ているから忘れていたが、それは仕事でだ。

「ギルも……もしかして僕に会いに来てくれたの？」

思わず訊くと、ギルは照れたように頭をかき、「まあね」とだけ答えた。

三人にひどく心配をかけていたのだと分かり、胸が苦しいほど詰まる。会いに来てくれて嬉《うれ》しい気持ちと同時に、今もひとりぼっちだろうデミアンを思うと申し訳なくて、どうすればいいのか分からなくなった。

「……ごめんなさい、ちゃんと話せないまま」

——一体自分は、なにに負けたのだろう？

続きを話そうとして、ふと、そう思う。

礼は自分が今この状況に置かれている原因がなにか、上手《うま》く言葉にできなかった。

今の自分はアートの現場を離れ、負け犬のように尻尾を巻いて部屋に引きこもっている。それは自分の未熟さのせいでもあり、誰かの悪意のせいでもあるが、金という巨大な力のためでもある……。その巨大な力に、負けたことがみじめなのだと、気がついた。

「……僕は、アートを美しいものだと……思ってて、それはロマンチックな考えだったのかもしれない。それで、僕の信じていたものが、お金や……権威の前にズタボロになったから……

その話を、みんなにするのが……」

恥ずかしかったのだと、礼は呟いた。

己の無力と無知を恥じている。恥じていることもまたみっともなく思えて、うつむくと、黙って聞いてくれていた三人が、「うん、分かった」と頷いた。

「いいんだ、レイ。仕事の失敗なんてみんなしてる」

ギルが優しく声をかけてくれ、オーランドは肩を竦める。

「ボクらはヘッジズが盗作したとは思ってないよ。あのへそ曲がりが、そんな面倒なことするわけない」

「一千万ポンドやると言っても、人のまねごとなんかいやだねって突っぱねるタイプだもんね」

ジョナスが勝手に決めつける。

礼が涙ぐんだ眼をあげると、三人はそれぞれ目配せをした。

「レイ、おいで。実は今日ボクらが来たのは――エドに頼まれたんだ。きみにあるものを見せてほしいって」

「……エドに？」

ダイニングに連れて行かれ、礼はテーブルに腰掛けるよう言われた。花束をそっとテーブルに置くと、向かいに座ったオーランドが、「これだよ」と、数枚の、大判の写真を広げた。

それは礼がパブリックスクール時代、舞台芸術の授業で描いた背景の絵だった。

水辺の絵、城の中、森、そして月夜の教会……。

たしかに自分が描いたものだが、いくらか色あせ、黄ばんでいるところもある。ついオーランドを見上げると、オーランドは「まだ使われてるんだよ」と言った。

「僕らの母校で、時々僕らの演目が再演されるらしい。そのとき、学生たちはきみの絵を見てるんだ」

十六歳の自分が描いた絵が、十年の時を超えて今もまだ、リーストンの劇場を飾っている。

そのことを知った瞬間、礼はたしかに胸が震えるのを感じていた。

突然、鮮明に思い出した。小さな川辺の藪《やぶ》の中で、隠れるようにして過ごしていたリーストン・スクールでの日々。エドを愛し、けれど愛されないことに傷つき、諦めていたころのことが。

一番初めに、オーランドが礼の手を引いてくれたことを、覚えている。

――きみの想像力は、一生涯、きみの杖《つえ》になってくれる。

大劇場の天辺《てっぺん》の尖塔《せんとう》で、リーストンの敷地を見下ろしながら言ったオーランドの声が、耳に返ってくる。あのとき礼はまだエドの言いつけを破って、オーランドの頼みを聞き、絵を描いていいのかと迷っていた。そんな礼に、オーランドが踏み出すことの大切さを教えてくれた。

今になれば、礼の想像力、礼を生かしてくれた杖が形になったものこそが、絵だったのだと思う――絵を描くことを通して、十六歳の礼の世界はめまぐるしく変わっていった。

不意に、激しい感情の波に胸がさらわれた。悲しみとも、切なさとも違う。けれど喜びとも違う、体の奥から訪れてくる深い感動は、一体どういう感情だと言えばいいのだろう?

瞼《まぶた》の裏に浮かんだ、たった一枚の絵があった。

ミレイのオフィーリアだ。初めて見たのは幼い日、母と二人で訪れた美術館だった。

それからもたびたび、その絵は礼の人生の節目に、礼の眼の前に現われた。

一人、絵を描き続けた幼いころも。パブリックスクールの中で、やっと居場所を見つけたときも。エドと別れ、日本でなんとか暮らしていたころも。

胸にあったのは、あの一枚の絵ではなかっただろうか。

母と見に行き、父が模写したと知り、学校で、その絵の意味を何度も問うた。

絵は礼の杖だった。生きるための支えだった。なければ生きてこられなかった。

生きてこられなかった、という思いは、掛け値ない真実だった。

(今生きてこられた。……それはあの絵が、あったから)

他の人にとっては、どうでもいいかもしれないただ一つのその真実が、けれど礼にとっては、どんなことよりも大事だった。

こみあげた涙が写真に落ちる。礼は慌てて写真を濡《ぬ》らさないよう遠ざけた。目許《めもと》を拭う。拭っても拭っても、涙が溢れる。

傷つき、打ちひしがれた心のもっと奥、もっと純粋でもっと深い場所から、涙が溢れてきて、怒りや悔しさ、苦しみを、洗い流していく気がする。

(この世界に、きっと僕の生きていける場所がある……僕は、きっとそう思ってたから、生きてこられた)

絵を描けば、その場所にたどり着ける気がした。始まりはただ、それだけの動機だった。なぜアートの仕事を選んだのか。

難しいことは分からない。どのアートに価値があり、どのアートに価値がないかも知らない。自分の仕事にどんな意味があるかも本当は分からない。ただ、信じている。

この世界のどこかでは、誰かが誰かのアートを必要としている。

生きていくための、自分だけの杖に、出会いたいと思っている——。

(僕が生きてこられたように)

誰かを生かしたい。そうして礼はデミアンの作品に、その力があると信じているのだ。

顔をあげた。礼の言葉を待つように、三人の友人たちは黙っていてくれた。

礼はみんな、と囁いた。

「僕を助けてくれる?」

集まった三人はホッとしたように破顔し、もちろん、と唱えた。ホッとすると同時に、「なにを勝手に盛り上がってるんだ」と不機嫌な声がする。振り返ったら、帰ってきたらしいエドが、テイクアウェイのピザの、一番大きなサイズの箱を二つも持って立っていた。

「エド、ピザ似合わない！」

見た瞬間、我慢できなくなったようにジョナスが爆笑し、つられたようにギルも小さく噴き出している。エドは顔をしかめて舌打ちした。

「あの……お邪魔していいかな」

と、エドのすぐ後ろから、やや居心地悪そうに顔を出したのはヒュー・ブライトだった。

「ブライト！」

思いがけない人物の登場に礼が驚いて立ち上がると、足早に入ってきたエドが、テーブルにピザの箱をどん、と置いた。

なぜブライトがエドと一緒に来るのかと不思議に思って二人を見ると、エドが不機嫌そうに「俺が誘った」と白状する。あまりにも意外な答えに眼を瞠《みは》る。ブライトは苦笑混じりに、「きみらの作戦に乗りたくて」と言う。思わぬ言葉につい見つめると、ブライトは肩を竦めた。

「『スクエア』とのデザイン契約はすべて白紙にしてもらったんだ。きみが反撃するなら――レイ、きみにつく。僕は拝金主義者だけど、まだ心にアーティストが残ってる」

まだいくらかは残っていたもやもやとしていた気持ちが、すべて消えていく瞬間だった。エドが息をつき、それから礼の頭を優しく撫でた。

「とりあえず、会議の前に腹ごしらえだ。ピザを食べるぞ」

空いていなかったはずの腹は、巨大なピザの箱が開けられて、香ばしいチーズの匂いが部屋中に満ちた瞬間に空腹を訴えてきた。ブライトからは砂糖がたっぷり入った炭酸飲料が差し入れられた。礼はその日集ってくれた友人たちと、夜遅くまでこれからのための、準備を始めたのだった。

九

ピザを食べ始めてから三十分ほどは、オーランドやジョナスとほとんど面識のないブライトを二人に紹介したり、ロブと連絡がつかない話をしたりして瞬く間に過ぎていった。

「反撃するって言っても、具体的にどうするの？」

ジョナスが現実的な話を持ち出したとき、ベルがまた鳴り、一旦席を外したエドが連れてきたのは、エドの秘書ロードリーだった。

ロードリーは手に、大きめのノートパソコンを持っていた。

「具体的にどうするかは置いておいて、とりあえず見てほしいものがある」

と、エドが言うと、ロードリーはダイニングテーブルの上にノートパソコンを置いて、開いた。起動画面が映り、やがて液晶には、なにかの動画が映っていた。

（あれ……？）

礼《れい》は違和感を覚えた。液晶に映っているのは、どこか見覚えのある画面だ。なんだろう、と思っていると、「再生します」と言って、ロードリーが再生ボタンを押す。

そしてその瞬間ハッとなった。

「……これ、僕の携帯電話の……画面⁉」

思わずぞっとして、エドを振り返る。エドは憮然《ぶぜん》とした表情で「すまないとは思ってる」と言った。

「だが釈明すると、アプリケーションを入れたのは、お前がヘッジズとサイラス、二人の担当をさせられてると聞いてからだ。お前と口論になった夜があったろ?」

言われて、ふと思い出す。エドに世間から、礼がエドの愛人と思われるのは普通だと言われてショックを受け――携帯電話のことなどすっかり忘れて寝室に逃げた夜があった。翌日、そういえば見慣れないアプリケーションが携帯電話の中に入っていた。

「高度なスパイソフトです。インストール後二十四時間したら、一覧からアイコンが消える仕組みになっています。あとで削除しますのでご安心を。とりあえず今再生しているのは、レイ様がバルセロナに泊まった夜の日の映像です」

礼はその言葉に我に返り、画面を見た。画面はしばらく動かなかったが、やがてメール画面が映り、エドが礼に鍵を閉めろとしつこく訴えるメッセージが表示された。どうやら、携帯電話の操作画面をそのまま録画できるらしい。

「うわ、ブランケットをかぶったらメールしろだって。重たい男だねえ」

オーランドがニヤニヤと揶揄する。しばらく経《た》って礼の返事が映り、やがてデミアンからのメール画面が映った。一番初めに送られてきた、構想段階の画像が見えて、礼の胸は痛んだ。画面は暗くなり、ロードリーが「少し早送りします」と言った。

画面の右下に時間が表示されている。ロンドン時間で、何時かが出ているようだ。

「このアプリケーションは、セルフォンが不審な操作をされると自動でインカメラを起動します。もちろんバックグラウンドで動くので、撮影されていることには操作している本人は気づきません」

「高度な技術が買える時代になったものだね」

「なんでもセルフォン頼みだからでしょ」

オーランドとジョナスの掛け合いが、わずかに緊張をほぐしてくれる。夜中、ロンドン時間で一時半を過ぎたとき、画面が明るくなり、アルバムがタップされた。カメラロールにはエドやオーランド、ギルとの写真が数枚入っているだけだ。それらをスクロールしたあと、アルバムは閉じられた。そして、メール画面が起《た》ち上がる――途端に、インカメラが起動したらしい。

薄暗がりの中、画面を覗きこむロブの顔がアップで映されていた。

暗いので細部までは分からない。けれど携帯電話の青い光を受けている顔は、たしかにロブのものだ。青い瞳に、液晶画面の映像がうっすら映っている……ロブは淡々とした、うつろな眼をしていた。

画面は二分割され、上方にはインカメラの映像が、下方にはロブが見ているらしき画面が映った。

「……ロブ・サイラスは、デミアン・ヘッジズからのメールを見てるね」

ジョナスが呟いた。画面には、デミアンが礼にあてた画像が大きく映り、ロブはそれを拡大した。そうして、自分の携帯電話で写真を撮った――。

そのあと、礼の電話は画面をオフにされた。インカメラの記録も、一旦真っ暗になる。

「……こちらでみなさんに見せたかったものは以上です」

ロードリーが言い、まだ続いていた映像を止めた。あとには、静かな沈黙が広がっていた。

（……ロブは盗んでた。証拠がはっきり残ってた……）

真実が分かったことに、ホッとすればいいのか、落胆すればいいのか分からなかった。複雑な気持ちは同じなのか、礼の横で画面を覗いていたブライトが、小さくため息をついた。

「……グラームズ。きみには驚嘆する。……よく先んじて、こんな方策を用意できたね」

ブライトの言葉に、エドは肩を竦めた。

「合理的に考えれば分かる。サイラスがレイに固執する理由が、レイ自身に横恋慕してるのでないなら、ヘッジズだ。過去のヤツの作品を見ても、ヘッジズの影響を色濃く受けてる。担当が同じ人間ならアイディアを盗みやすい。単純な推理だ」

「いやあ、性格が悪くないとそこまで思いつかないよ」とオーランドが混ぜっ返し、エドが「なんだと」と顔をしかめた。礼はその間もなにも言えずに、しばらく固まっていた。

「証拠はあったんだ。メディアを通じて発表もできる。そうしたら、少なくともデミアンの疑いは晴れるよ」

ジョナスが、礼の顔を覗き込んできて言った。そうだ、そのとおりだと思う。そうしたら、デミアンは救える。けれど――。礼の瞼の裏には、バルセロナのホテルで一人じっとスケッチをしていた、ロブの横顔が思い浮かんだ。

「……デミアンは救える。……でも、ロブ・サイラスという作家は、殺すことになる」

ぽつりと呟くと、ジョナスとオーランドが顔を見合わせる。エドはため息混じりに、「個人的な意見だが」と、言った。

「サイラスは殺されてもいいことをしたと、俺は思ってる。お前を苦しめたんだからな。俺なら殺す。だが、今回俺の力を使うのはお前だ。お前の使い方でいい」

礼は顔をあげて、エドを見つめた。オーランドを、ギルを、ジョナスを、ブライトを、ロードリーを見た。

「少し……一人になっていい？」

なにが正しいのだろうと思う。手の中に転がり込んできた証拠と、エドの持つ権威というパワーは、あまりに大きい。礼のちっぽけな存在を凌駕《りょうが》し、他人の人生を左右する大きさだった。

それは例えばセレモニーの日、巨大な金と権威の力でもって、デミアンの作品を叩きのめしたあの力と、どう違うのだろう？　そう思うと、なにも違わない、という気がした。

（本質的には同じもの……同じ力を、今僕はエドから受け渡されてる）

個人の意志も、想いもすべてねじ伏せる力だ。使い方を間違えてはいけない気がするし、使うことそのものにも抵抗がある。

一人になりたいと言った礼を、みんなが尊重してくれたので、礼はダイニングを離れて一人、普段使っていないゲストルームに入った。窓を開けて七月の夜風にあたりながら、夜中のハムステッドを見下ろし、持ってきていた炭酸飲料を一口飲む。炭酸がぬけて、ただの甘い水になっていた。

灯りもまばらで、小さな町はひっそりと寝静まっていた。涼しい風が頬を撫でていき、それは遠く、ケンウッドハウスの森の香りを含んでいるように錯覚する。

（……どうするのが正しい？）

窓辺に座って、鉄格子に額を預けてぼんやりと自分に問いかけた。

十分、十五分と考えても、どうすればいいのか分からない。証拠をメディアに持ち込めば、たぶん、ロブは完膚《かんぷ》なきまでに叩ける。彼は二度とアートの世界で生きられない。礼の周りはしばらく騒々しいだろうが、落ち着けば、デミアンは悲劇のヒーローとして復活できる……。

だがそんなことを、誰が望んでいるのだろう？

当のデミアンだって、望んでいるだろうか？

「……レイ。ちょっといい？」

　ゲストルームの扉をノックして、顔を覗かせたのはギルだった。礼はハッとして顔を起こしたが、ギルはそのままでいいよと言って、一人で入ってきた。エドもいるかと思ったが、ギルは礼のその内心を読んだように苦笑して、「エドのお許しはもらってる。十分だけ二人きりにさせてくれるってさ」と言った。

「一緒に夜風に当たっていいかな」

　訊かれて頷くと、ギルは礼の向かいの窓辺に腰を下ろした。狭いので、体はわりと近い。仕事帰りのスーツ姿を崩し、シャツだけになったギルは、そのシャツもボタンを三つ開けて、袖はたくしあげている。エドと同じく、礼節を重んじるギルとしては、普段はあまり見ない姿だ。真夜中まで付き合わせていることを申し訳なく思う。

「……ギルは、エドの意見に賛成する？」

　そっと、礼は訊いてみた。ギルの意見を知りたかった。たぶんオーランドよりジョナスより、ギルが一番、エドのことを分かっているからだ。

「うーん……」

　ギルは呟き、「まあ正直、エドの考えはよく分かる」と言った。

「善悪で考えたら、ロブ・サイラスは悪だろう。盗作するだけじゃなく、その罪をヘッジズにかぶせて、彼から創作の場所を奪った……先に人殺しをしたのはサイラスだ。目には目を、なら同じことをしてもいい。……ただ、悩むレイの気持ちも分かるよ」

レイは人より作品だろうからね、とギルに言われて、礼はやっと自分がなにに一番悩んでいるのか腑《ふ》に落ちた。

一番の迷いは、すべてを明らかにすることで、ロブ本人もだが、彼が過去に発表した作品もすべて殺されてしまう……ということだった。

きっとロブの作品には贋作の札がはられ、値段はマイナスになり、がらくた同然に扱われる。その場面が見たいかと問われると、シンプルに見たくない、と思っている。

「……エドの力は暴力みたいに大きいんだね。……知ってたはずだけど、いざ使ってみろと言われて、怖くなった。……デミアンがされたのと同じことを、簡単にできるんだなって」

礼はぽつんと、弱音を吐いていた。

「エドは一緒に生きていくなら……もっと俺を利用しろって言うけど、僕には荷が重い」

「……他人の権力を使うのは、レイの誇りに反する？　あるいは、ズルしてるみたいに思えるのかな？」

ギルに問われて、礼は口を閉ざす。ギルは夜風に吹かれた金髪を押さえて、肩を竦めた。

「レイ……でもそれが、ノブレス・オブリージュなんだ。持たざる者からすれば、楽をしているように見える。持っている人間は、使う道を選んでる。間違えれば力もろとも——破滅する」

首を小さく振り、ギルは片手で首を切る真似《まね》をした。

「『指輪物語』を？」

「もちろん知ってる。英国一有名なファンタジーだもの」

『指輪物語』は世界中で親しまれるイギリスのファンタジー文学の最高峰にある作品だった。主人公が一族の長老から指輪を譲り受ける。しかしその指輪が大いなる力を持つ危険なものだと分かり、捨てるために旅をする……というのが始まりだ。

「そう、我らが敬愛するトールキンの書いた物語だ。指輪は力の象徴だ。……人々はそれに魅了され群がるけど……我を失ったものは破滅する。権力や権威、財力は、そういうものだと俺は思う」

それでも持っているのなら、正しい使い方を学ばねばならない。それがパブリックスクールの役割でもあると、ギルは続けた。

「きみも学んだんだよ、レイ。だからこそ、きみは力の本質を理解していて、使うことを悩んでいる。でもそれがノブレス・オブリージュ。高貴さは義務を強制する……持っていないきみが、エドから持たされて苦しいのはもちろん分かる。だけど」

少しだけ、想像してみてくれないかなと、ギルは囁いた。

「持てる力を、愛する人のために使えないエドのみじめさを。……彼にとって、今、家族はきみだけなんだ。家族を守るためになら、人はなんだってする。……きみが受け取らなければ受け取らないだけ、エドは苦しむ。……きみが受け取って傷つけば、エドもきっと傷ついてる。

……きみを愛してるから」

エドはバカじゃない、とギルは続けた。

「自分の力を押しつければ、レイが苦しむことなんて、とっくに分かってるさ。……傷ついてるのはエドも同じなんだ。もっともそんな素振り、きっと一ミリも見せないだろうけどね」

ギルは大きな手を伸ばしてくると、礼の黒髪をくしゃりと優しくかき混ぜた。見せないのが貴族だからと微笑《ほほえ》むギルの青い瞳には、切なげな色があった。エドの苦しみも、礼の苦しみも、どちらも分かるというような眼だ。礼は不意に強く、胸が痛むのを感じた。

(……僕は、持っているエドの苦しみのことは、考えたことがなかった)

そのことにふと、思い当たった。

「可愛《かわい》いレイ。エドは一生言わないだろうから、俺から伝えるよ。きみの奴隷になっているあの高慢な貴族の男に――ほんの少し、譲歩してやってほしい。彼の贈り物を、少しでも受け取ってやってほしいんだ……」

礼は黙っていたけれど、じわじわと、目頭に熱いものがこみ上げてくるのを感じた。

どうしてか、初めて出会った日のエドのことを思い出していた。広いグラームズ邸のリビング。張りだしたバルコニーの上から礼を見下ろしていた、傲慢そうな少年のことを。

生まれながらに持っているものが大きすぎて、親友のジョナスを傷つけて心を閉ざし、礼を拒絶して愛を受け取らなかった少年のこと。その力を正しく使えるようになってからやっと、礼を迎えに来てくれたエドについて……礼は考えた。

誰かを簡単に傷つけたり、閉め出したり、追い出したりできる力。自分の望んでいることを、そのまま形にできる大きな力を、礼はたしかにセレモニーの夜、ロブやブライアン、『スクエア』や、あるいはアート業界の見えざるなにかによって振るわれて、傷ついた。けれど……。

（エドもずっと、同じものを持っていて、でもそのことに耐えていて）

礼をその力で守りたいと思っていて、それでも、ギリギリまで待ってくれていたのだとしたら、礼にはエドを責められない……と思った。無自覚に、あるいは悪意を持ってエドがその力を使ったことは一度もない。横暴だと自覚して使うか、あるいは慎重に計算して、最良の道だと判断したときにだけ、彼は力を使うのだから。

（一緒に生きる僕が、それを嫌悪したら……エドはひとりぼっちになる）

権威、権力、財力というものが、どれほどのパワーか、デミアンとロブの事件を通してはっきりと体感した。同じもの、それももっと大きな力を持つエドの、その力を含めて愛すと決めたのは二年前だが、その本質を、今やっと理解しはじめている……。

礼は目頭に浮かんだ涙を、拭った。

「ギル……エドは僕にとっても家族だし……きみは友だちで、デミアンも大事な友だちだ。だから……家族と友だちを守るために、僕も持てるもので闘う」

持てるもののなかにはきっと、エドの力を借りる、というものも含まれている。

ただし、使い方は自分らしく使う。

不意に礼の耳の奥に、亡くなった母の声が蘇ってくる。

――世間の人がどうでも……私は、私たちは、相手を傷つけたり、悪口を言ったり、そういうことはやめましょう。

幼いころ静かに諭《さと》された母の教えが、今になって礼の中で息づくのを感じた。

闘うのは相手を痛めつけるためではない。利益のためでも、もしかしたら社会のためですらない。これは生きるための闘いだと礼は感じた。腹の中で、覚悟が決まるのを感じた。涙はもう乾いている。目標は、ただ一つだった。

「なにがなんでもデミアンの作品を世界に届ける。僕は、もう一度アートの力を信じたい」


「まず場所を押さえる。目星はもうつけてある。オープンの時期は『スクエア・ギャラリー』の展覧会初日と同日。プロモーションはブライトに担当してもらう」

それでいいか？　とエドに確認されて、礼は頷いた。

あれからもう一度ダイニングに戻り、礼は自分の意志を伝えた。集まってくれた友人たちも、エドも納得してくれ、ようやく今、具体的な方策の一案が、固められようとしていた。

巨大なピザはあらかた食べ尽くされ、カロリーの高い炭酸飲料も空になっている。

エドが考えた作戦はこうだった——。デミアンへの個人的な出資を決めた約一年半以上前から、エドは個人的にギャラリーを経営しようと考えていたという。ロンドン市内に既にいくつか場所の候補を見つけており、話も通っている。そのうちの一つと本契約し、ギャラリーとしてオープンさせ、一番最初にデミアンの作品を大きく展示する——という案だった。

これには多大な費用がかかる。そのうえ、どうしてもエドの権力、権威、財力をあてにしなければならない。以前の礼ならそこで躊躇《ちゅうちょ》した。しかし今はもう腹をくくっていた。

「……覚悟はもちろんしてるけど、エド……ギャラリーの場所って、いつからおさえてたの？」

ただ、エドからギャラリーの話を聞いたとき、思わず訊いてしまった。エドは肩を竦めて、

「お前が就職活動を始めたあたりから」

と、正直に白状した。

エドはどちらにしろ、いずれは礼をここで働かせるつもりだったのだろう。きっといつか礼が躓《つまず》くことを、エドは予想していたのかもしれない……と思ったが、今はそのことにひどく落胆はしなかった。結局、現実にそうなっているからだ。

「ただ、俺は権力と金は貸せるが……肝心のデミアンの説得はお前だ。レイ。やれるか？」

「……やる。命を懸けても」

本気だった。死ぬのはよせ、という冗談すら誰も言わない。礼の声音にいつにない、激しい

怒りが滲《にじ》んでいるからかもしれないと自分でも思った。実際礼は、自分のすべてを懸けてデミアンを説得する覚悟だった。

「それじゃボクらはボクらの持てる人脈を使って、ネットで情報拡散に努めよっか。ウェブでの広報戦略なら任せて。ノウハウはある程度頭にあるから」

「庶民には、貴族にはないネットワークもあるしね」

オーランドとジョナスはそう言ってくれ、「ロブ・サイラスは僕と同じウインチェスター出身だ。こちらでも盗作疑惑を晴らす働きかけはしてみるよ」とブライトが請け合ってくれた。

礼は頷きながらも、胸に小さな不安を覚え、それを言葉にしなければならないと思う。

「みんな」

と、真剣な面持ちで、集まっている面々に声をかけた。

「協力ありがとう。すごく嬉しい。……ただ、一つだけ僕の信念に反することがある。それだけは、やらないでほしいんだ」

エド以外の四名が、それぞれに視線を交わし合う。なあに、レイ、とジョナスに促されて、礼は答えた。

「……ロブを悪者にすること。盗作したのが彼でも、それは言わないでおきたい」

「悪者退治はしないってこと？」

ジョナスに訊《たず》ねられて、礼はしばらく、胸の中で言葉を探した。確かめるように一言一言、説明する。これは今回のプロジェクトで、デミアンの説得の次に大事なことだという確信が、どうしてかあった。

「……僕は、この国のアートの場で働いてみて、自分がいかに視野が狭かったか知った。考えが甘かったことも、アートには、商業的な側面がかなり強くあることもよく分かった。この世界には……他人のアイディアを平気で盗む人もいる――でも、そんな経緯で生まれた作品だとしても、その作品で救われる人も、もしかしたらいるかもしれないんだ」

ロブ・サイラスの出発点は、デミアン・ヘッジズの模倣だったかもしれない。

デミアンの衝撃的なデビュー作を真似したらしいロブの作品を、礼はバルセロナのホテルで、写真の中だけで見た。あれは、世の中には出ていない。ロブが活躍し始めたのは八年前で、デミアンより二年遅い。

一番初め――ロブはなにを思ってデミアンのアイディアを真似したか分からない。だが、彼は持ち前のセルフプロデュース力で、多くの支持を得るに至った。そうしてきっと、一度盗んだものが当たったから、その作風を維持し続けている。

それでも、ロブの作品を好きだと純粋に感じているファンも、多かれ少なかれいるはずだと礼は思った。

アイディアを盗み、応用し、似たような作品を作ってこの世に出して、オリジナルほどではなくとも、それなりの評価を得る。それだけ聞けば虚《むな》しくはないのかと思う行為だが、そうやって出た作品に救われるかもしれない誰かの存在までは、否定できない。

礼がオフィーリアの絵を、知らず知らず杖にして生きてきたように、ロブの作品を、杖にして生きている人もいるかもしれないのだ。

「……僕が闘うのは、作品のためだ。デミアンという作家のためでもある。……他の作家を殺すために闘うわけじゃない。アートは問題提起はしても、審判はしない。断罪も、裁断もしない。もちろん、贖罪《しょくざい》もない」

礼が言い切ったあとは、一瞬、室内が完全に沈黙した。集まっている面々が、じっと礼を見つめている。甘いことを言っていると言われるかもしれないと、礼は身構えた。だが、一番初めに微笑んだのはオーランドだった。

「賛成。ボクらのボスはレイだ。きみの考えを尊重する」

「審判を下したいやつは、それぞれが見て決めればいい」

ギルも肩を竦めて同意し、ジョナスは「反論しどころがない」と言った。エドはアート論になど、のっけから興味がない。

「俺は金を出すだけだ。やり方は任せる」

と言う。礼は最後まで黙っている、ブライトを見つめた。この国のアートについて一番詳しく、以前、礼の考えをロマンチックだと言った張本人を。

ブライトはしばらく黙っていたが、やがて苦笑し、「レイ……」と囁いた。

「世界は矛盾に満ちている。現代アートは階級社会そのものだ……それでも」

きみが言うとおり、真実、アートは見る人のためのものだ――。

「ピエタ像は貧しい者でも見ることができる。聖堂に行けばね。……本物はいつかそうなる」

それを考えたら、今僕らがやってることなんて、きっとせせこましいねとブライトは笑った。

礼はホッとして、頬を緩めた。ブライトが認めてくれたことで、胸の中に勇気が湧いてくる。

自分の考えは、きっと間違っていないと。

「……そうはいっても、ロブとはちゃんと話すつもりです。でもそれは、機会が整ってから。じゃないときっと、ロブも応じてくれないし」

礼が言うと、「まあそうだろうね」と、オーランドが頷いた。

「それでエド？　ギャラリーの場所は？　どこにするつもりなんだ？」

頃合いを見計らったように、ギルがエドにそう訊ねる。エドは不意に、意地の悪い笑みを口の端に浮かべ――大きめの端末に地図を映し出すと、「ここだ」と言ってある一点を指さした。

そして指さされたその場所に、礼を含めたその場の誰もが驚愕《きょうがく》し、眼を見開いた。

礼がその町を訪れたのは、約一年半ぶりだった。
およそ一年半前――初めて町のバス停に降り立ったとき、礼はデミアンに作品を借りたいと申し出に来たのだ。そして今も同じ理由でやって来ていた。もっとも今度は「借りに」ではない。

あのときと違い、手土産も、前もっての連絡もしていない。それでも片田舎のその町は、ハイストリートの閑散とした様子や、人通りの少なさは変わらなかった。さびれた小さなカフェに、シャッターの下りたピザ屋などが軒を連ね、時折猫が路地に消えていく。

礼は一年半前と同じように激しく緊張していた。もっとも、覚悟のほどはあのころとは比べものにならない。

一歩一歩、踏みしめるようにデミアンのスタジオへ向かった。大きく古めかしいガレージは、相変わらず手前の庭が雑草まみれで荒れていた。それでも野生のローズマリーやヒースの株が、花を咲かせている。

ガレージの入り口前で大きく深呼吸し、それから、インターホンを鳴らした。

返事はない。ただわずかな物音が聞こえた。中にデミアンはいるようだ。しばらく待って、もう一度鳴らす。やがてがたごとと物音が近づいてきて、扉が開いた。

開いた先には、デミアン・ヘッジズが立っている——会えなくなってわずか一週間足らずだったが、それでも胸に懐かしさがこみあげてきた。

レイ……と呟いたあと、デミアンの青い瞳は一瞬揺れ、けれどすぐに顔をしかめた。

「……なにしに来たの」

話をしに、と伝えると、舌打ちされる。

「俺は話すこと、ないから。じゃあね」

扉を閉められそうになったが、その反応は予想していたので、それより早く勢いをつけて、駆け足で中に入った。デミアンの体を押して、力尽くでガレージ内に侵入する。デミアンは呆《あっ》気《け》にとられたような顔で、

「なんなの？　俺をばかにしにきたの？」

と唾棄した。まるで初めて会ったころのような辛辣な言葉。けれど礼は見逃さなかった。垂れ気味の青い瞳の中に、まだ傷ついたような色があることを。まだ、礼のことを嫌いきっていない――きっとそうだ。絶対にここで挽回《ばんかい》すると決めて、ぐっと腹に力をこめる。

デミアンには小細工も、長ったらしい説明も、理屈も無意味だと知っていた。全身の力と、ありったけの思いを載せるようにして、礼はなにか言おうとした。最初の一言を、デミアンに伝えようとした。そうして、次の瞬間なにを言うよりも早く、ただ強く、デミアンの体にぎゅうと抱きついていた。

「……、は、はあ？　な、なにするんだ」

うろたえたようなデミアンの声。細身の体が腕の中で強《こわ》ばるのを感じた。礼は振り払われないよう腕に力をこめて、ますます強く、抱きしめた。

デミアンはいつもと変わらず、薄汚れたパーカーを着ていた。絵の具の香りが、パーカーか

らうっすらと香っている……。視界に映るスニーカーは汚れ、デニムには穴が空いている。そのすべてを、愛おしく感じた。

不器用で無頓着なデミアンが、セレモニーの夜は、礼のためになるべく身ぎれいにしてきてくれた。それなのにその場所で傷つけた――。

「デミアン……」

礼は震える声で呼んでいた。戸惑ったように、腕の中の体が揺れる。

「あなたは、体の中に……指を差し込むようにして、魂を削って、作品を作る」

それがどれほど困難なことか、礼は想像するしかできないが、それでも感じる。激しい痛みと苦しみ、葛藤の末に、デミアンはいつも創作をしている。

「……僕は今回のことで、分かりました。……僕はあなたを、作家として……尊敬しているし……愛しています」

これは危険な一言だと、礼は知っていた。礼はデミアンの恋人ではない。家族ではない。デミアンの人生に、どこまで寄り添えるか分からない。それなのに愛などという言葉を使うのは、卑怯《ひきょう》かもしれない。けれど他に、言い表す方法がない――。

肉欲や性欲、恋愛や友情とはもっとべつの、けれどそれにも劣らぬ深く激しい感情を、礼はデミアンに感じていた。デミアンが愛しい。デミアンの作品が愛しい。光を浴びてほしい。相応《ふさわ》しい賞賛を受け取ってほしい。心からそう思う。

「愛しています、あなたを。……あなたの作品を。仕事のうえで、あなたの人生に、寄り添える力になりたい」

礼の腕の中、デミアンは体を強ばらせている。

「僕は経験不足で、なんの力もない。それでもあなたは、僕にあなたの作品を託そうとしてくれた。……あなたが、僕をアートの仕事に向かわせてくれたんです」

そんなアーティストはたった一人だったと、礼は知っていた。

「デミアン。……デミアン・ヘッジズ。僕の人生を懸けてあなたの作品を世界に届けたい」

礼は顔をあげ、言い切っていた。

言ったとたん、思いが先走り、熱いものがこみあげてくる。目頭を濡らしながら、困惑したように礼を見下ろしている作家、デミアンの顔を見つめた。この作家が深く傷つき苦しんでいることが、世界中の誰よりも悔しかった。

「あなたの作るもので、救われる人がいる。僕はそう信じてる。だから僕に、あなたの作品をもう一度、預からせてください」

デミアンが顔を歪《ゆが》める。動揺と迷いが、眼鏡の奥の瞳をうつろった。

「そんなこと、言われても、信じられない……」

「分かっています。あなたはいつでも僕を捨てられる。僕はあなたをけっして責めない。誓約書が必要なら書く。僕はただ……あなたの作品が誰にも見られないことが我慢できない」

デミアンは黙りこくっていたが、やがて礼の体をやんわりと離し、うつむいて呟いた。

「俺は、誰かに見られたくて作ってるわけじゃない……」

「いいえ。デミアン、それは嘘《うそ》です」

礼はきっぱりと言い切った。デミアンはムッとしたように眉根を寄せて礼を睨み、「なんできみが決める？」と反論した。

礼は動じなかった。デミアンに憎まれることも、恨まれることも、今は恐れていなかった。自分一人がどう思われるかなんて、ちっぽけな問題だと思えた。大事なのは、デミアンが礼をどう思っているかではなく、礼がデミアンの作品を、どうしたいかだと思っていた。

「人間はなぜ絵を描き始めたのですか？　その絵を、どうして人は見たいと思うのですか。伝えたいことがあり、知りたいことがあったからです。……伝わって初めて作品は完成する。たとえ一ペニーの値段すらついてないものでも、僕はあなたの作品を見てなにかを感じる。その気持ちは、たとえ八十万ポンドを払っても買えない」

そのとき、アートは作家の手を離れ、本当の意味で自由になる……。

そう、礼は訴えた。

「アートがなんのためにあるかは知りません。きっと、人によって違う。……誰かにとっては儲けるための手段でしょう。他の誰かにとっては、見栄を張るためのものかも……でも、そんなこと全部、全部全部、本当はどうでもいいことだって思います」

あなたにとってはそうじゃない、僕にとってもそうじゃない。

大事なのはそのことだと思うと、礼は強く強く、訴えた。

「アートはあなたの杖です。あなたの心臓、あなたの命です。あなたが生きるために必要ななにかで、僕にとってもそうです。……そしてこの世界には、あなたの杖を必要としている人が必ずいる。あなたの作品に出会えたから、生きていける人がきっといる。僕はその人たちのところへ届けたい。そのために、あなたの命まるごと、僕に預けてください……っ」

むちゃくちゃなことを言っている自覚はあった。だが、気持ちはけっして嘘ではなかった。

仕事を探し始めたころ、エドに言われたことを、礼は覚えている。

——いつでも捨てられるような仕事を。

と、エドは言った。それは投げやりに、どうでもいい仕事に就けという意味ではないと、今やっと答えが出た。

常に己の誠心誠意を尽くし、命を賭す覚悟で向き合えばこそ、いざというときいつでも捨てられる。そしてその覚悟さえあれば、困難に直面しても、まだできると踏ん張れるのだ。

(デミアン、あなたは)

——誰にも届かなくていいと嘯《うそぶ》くけれど。

言葉にはせず胸の中だけで、礼は語りかけた。

(そんなはずがない。届かなくていいものなら、あなたは作り続けていない。たとえどこにも

出さなくても、いつか届くと信じてきたから……きっと、ここまで続いた）

だが自分から届けるための舞台を整えることができる者もいれば、それを不得意とする者もいる。ロブは得意で、デミアンは苦手なだけだ。ならば届ける役割を、自分が担いたかった。

じっと見つめる礼の気迫に圧《お》されたように、デミアンは一歩後ずさり、それからやがて、顔を歪ませて呻《うめ》いた。

「……無理だよ、レイ。俺は何度も展示を断った。もうどこも、出迎えてはくれないさ……」

寄る辺ない子どものように呟くデミアンを見た瞬間、礼は突然、理解することができた。

なぜデミアンが、何度も何度も、土壇場で出展をキャンセルしてきたか。

――貴族社会の中に生き、つまはじきにされたことが、デミアンの作品作りの原点だった。裏切られ、誹《そし》られた怒り。作品の半分はそんな感情から生まれているけれど、もう半分はきっと違う。認められたい、分かってほしいという飢えだ。

礼という理解者には作品を預けられたデミアンが、母国の展覧会で、何度も出展してみようとして――結局断ったのは、恐れたからではないのか。

もう一度傷つけられ、拒まれ、無理解の中に放り込まれることに。

作品は彼を守る唯一の殻なのに、それを壊されたらひどく傷ついてしまう。デミアンはそう感じたのではないかと、礼は思った。

目頭から、涙がこぼれ落ちる。彼に尽くしたいと本気で思った。

できうる限りの幸福を、彼に見つけてほしい。苦しみと引き換えに作品を生み出す彼は、きっと大勢を救うだろう。それならば、それに見合う幸福を、感じてほしい……。

「デミアン……あなたの作品はネットにあがれば拡散され、多くの人が実物を見てみたいと思う。それは……あなたが日々、感じている理不尽や痛みを、同じように感じたことのある人が、世界中にたくさんいるからだと、僕は思います」

それは言葉では説明のできないもの。生きていく難しさ、悲しみ、苦しみ。

けれどデミアンの作品を見たとき、多くの人間が引き寄せられるのは、同じような痛みを知っている人が、きっと大勢いるからだ。もちろん共感がすべてではない。自分の知らない視点や、知らない世界を知りたいと願い、デミアンの眼を通して、新しい世界に出会えたという人もきっと大勢いるはず。どちらかというと、礼は後者だ。

「僕は初め、あなたの作品が分からなかった。でも……あるときからあなたの作品を好きになった。そうして知りました。自分の中にまだ、新しく、自分とは別のものを愛せる力があること……それは僕にとって、大きな勇気になった」

あなたの作品が教えてくれた。あなたの作品がくれた勇気だと、礼は意志を込めて口にした。

デミアンの青い瞳が、戸惑ったように揺れて、礼をじっと見つめている。

「あなたの作品が、僕を自由にしました。……あなたを愛せないかもしれない。そう思う不安から自由に。言葉にすれば一人が……ただ一人を受け入れた。それだけのことでも」

大きな変化です、と礼は言った。溢れた涙が頬をぼろぼろとこぼれる。

「世界にあなたがいて、僕はあなたを愛していて、あなたの作品を愛している。これが僕の人生にとって、どれほど大きな力か計り知れない。……デミアン、あなたの作品は、埋もれるべきじゃないんです。僕を自由にしたように……もっと多くの人を、自由にできるから」

長い人生の中で——一人の人間が出会う人の数は、すれ違うだけの人を含めれば、あまりに多い。けれど愛し、人生で深く関わりたいと思う相手は、あまりにも少ない。

愛せる人が一人増えるたび、人は本当は、自由になっていく気がする。

それは人だけに限らない。作品や、その他多くの無機物でもいい。なにかを愛せるたび、その愛は跳ね返るように自分に届く。

愛せないかもしれないという不安から、自由になる。愛しているもののために生きることは幸福だ。恋人や、家族だけではなく、友人や、なにかもっとべつのもののためでもいい。アートはきっと、アートを愛する誰かのために存在している。

そこに権力や、権威や、金はからんではきても、作品を見て自由になった人にとって、それらはきっとどうでもいいことのはずだった。

「……ロブ・サイラスの件では、僕が原因でもある。偉そうなことは言えません……でも、あなたの作品を一番完璧に作れるのはあなたです。ピカソでも、ダリでも無理です。ロブにだって当然できない。どんなに似ていても、ロブの作品はロブのもので、あなたの作品とは違う。

あなたの作品はあなただけのものです。……だから、完成させてほしい」

いくらで売れた、売れなかった。批評家が褒めた、褒めなかった。

ネットで賞賛された、されなかった。最初のアイディアは誰で、誰が盗んだか。

表面的には、いろいろなことがある。様々なことを言われる。

その表面的なことで、作品は勝手に評価される。

でも、と礼はデミアンの手を握りしめた。

「でも本当は、全部、全部全部、どうでもいいことです。どうだっていい。そうでしょう？

本物の才能の前には、全部全部全部、ガラクタです。そしてあなたは、本物の才能の持ち主です……」

アートの世界は、残酷なまでに才能がすべてだ。

才能がすべてだからこそ、たとえどんな不正があっても、最後はたった一つの公平性に帰結する。

聖堂に座すピエタ像の前にも後にも――無数の彫刻が存在しただろう。

ルーブル美術館の奥に飾られた、モナ・リザの前にも後にも……無数の絵画が存在した。

どれだけ盗んでも、意味がない。どれだけ批評家に褒められても、意味がない。どれだけ値段がついても、どれだけネットで取り上げられても、最後に残るのは本物だけで、そしてそれは、才能という、誰の眼にも見えず、あるかどうかも分からない、不確かななにかによって審判された、恐ろしいほどの公平性によって導かれる答えだった。大事なのはそれだけ。残りはすべて、時間が証明します」
「……あなたは作る。僕は見せる。誰かが見る。大事なのはそれだけ。残りはすべて、時間が証明します」

強く言い切りながら、それはデミアンにとってだけではなく、自分にとってもそうだと礼は感じていた。エドワード公頼みの人間、経験の浅いロマンチスト。そんなふうに自分が言われることや、実際にエドの力を使い――分不相応な望みを叶えることも……本当はさほど重要なことではない。大事なことは、もっとべつのところにある。

他のなにかのためには、そう思えるか分からない。けれど今、デミアンの作品を世界に見せるためなら、自分は起ち上がれる。その事実はなによりも得がたい。エドと生きることは別として、礼は今デミアンの作品のために自分の人生を捧《ささ》げ、尽くすと決めているから。

垂れがちのデミアンの瞳には、もう険しい色はない。

ただ最後に、もう一度、礼を信じる力をほしがって揺らいでいる。信じて傷つくのが怖い。それでも信じたいという気持ちが、デミアンの瞳の奥底に見える……。まだほんのわずかに開いている、デミアンの心の扉にそっと手をかけるように、礼はデミアンの手を持ち上げた。

「生まれてくるときに……神さまはあなたに、作品を生み出す力を与えたんです」

デミアンの指は長いけれど、若さのわりに節が目立ち、皮膚も硬くなっていた。何度も何度も、作品を生み出してきた手だ。

「……生まれてくるとき、神さまが、あなたの指一本一本に、キスをした」

幼いころ、礼が母から言われた言葉を、祈るように紡いだ。

「人々を驚かせる作品を、作りだす力をあげようと……」

デミアンの右手の中指に、ひときわ皮膚の硬くなったたこがある。礼はそこを優しくなぞり、囁いた。

「ここは、神さまがキスをしすぎたところです」

冷たいものが、礼の指へ、デミアンの指のたこへ、落ちてくる。そっと見上げると、声もなくデミアンが泣いていた。顔を歪め、涙をこぼすその姿に、言い知れぬ悲しみが、苦しみが、やりきれぬ悔しさがこみあげてくる。

これはきっと憶測だけれど。

――多くの人を引き寄せるものを生み出す人間は、そのぶん、多くのものを失う気が、礼にはする。

デミアンは礼が知っている限り、いつも、どんなときでも孤独だ――。彼の作品を面白く思い、好きになる人はいるが、彼自身を愛している人を、見たことがない……。

「どうせ誰にも受け入れられない……だから意味なんてない。やめればいいと何度も思うのに」

デミアンが、小さな声で告白する。

「心の奥で、それでも作りたいと声がする」

礼はデミアンの体を、もう一度、無言で抱きしめた。

「意味はありました。……僕は、あなたを見つけて、あなたを愛してます。……きっと、他にもそんな人がいる」

囁くと、腕の中でデミアンが震えるのがはっきりと伝わってくる。うなだれた前髪の隙間から、デミアンが止めどなくこぼす涙が見えた。だが、それはやがて止まった。

いつしかデミアンは鼻をすすると、ため息をつき、言った。

「それで、どうやって俺の作品を展示するつもり？」

そう訊いてきた声には、もはや弱々しさはない。

いつもどおり賢《さか》しげで、皮肉っぽくふてぶてしい――デミアン・ヘッジズの声音だった。

十

『スクエア・ギャラリー』の秋の展覧会は、ロンドン最大のアート市である、フリーズ・ロンドンの直後に開催された。世界中からアートコレクターが集まる機会に、ギャラリーでも大がかりな展覧会を開き、客を呼ぶのが狙いだ。

そしてその展覧会と同日、礼《れい》はエドや友人たちの支援を借りて、新しいギャラリーをオープンさせた。

ギャラリー『パルム』は、オーナーがエド。礼はたった一人のアシスタント。ダイレクターにはブライト……所属アーティストは今のところたった一人。デミアン・ヘッジズ——。

さらに、これは礼自身あとになって紹介され、驚いたのだが——。

雇われのギャラリストは、ハリー・フェラーズだった。蓋を開けてみたら、エドが『スクエア』からハリーを引き抜いていたのである。

そして場所は、ピカデリー・サーカス駅から徒歩数分。眼の前に『スクエア・ギャラリー』がある、一階が空き倉庫になっていた、古いビルだった。

The truth is in your eyes.

ブライトがデザインした広告には、大きくその文字が入った。

——真実はあなたの眼《め》で。

そういう意味だ。

ギャラリー開設の発表は九月。

まずは、エドワード・グラームズがネット上に動画を投稿して行った。内容は手短に、個人的にデミアンを支援しはじめてから、ギャラリーを持とうと考えていたこと。『スクエア』での騒動を受けて、彼の希有《けう》な才能を世界が失うことのないよう、ギャラリーのオープンを早めたこと。件《くだん》のギャラリーの眼の前の立地となった理由については、

「観光客だって、近くにギャラリーが集まっていたほうが回りやすいだろう?」

と、エドは堂々とのたまった。

そしてこのニュースはあっという間に拡散され、ロブ・サイラスの作品と、デミアン・ヘッジズの作品、どちらがより本物か、自分たちの眼で見て確かめようという動きを生んだ。

その告知が流される前、ギャラリーの詳細が決まった八月に、礼は二人の人間と話をする必要があると思った。

一人目はハリー・フェラーズ。突然エドが経営する『パルム』のギャラリストとなった、元『スクエア』のチーフ・ダイレクターだった。

礼が、ギャラリーのギャラリストはハリーだとエドから聞かされた日、ハリーは礼がエドと暮らすハムステッドのフラットを訪問してくれた。

「驚きました。……まさかあなたが、その、こちら側についてくれるなんて」

英国きっての老舗《しにせ》ギャラリー、『スクエア』を辞めて、今後どうなるかも分からない新参ギャラリーのギャラリストとして名前を売るなんて、ハリーにとっては損しかないのでは……と礼は思ったが、ハリーは以前と同じようにごく冷静な様子で、リビングの肘掛け椅子で、礼が出した紅茶を飲んでいた。

礼の素直な感想としては、ハリーが力を貸してくれることはとても嬉《うれ》しかったし、安心した。エドならば、礼をいきなりギャラリストにすると言い出しても不思議はなかったが、さすがにそれは荷が重かったし、礼はもっと誰かのもとで勉強をしたかった。

ハリーとは、正直馬が合うとは言えない。けれど長年の実績については、尊敬していた。ただ、分からなかった。礼はハリーから認められていた覚えがないので、彼が『パルム』にやって来た理由が、どうしても思いつかず、警戒してしまうのだ。

「一体どうして……僕らに協力してくれるんですか?」

遠慮をしていても仕方がない。新出発するギャラリーに、スタッフは三人だけだ。信頼し合いたいと思ったから、礼は訊《き》いた。その日エドは仕事でおらず、礼は訪ねてくれたハリーと二人だけだった。

「……初めてミスター・グラームズにお会いしたのは、彼が『スクエア』を視察に訪れたときだ」

ハリーはそう話し始めた。礼はそのときのことを覚えていた。礼がロブとデミアン、二人の担当をしていると知って、エドが意見し、口論になった。その翌日、エドは視察と称して『スクエア』にやって来た。あのとき、エドはブライアンの部屋で、ハリーとメイソンとも話をしていたはずだ。

「グラームズ氏は、アートについてどんなことを考えているか、私やメイソンに訊いた。ブライアンは人々に夢を与えるものだと答え、メイソンは社会への問題提起だと言った」

「……あなたはなんて？」

礼は純粋に興味をひかれて、訊いた。あのエドがわざわざ引き抜いたのには、きっと理由がある気がした。けれどハリーは肩を竦《すく》め、ため息混じりに「なにも」と首を横に振った。

「答えられなかった。若いころは、アートの可能性を高く評価していた。……長くこの業界にいて、権威がなければ価値がないのかと疑うときもある……それでも、時折すべてを忘れて仕事に没頭しているとき、そのアートは私にとって価値があるように感じる……そう答えた」

「……」

しばらく黙り、礼はじっと、ハリーの言葉を噛《か》み砕いてみた。素直で、正直で、率直な意見だと思った。

「……素敵な答えだと思います」

「ブライアンからはあとで苦情がきたがね。『スクエア』のダイレクターらしくない回答だと」

ハリーは礼の言葉にそう言い、そして、ほんのわずかに口の端を持ち上げて笑った。

彼が笑ったところを初めて見る——礼は思わず、つられるように微笑《ほほえ》んでいた。

「引き抜かれたとき、グラームズ氏に言われた。これまでの経歴と、私の考えに敬意を払っていると。……だが、この話を受けた理由は、本当はその口説き文句のためじゃない」

ハリーは紅茶のカップとソーサーをテーブルに置き、眼鏡の奥から、じっと礼を見つめた。

眼差《まなざ》しの強さに、礼はドキリと肩を揺らす。

「きみともうしばらく仕事がしてみたい。そう思ったからだよ、ミスター・ナカハラ」

「……なぜ、ですか?」

礼は芯から驚いて、声を上擦らせていた。だって僕は……と続ける声が、狼狽《ろうばい》で震えている。

「あなたに認められるような部分が、一つもなかったはず……」

私もそう思っていたよ、とハリーは少しからかうように微笑んだ。

「……きみにはひどい誤解も持っていた。エドワード公の気に入りで、ブライアンはきみをフッカーだと呼んでいた。きみは多くの作家とコネクションを持ち、ヘッジズのような気難しい作家もきみを信頼している……どうしてだろう? 私には初め、きみが特別には見えなかった。若くてきれいなアジア人だということ以外はね」

ハリーはそこで肩を竦め、だがやがて、と言葉を接《つ》いだ。

「きみがデミアン・ヘッジズとロブ・サイラスのために、心底から心を痛めているのを知った。きみは何度も私に立ち向かってきた。きみの言葉は常に、作家のためのものだった……だがそこまでなら、私はきみを若者にありがちなロマンチストだと思っただけだろう。……実はきみが『スクエア』に在籍している間、世界中の作家からメールが届いたんだ」

礼は初めて聞く話に、眼を瞠《みは》った。

「……メール、ですか？」

「きみと一度でも仕事をしたことがある、という作家ばかりだ。ロンドンに拠点を持つか悩んでいるが、レイ・ナカハラが在籍しているなら、一度作品を見てもらいたい……という問い合わせだ。……一人や二人じゃない。五人も十人もいた」

そこであげられた名前を聞いて、礼は息を止める。それは礼が日本で働いていた間に知り合い、親しくなった、大勢のアーティストたちだった。

私は純粋に疑問でね、とハリーは続けた。

「彼ら全員に訊いたよ。なぜ、レイ・ナカハラのいるところに、作品を預けたいと？　とね。彼らは全員――全員だ、見事に同じことを答えた。『彼が一番、自分の作品を理解してくれているから』……アーティストとは、理解者を求めているもの。当たり前にね。なぜなら彼らは、単に物を作るだけのロボットじゃない。そのことを……私は久しぶりに思い出したんだ」

ハリーは礼が知る限り、初めて――優しい笑みを浮かべた。なにかからか、解放されたような笑顔に見える。こんな私と、もう一度仕事をしてくれるかい？　と訊かれて、じわじわと、熱いものが目頭にこみあげそうになるのを、礼はぐっとこらえた。

自分のしてきた仕事が無駄ではなく、たしかに報われたのだと感じた。長い時間をかけて接してきたアーティストたちによって、礼の姿勢は間違いではなかったと証明してもらえた。そのことに胸がいっぱいになり、感激すらしていた。ええ、もちろん、と言ってハリーの手をとり、それから礼は、

「僕は一アシスタントです。……仕事を教えてほしい」

そう、お願いした。頷《うなず》いたハリーに、礼はもう一つ、付け加えた。

「それから……重要なので、ちゃんと言っておきます。僕はエドと深い繋《つな》がりがあるけど……彼のフッカーじゃない。……ただ、愛し合ってるだけです」

他の大勢の恋人たちと同じように、愛し合っているだけ。

そのことを分かってほしくて付け足すと、ハリーは眼を細め「深く深く」と、言った。

「理解しよう。約束する」

こうして、ギャラリー『パルム』はギャラリスト、ハリー・フェラーズを筆頭にして、動き始めた。

風の噂《うわさ》で、『スクエア』のチーフ・ダイレクターにはメイソンが就いたと聞いたが、礼はそん

なことはもう、どうでもよかった。眼の前にオープンするとはいっても、『スクエア』のことを敵だとは思いたくなかった。そんなことのために、世界にアートを発信するわけではない。

そのことは、ハリーとも何度も話し合った。

そうしてオープン前に、礼が話さねばならない二人目の人物と、とうとう対面が叶《かな》った。

それこそが、ロブ・サイラス——。

問題が起きてからただの一度も、連絡が繋がらなかった相手だった。


ロブと会うことは、新ギャラリーオープンを決めたときから、エドに相談して決めていた。

八月にギャラリストとしてハリーを引き抜いたことを知らされ、実際にハリーとも話し合いを持ててからは、ハリーにもきちんと伝えていた。

盗作したのはロブのほうであること、その証拠があることも含めてだ。

そのうえで、ロブと話し合うタイミングや、どう話し合うかは礼に任せてほしいとお願いし、ハリーからも合意を得ていた。

九月、エドが新ギャラリーの開設を発表した直後のタイミングで、礼はエドから、ロブにコンタクトをとってもらった。

エドがロブに送ったメッセージはたった二文。

『五月、バルセロナのホテルで、スペイン時間の午前二時すぎ、きみがなにをしたかの証拠がある。我々と話し合いを持つ気はあるか？』

礼が何度メールを送り、電話をしても、なしのつぶてだったロブから、このエドのメッセージには初めてまともな返答が来た。

日程の調整はエドに任せて、礼は、ギャラリーオープンが間近に迫った九月初めのある午後、ランチが終わる時間に、エドに用意してもらったレストランの個室で、エドも一緒に、ロブと三人で会うことができた。

ロブは初めて会ったときと同じように、褐色の肌の上にリネンのジャケットを羽織り、いかにも洒落《しゃれ》ていて、気さくそうに見えた。

けれど三人でテーブルについたときから、彼がいくらか青ざめ、うつろな瞳に不安を宿していることが分かった。

「まずはこれを見てもらおうか」

エドは実に淡々としていて、ロブに向かって容赦なく、礼の携帯電話から録画した画像を見せた。見ているうちに、ロブの顔が初めよりもどんどん青くなり、瞳がよどみ、テーブルの上に組んだ指が震えていくのが分かった。

「……それで？　これをすべて公表して、本当の盗作は『スクエア』にあるって言うの？」

見終わったあと、ロブは精一杯、という表情で虚勢を張っていた。

礼はしばらく黙り、それからゆっくりと、「公表はしません」と、伝えた。

ロブの眼が驚きに見開かれ、礼を見つめる。答えを求めるような表情に、礼は静かに、自分の言葉で、自分の考えを話した。

「ロブ、僕はこう思っています。この世界に生まれてきた作品に、あってはならないものなんて、たぶん一つもないと」

アートのことなど本当はなにも分からない。

だが礼が行き着いた、それが一つの答えだった。

「この世界に姿を見せた日から、アートは作り手よりも、それを受け取る人のものです。お金を出した人のものでも、批評家のものでもない。見る人間の心と、作品の間にはなにも挟めない……一億人が、百万ポンドの絵をいいと言って、たった一人が、一ペニーの価値もない絵をいいと言うとき……そこに価値の差違はない。アートは人が作って、人の心が対価を払う。……断罪はしたくない。心はいつでも自由です。そしてアートもそうあっていい」

あなたが作ったものはあなたの作品ですと、礼は言った。

鉄製の棒を溶接し、折り曲げ、人工皮膚を貼り付け……その作業は、どれほどの労力を使うだろうか。簡単なコラージュを一枚見ただけで、デミアンのアイディアと似たものを作り上げるには、どれだけの想像力と熱量がいるだろう。

それはそれでロブの才能であり、資質であり努力だと、礼は答えを出した。そしてそれは、礼にとっての答えであり、見る人一人一人によって答えが違うものだとも思った。

「ただ……それでもあなたがなにかを『盗んだ』なら……あなたは作品から、返してもらえるものもきっと少ないでしょう。それが結局は、あなたにとって……一番苦しいことだと思います」

そう言うと、ロブは泣き出しそうに顔を歪《ゆが》めて、うつむいた。やがて震える声で、「……デミアンのファンだったのは本当だよ」と、囁《ささや》いた。

「彼みたいなものが作りたかった。……でも、前に話したように才能は残酷だ。彼は次々面白いものを思いついて、それを作ってみんなをびっくりさせるのに、僕は似たようなアイディアしかない……それでも、作ったものが愛されれば嬉しい」

凡人だからね、とロブは呻《うめ》いた。

日本で展覧会を見たとき、とロブは続けた。

「……このままデミアンが世の中に出てくるようになったら困る。僕の居場所がなくなると思ったんだ。『スクエア』にデミアンを口説き落としたアシスタントが入って、さらにデミアンが作品を出すとまで知ったら、いてもたってもいられなくなった。……僕の居場所を奪われる前に、どうにかして追い出さないとダメだって……」

幸い二人とも評判がよくなかったし、とロブは露悪的に冗談を言い、少しだけ顔をあげて、嗤《わら》った。エドはムッとしたように眉根を寄せたが、礼が口出しを許さないと分かっているからか、黙っていてくれた。でも失敗したね、と、ロブは囁いた。

「今、きみやデミアンの悪口を言っている連中も――一年後にはたぶん、違う評価を下してる。デミアンの作品には、きっと八十万ポンド以上の値がつくようになる……」

おとなしくバルセロナに帰るよ、とロブは言った。

「……知ってるだろうけど、僕は空虚な人間だ。本当の友人は一人もいない。……盗んだアイディアで金をもらい、賞賛を浴びてる……きみが言ったとおりさ。作品から受け取るものが、僕にはとても少なく感じる……どんなに褒められて金をもらっても、なにもない気がする」

痛いところをつかれたな、とロブは自嘲するように嗤い、礼はしばらく、黙っていた。

（……心のどこかで、自分の作品じゃないと思っていたら……その作品を愛することはきっとできない）

礼はデミアンの作品を愛して、その愛で勇気をもらえた。デミアンは作り終えた作品に執着はしないが、作り上げた達成感と、これはたしかに自分の心が生んだものだという確信を持って、作品を愛している。

だがロブにはそれがない。途方もない労力と時間をかけて作り上げたものを愛せないことは、きっとなによりも不幸だろうと礼は感じた。

（だから……ロブはいつも、どこかうつろだったんだ）

けれどだからといって、彼がアーティストではないと、礼は断じる気持ちになれなかった。

自分も絵を描く道は選べなかった。ブライトも、アーティストとしての活動は諦めて、九月からはギャラリーのスタッフになった。自分とロブを重ねるわけにはいかないが、才能という眼に見えないものの前に絶望する気持ちは、少しくらい分かる気がした。

「……ロブ。あなたはべつに凡庸じゃない。あなたがどう思うかは別です。……作品の価値は、見た人がそれぞれ決めるもの。アーティストのコントロールできないところにあると僕は思います」

ロブはその言葉が信じられないかのように、ただ胡乱《うろん》な眼で、礼を見つめている。礼はさらに「それでも」、と言葉を重ねた。

「それでもまだ、あなたが作りたいと思うのなら、それはあなたの作品を、待っている誰かがいるからです」

——きっと。きっとそうだと、礼はこのごろ思うことがある。

絵を描くのが好きだったし、得意だった。けれどそれを仕事にはできなかった。礼が生きていくために、絵を描くことはある時期支えであり杖《つえ》だったけれど、その杖がなくても生きていけるようになったとき、世界は礼に同じように絵を描いて、誰かの支えになることを求めなかった……。

生きてこられた恩返しを、今、礼はデミアンの作品を届けることでしようとしている気がする。その役割だって、きっと誰かに待たれているからこそ礼が選べた道だと、胸を張って言いたいと思う。

「世界にはいろんな表現がある。音楽や詩、小説や演劇。映像や、アートもそうです。それらは少なからず誰かが生きる助けになる……表現は、神さまが入念に選んだ人にだけ与えられている奇跡です。僕はその手伝いをする奇跡をもらった。あなたは……あなたなりの表現の奇跡を、生まれてくるときにもらったんじゃないでしょうか」

ロブはそう語る礼の言葉を聞くと、しばらくの間世迷《よま》い言《ごと》を聞いたかのように、ぼんやりとしていた。

「……日本には……そういう宗教上の教えがあるの？」

訊《たず》ねられた礼は、そっと微笑んだ。

「さあ。そう信じているだけです。……さて、ロブ。現実的な話をしましょう。僕らはあなたの行為を公表しない。糾弾もしない。軽蔑もしません。……いえ、する人はいるかも。でも僕は忘れます。ただ、一つ頼みがあります」

やってくれますね？　と訊いたとき、ロブはどうしてか、ほんの少しだけホッとしているように見えた。

罪を放置されることよりもまだ、なにかしら贖罪《しょくざい》の方途を示されたほうが気持ちが楽になるはずだ。根っからの悪人でなければ――そうしてきっと、ロブは根っからの悪人ではないと、礼はもう一度信じてみようと思った。

具体的な話の段になって再び、それまで黙っていたエドが口を開き、ロブにあることを指示した。聞かされたロブは眼を見開き、そうして「それだけ？」と拍子抜けしたようだった。

礼はニッコリと笑い、

「ええ。あなただからこそ、意味のあることなんです」

と、答えた。

はたして数日後、ロブは自身のＳＮＳを更新した。

『エドワード・グラームズ氏の発表を拝見しました。心より応援しています。そして、先日世間を騒がせたニュースについて、僕自身誤解があったことをここにお詫《わ》びします。デミアン・ヘッジズ氏は、僕のアイディアを盗んでいません。僕たちはたまたま、同じアイディアを思いついたのです（僕がこんなことを表明しても、なんの得にもならない。だからこそ、賢明なみなさんは信じてくださるでしょう――）。僕からのお願いはただ一つ。両方について議論をしたい人は、僕の作品も、ヘッジズ氏の作品も、まずは自分の眼で確かめてから、決めてほしい。ちなみに、僕自身はヘッジズ氏の古くからの大ファンです――』

ロブがネットの世界に呼びかけたこの文章については、それからしばらくの間、ちょっとした話題になった。

ロブを寛大だと賞賛する声があがる一方で、盗作ではないなら、あんな動画を流すべきではなかったとデミアンを庇《かば》う声もあがり、ネット上では様々な憶測や議論が飛び交い、多くのメディアでその反響が取り上げられた。

大勢のフォロワーを抱えたロブだからこそできる広告だ。

そうして、当のギャラリーである『スクエア』は一連の騒ぎには沈黙を貫いていた。

一方で、『パルム』は望まれればどんな取材にも応じた。取材に顔を出すのはもっぱらハリーだったが、彼はただ真実だけを語った。ロブ・サイラスの作品と闘う気はない。ヘッジズは盗作はしていない。しかしもし疑うなら、当日展示を見てほしいと。

「見ていただければ分かります。作品が本物であるということが」

ハリーは淡々と、そう訴え続けてくれた。

ロブの投稿のおかげか、ハリーの粘り強い弁明のおかげか、ネット上では、日に日に好意的な意見が寄せられ始めるようになっていた。顔の広いオーランドやジョナスが、好感度の高いミュージシャンやモデルなどにそっと呼びかけてくれたこともプラスになった。

日本での展覧会にデミアンが出展したとき、グッズとして作ったポストカードにキスしながら、世界的人気を誇る女性シンガーが『アートに優劣はない。音楽も同じ』と投稿したあたりから、オープン前のギャラリー『パルム』のSNSフォロワーは急増した。

礼はデミアンには作品制作に集中してもらいつつ、ハリーやブライトと相談しながら、空き倉庫のだだっ広い空間を展示場として整備していき、その様子も載せられる限りはＳＮＳに投稿した。載せるものがない日は、ギャラリストのハリーや、ダイレクターを務めるブライトの働く姿を写真に撮って載せていたが、いつの間にかそれがかなり人気にもなった。

二人ともそれぞれに見てくれが良いせいで、「すごくセクシー」「もっと彼らの横顔を載せて」と、コメントも盛り上がった。ときには、そうした動きに「『パルム』はアートではなく、ポップスターでも飾るつもりか」と批判も寄せられたが、礼にとって重要なのは、デミアンの作品が展示されたときに、より大勢の人間に来てもらうことだった。

オープン日には、オーナーであるエドワード・グラームズももちろんやって来る。

整備の終わった展示スペースには次々とデミアンの作品が運び込まれ、あとは新作を待つばかりとなった。

そして新作は――オープン前日の夜に、ようやく到着した。

作品と一緒に運送用のトラックに乗って、初めて『パルム』を訪れたデミアンは、自分のこれまでの全作品が配置された室内を、きょろきょろと見渡していた。

展示のアイディアを出し合った当初、礼はハリーとブライトに、デミアンのスタジオのことを伝えた。

「デミアンの作品は、殺風景なガレージで生まれてきたんです。……ここもちょうど元は倉庫です。だから、彼のスタジオ風にできませんか？」

反対されるかと思ったが、ハリーもブライトも、「面白い」「いいアイディアだと思う」と賛同してくれた。

そこで『パルム』では、あえて美術館風の品の良い仕切りや壁を設けず、ガレージ風のがらんとした屋内に、デミアンの作品を点在させた。丹念に回れば時系列順だが、作品と作品の間にスペースをとり、好きなものから自由に見て回れるようにした。

ところどころにスチールの仕切りや、照明などの仕掛けを使い、他の作品と切り離して見てほしいものは区切ったり、導線が混乱しないよう注意は払った。なんにせよ、入り口から入ってすぐに巨大なホホジロザメの造形が見られるだけでも、ここの展示は十分に見応えがある。

アシスタントの礼でさえ、そう信じられた。

初めての、イギリスでの大がかりな展示――それも、ギャラリーの起《た》ち上げから経験できた。それは『スクエア』で働いていたときの何倍もの密度ではあったけれど、同時に『スクエア』での経験があったから、体験できる貴重なことでもあった。

少なくとも、ギャラリーに関するすべてのことを一手に引き受け、パワフルに牽引《けんいん》していってくれるハリーは、礼が『スクエア』に入っていなければここにはいてくれなかっただろうし、そこで起きた事件がなければ、ブライトもギャラリーのダイレクターには就いてくれなかった。

ブライアンは礼とは真逆の思想を持ったギャラリストだったが、その考えをそばで見たからこそ、自分に欠けているものにも気づけた。そう思うと、『スクエア』で働いたことにも、意味があったと礼は思う。

展示の一つ一つが完成していくたびに、礼の思うイメージを具体化し、よりよくブラッシュアップし、必要なものがなにか明確に示してくれるハリーとブライトがいなければ、デミアンの作品を大勢に見せることは叶わなかっただろう……とも思った。

デミアンの新作は、展示の一番中心に配置することになっていた。

その日の夜、礼はデミアンとスペースの前に立ち、運搬業者が巨大な箱を運んでくる様を、じっと眺めていた。

スペースの中央は、四メートルの衝立《ついたて》によって、直径六メートルの円形に区切られており、この中だけで観覧が完結する。

円形内は暗闇なので、簡易照明をつけながら梱包《こんぽう》が解かれていき、指定の位置に作品が置かれた。

デミアンは礼の隣で固唾《かたず》を呑《の》んで見ているようだった。礼も、こくりと息を呑む。業者がスペースから退くと、礼とデミアンの後ろに立っていたブライトが、「じゃあ、点灯するよ」と言った。

ブライトが手元のリモコンを操作すると、暗かった円形のスペース内に、プロジェクターの光が投影され、映像が浮かんだ。

その映像もまた、デミアンが自ら手がけたものだ——古い時代のロンドンの街の映像。労働者の人々や、中産階級の人、上流階級の人などが次々と映ってうごめく。映像にはやがてよく知る政財界の人間が次々と映り――その中にはなんと、エドもいた。ここがデミアンらしいところだろう――その上を、鳥のシルエットが飛んでいったり、消えたり、あるいは何羽にもつらなったりする。映像を背景に浮かび上がるのは、人間の骸骨。骸骨の上には丁寧に人工皮膚を貼り付けて作った人面と、メッキを貼り付けた王子像の顔が浮かんでいる。人骨がむき出しになった胸骨の下、心臓の位置に、血管の浮き出た内臓そのもののような心臓があり――その心臓からは、ツバメの羽根と、可愛《かわい》らしい頭部が、本物さながらに生えていた。映像は一分で消えて、消えるとプロジェクションマッピングが始まる。人骨のうえに美しい人面と完璧なスタイルの男が現われて、やがて、それは金色の像に変わる。だが不意に映像が消え、ただシンプルに、デミアンの作品にスポットライトが当たる――。それはすべての不要物が取り除かれて、その作品とだけ向き合える一瞬だった。

「ロマンチックすぎた……」

隣でぽそりとデミアンが言い、礼は微笑んだ。

「僕は好きです」

迷いなく言った。

デミアンの優しさが、初めて滲《にじ》んだ作品だと思う。

デミアンがロブの投稿や、世の中の議論を知っているかどうか礼は聞いていない。話をされるまでは、わざわざ確かめなくてもいいと思っている。

デミアンの作品に、外野の声はなにも関係しない。価値など人それぞれでつければいい。

「キャプションは誰がつける?」

スペースを出たところでハリーに訊ねられる。隣に立っていたブライトが、手に作品名を表す札を持っていた。デミアンは照れているのか、不機嫌そうな顔で札を見ると、

「レイが」

と、言った。礼は胸が一杯になりながら、小さなキャプションを受け取って、スペースの入り口に貼り付ける。

作品名は『ray』、光だった。


ギャラリー『パルム』は十月の中旬、ついにオープンを迎えた——。

デミアンは失敗したら二度と作品を作らない、とナーバスになっていた。礼も、どんな反響があるのか不安だった。だが蓋を開けてみれば、向かいのギャラリー『スクエア』と同じくらい、あるいはもっとそれ以上に、客は訪れていた。

『スクエア』の古くからの顧客たちにも、エドは招待状を送ってくれており、口では「あちらは贋作《がんさく》よ」と言いながらも、結局気になったらしいほとんどの人が展示を見に来てくれた。

当日は礼とブライト、ハリーもだが、エドも案内に立ってくれ、客はこぞってエドと近づきたがった。だがそれ以上に、新作以外の展示物は撮影可としたため、来館した若者たちが喜んで写真を撮り、SNSにアップロードしてくれた。

「ようやくヘッジズの作品の購入交渉ができると聞いてね」

興奮混じりにそう言ってくれたコレクターは何人もいて、中には世界を股にかけて飛び回る、コレクターランキング上位者もかなりいて、後日商談の約束をした。新作の依頼も多くあった。個人での依頼もあれば、企業家が、会社の事業に協力してほしいと持ちかけてもきた。

「『スクエア』の展示も見てきたわ。どう違うのかと思ってた。見たら同じなんじゃないのって。でも結果的には全然違った。あっちの幸福な王子も、こっちのrayもどちらも好きよ」

素直な若者世代の来館者のほとんどが、そんな意見を寄せてくれた。

SNSにあがる意見も、似ているが全然違う、どちらも素晴らしいというコメントがほとんどだった。有名なミュージシャン、アーティスト、デザイナーやモデル、俳優などもエドが招待状を出してくれていたので来館し、宣伝におおいに貢献してくれた。ギル、オーランド、ジョナスやロードリーももちろん来てくれ、それぞれに、「素晴らしいギャラリーだね」と褒めてくれた。そして『パルム』を讃えるSNSメッセージの中には、ロブの投稿もあった。

『こっそり見に行った。素晴らしかった。永遠の敬意を表して』

ハッシュタグにデミアンの名前と、『パルム』の名前をつけて投稿されたその言葉は、拡散されてあちこちに広まった。

「ロブが来てたの、気づきました？」

リアルタイムで更新を見た礼がブライトに訊くと、ブライトも知らなかったようだ。驚いた顔をしていたが、ハリーがいつもの仏頂面で「私が案内した。一通り楽しんで帰ったよ」と教えてくれた。写真は一枚も、撮らなかったらしい。それがデミアンの画像を盗み見た、ロブなりの誠意なのかもしれないと礼は思った。

オープン日の夜には、招待客を集めたレセプションも盛大に開かれた。展示スペースの階上が事務フロアになっていて――もっともまだ、ほとんど整備されていない――そこの一室を開放した。料理を用意し、音楽をかけたフロアに、三十人ほどが集まった。

ギャラリストのハリーは、

「殺風景だった現代アートの世界に、飽き飽きした人も多いでしょう。『パルム』では、最終的にアートは、見る者のために存在することを信じて活動していく」

と挨拶し、続いたダイレクターのブライトも、にこやかに、「ロマンチックへの回帰も、『パルム』にとってはマイナスにならない」と話した。

エドのスピーチの時間になると、会場中が息を呑むようにして耳を澄ました。

壇上に立ったエドは慣れたようにあたりを見渡し、「今日、デミアン・ヘッジズの作品を見て、わけが分からない、と思った方」と、呼びかけた。

それから冗談ぽく肩を竦めて、「ご安心を。私も仲間です」と言ってのけ、会場が笑いに包まれた。

ほんの一言で、人々の心がエドに向く。そんなスピーチだ。

「分からない。だがすごい気がする。現代アートとはそういうものです。だが、もちろん違う側面もある——感動を与える、あるいは、新しい視野を与えることもある。ちなみに、ヘッジズの作品映像に私が出ていましたが、許可をとられていない。当然出演料もなし。アートはひどい悪ふざけだ」

また、会場が笑う。けれどエドが咳《せき》払いすると、あたりはシンとした。

「……ただ少なくとも、私は私が出演している映像とあの作品を見て、どうやら己が拝金主義者に見られていると知りました。皮肉ですが、デミアン・ヘッジズのおかげで、自分の新しい側面を発見した。タブロイドで見るより、実物はハンサムらしいことも分かった」

ジョークを付け加えるエドに、会場がまた笑い声をあげ、人によっては「そのとおり」「いい映像だった」と声をあげた。

「そしてここが重要ですが……アーティストが、年間数万ポンドの支援を与えるパトロンに対してさえも、皮肉屋で過激で、容赦がないことを——要は、自由であることを知った。……デミアン・ヘッジズの才能が、疑いようもなく本物であることを、私は知りました」

くすくすと笑いながらも、聴衆は納得している。頷き、エドが知ったアートの側面や、デミアンへの賞賛を共有しているように見える。

「私は私を驚かせるアートを、これから先も見せてくれるだろうと信じて、このギャラリーのスタッフを選びました」

そう言って、エドがちらりと、礼を見つめる。礼はドキリとして、息を止めた。

「……アートの世界のことはよく知らない。自分が手を出していいのかとも悩みました。みなさんはご存じの通り、パワーは時に、不当に人を傷つけるからです」

——パワーは時に、不当に人を傷つける……。

この言葉を、重みを持って言える人間が、この世界にどれほどいるだろうと思わされる言葉だった。エドのその言葉には、説得力がある。エドワード・グラームズが言うからこそ、生まれる説得力だ。

そしてそれでも、と、エドは続けた。

「私のパワーよりも、アートのパワーは強く、大きいはずです。少なくとも、このギャラリーはそれを証明してくれました」

そう結んだエドのスピーチに、会場からどっと拍手が湧いた。携帯電話を取りだし、エドの写真を撮る人も大勢いる。聴衆の心を摑《つか》んだままエドが壇上を去ると、最後は、デミアンのスピーチだった。

正直な気持ちを言うと、エドの完璧なスピーチのあとで、デミアンが話すというのは礼にとってはかなり不安だった。

礼はこの日のためにデミアンの原稿を作っておいた。初めは誰も来館しないのではと恐れて、デミアンはレセプションには参加しないと言い張っていた。礼はそれでもいいかと思っていたので、「もし最後までいる気になったら」スピーチをしてほしい、と頼んで、なにを話せばいいか分からないというデミアンのために、無難な文章も作ったのだ。

集まった人々は、以前『スクエア』のセレモニーに参加していた人々もいる。だがギルやオーランド、ジョナスなどの顔見知りもいた。マイクを渡されたデミアンが、いつもよりはこぎれいなパーカーとデニム姿で、「あー……」と気まずそうに言いながら、礼の渡した紙を広げた。

「……今日はお集まりいただき、ありがとうございます。……デミアン・ヘッジズです。今回の展示では……私が初めて制作した造形物に始まり、すべての作品を集めました……中でも、新作の『ray』は、初めて……童話をモチーフにした寓意的《ぐういてき》な作品で……」

聞いている人々はみな興味津々といった顔で、今日の主役を見つめている。彼らの眼の中には、あきらかにデミアンへの好意や熱意が浮かんでいる。そのことに、礼は思わず微笑んだ。

彼の作品を見て、彼を好きになってくれた人たち。

そんな人々が、この中に確実にいることを感じた気がして、嬉しかった。

そのとき、デミアンが言葉を止めた。

（あれ……原稿、読めなかったかな）

不自然なところで途切れたので、つい心配になり、デミアンを見る。彼は口を閉ざし、しばらく礼が渡した原稿を見ていたが、やがてそれをたたんで、パーカーのポケットに入れてしまった。

「……私は、このような場が苦手でした」

そうして、原稿にはない、自分で選んだ言葉を、たどたどしく発した。

礼は驚き、眼を瞠った。心臓が、どくんと大きく鼓動を打つ。

「アーティストとは……社会に対して常に既成概念を打ち砕き、問題提起ができる存在であり、普通とは違った思考する人々。自分の考えを、公の場でも、はっきりと表明できてこそ一人前だという……そういう思い込みが私の中にあり……ですが私は、私の思考、私の感情を、他者の前で明らかにすることに恐れを抱いています。苦手なのです。けれど……その恐ろしいことを、安全に行うための手段が、私にとってはアートでした」

会場の人々がため息をもらし、あるいは胸打たれたように息を呑むのが分かった。伏し目がちのまま、訥々《とつとつ》とデミアンは語る。場慣れしているとは言いがたいけれど、かつてパブリックスクールでキングスカラーに選ばれた彼は、そのあとも静かに語りかけるようなスピーチを続けた。

「長い間、私の作品は私だけのものでした。私は私の思考、感情、言葉のようなものを……自分以外の誰かに明け渡すのが、ずっと恐ろしかった。ですが、それはもう終わりです」

そう言って、デミアンはちらりと、礼のほうへ視線をよこす。これでいいだろうかと、子どもが親に問うような視線に、礼は強く頷きを返した。

安心したのか、デミアンが続きを話す。

「今日から、私の作品は……みなさんのものになります。……私の作ったものの価値は、私には分からない。ただ、こうして大勢のかたに見ていただき、作品が自由になるごとに――私もまた、私の恐れから自由になっている……そんな気がします」

よければまた、見に来てほしい。新しいものも作りたいとだけ付け足して、デミアンはスピーチを終えた。

形式張ったところがない、デミアンの心の中のことだけを素直に語ったそのスピーチに、会場は大きな拍手を送った。胸打たれたように心臓のあたりを押さえる女性や、涙ぐんでいる人もいた。そそくさと壇上を去るデミアンに、礼は誇らしい気持ちでいっぱいになる。

会場のどこかで誰かが小声で言った。

「……この展開がまるで寓話だ。美しい……アートは私の心にも宿っている」

その言葉はすぐに消えて聞こえなくなったが、礼は一生忘れないだろうと思った。

――アートは、私の心にも宿っている。

あの人の心、その人の心、見知らぬ誰かの心にも。道ばたで眠る人や、まだろくに話せない、幼い子どもの心にだって――きっと。
そう信じられる奇跡が、今夜訪れたように感じた。

レセプションが終わると、ロンドンの街は日も落ち、すっかり暗くなっていた。

礼はギャラリーのスタッフとして、招待客のために次々とキャブを呼んで、見送っていた。

「……帰る人たち、みんないい顔をしてるね」

ふと声をかけてきたのは、一緒にキャブを呼んで、来賓を見送る作業をしているブライトだった。

礼はその言葉に誘われるように、あたりを見渡した。帰って行く人々は、ブライトが言うとおり、みんな晴れやかな顔で笑っている……。

「きみは素晴らしい奇跡を起こしたんだ、レイ」

ブライトは優しく笑んで言ってくれ、礼は「そんなこと……」と小さく謙遜しながら、ふと、訊いていた。

「いろんなことに気を取られて、きちんと訊けてませんでした。ブライト、どうしてあなたは……このギャラリーのダイレクターになってくれたんです？」

礼はそっと、ブライトを窺《うかが》い見た。心にアーティストが残ってる。だから手伝うと言ってくれたことはもちろん覚えているけれど、それだけが理由だろうか？

「あなたはいつも助けてくれるから……あまり疑問も持たずに甘えてしまってた。でも、本当はデザイナーとして身を立てるつもりでしたよね」

ちょうど客足は少なくなり、話ができそうだった。今さらの質問に、ブライトは一瞬眼をしばたたき、それからそっと苦笑した。

「……本当のことを言うと、きみが『スクエア』に就職してからすぐ、グラームズから呼び出しを受けていたんだ」

予想外の言葉だった。思わず眼を瞠った礼を見て、ブライトは「そういう反応になるよね」と笑った。

「エドが？　ブライトを？　なんの話をしたんです？」

礼が『スクエア』に入ったばかりのときは、まだこんな問題の片鱗《へんりん》すら見えていなかったはず。エドがブライトを個人的に呼び出して話す理由に見当がつかずに訊くと、ブライトは肩を竦めて「僕も最初、なんだって呼び出されたんだ？　って不思議だった」と言う。

最初ブライトがエドと二人で会ったときに問われたことは、アート界についての見識と、ブライト自身の価値観についてだったという。

（ハリーにしたのと同じ質問……）

と、聞いてから礼は気がついた。

「今思うと、テストされてたんだね。きみと一緒に働くにふさわしいかどうか——とにかく、ロブ・サイラスの事件があってすぐ、グラームズは僕に連絡をくれた。力を貸してほしいって。……ねえ、エドワード・グラームズに頼まれる以上に名誉で甘美な経験、あると思う?」

冗談めかしているけれど、それはブライトの、本音でもあっただろう。礼は思わず笑い、いいえ、と答えた。ブライトはそうだろ? とおかしそうにしていた。

「……でも、もちろんきみの力になりたかった。デザインの仕事は、ギャラリーの仕事に飽きてからやってもいい。ダイレクターになれる経験なんてまずない——それに、このギャラリーを起ち上げながら思ったよ。間違いなくグラームズは数年後——アート誌が選ぶ、現代アートシーンのパワーランキングに、堂々と君臨してるってね」

いつかは、きみもかもしれない、と微笑むブライトに、礼は「あなただって」と返した。もっとも自分やブライトは分からないが、エドはたしかにそのランキングに名を連ねそうだ……とも、思った。

(エド……ずいぶん前から、ギャラリーのことを考えてたんだな)

その真意は計り知れないが、礼の同僚としてハリーとブライトを選んでくれたのは、心底からありがたかった。彼らがいるギャラリーなら、きっとこれから先も発展するだろうと、無条件に信じられる。アートの世界に興味はなくとも、エドが卓越したビジネスマンなのは、こんなことからも明らかだった。

そのとき向かいの『スクエア』でも、レセプションが終わったらしい。入り口から大勢の人が出てきて、通りはますますごった返す。『スクエア』のほうにちらりと眼を向けたとき、見覚えのある女性スタッフが、笑顔で礼に手を振ってくれた。

『スクエア』でのセレモニーの騒動のあと、メイソンになんの弁解も聞いてもらえずオフィスフロアをあとにした礼を追いかけて、「辞めることない」と言ってくれた女性だった。彼女の助言は耳に痛いものもあったけれど、今、通りの向こうで手を振ってくれている姿には、ただただ親しみと懐かしさが湧いただけだった。

礼は手を振り、少し大きな声で言った。

「そちらの展示も今度見に行きます」

新しいロブの作品も。その他の作品も。

働いていたころ、礼の心を慰めてくれた作品の展示も――また、見たい。

女性はおかしそうに口を開けてなにか言った。周囲のノイズに紛れて聞こえなかったが、きっと歓迎してくれていることだけは分かった。

彼女は嬉しそうに親指をたて、ギャラリー『スクエア』を、大きく指さしたからだった。

十一

招待客とデミアンを送り出したあと、ギャラリーのスタッフは片付けと明日からの打ち合わせをして、解散となった。

とにかく初日は、予想を上回る盛況ぶりだった。明日からもそうかは分からないが、礼《れい》はただできることをするだけだ。

フラットに帰り着いたときには、既に午前一時を回っていた。今日多大な尽力を見せてくれたエドには、さすがに片付けはさせられないと先に帰ってもらったので、礼が玄関のドアを開けると、そこに立って出迎えてくれた。

「お帰り、レイ」

「ただいま……、エド。今日は本当にありがとう」

強くエドの体を抱きしめると、一日の緊張がすうっと溶けていき、安心感に包まれるようだった。風呂上がりのエドのガウンに鼻先を埋め、深く匂いを吸い込む。洗い上がりの布の香りの奥に、エド自身の嗅ぎ慣れた匂いがした。

「……エドワード・グラームズにお迎えしてもらえるなんて、僕は世界一の幸せ者だろうね……」

改めてそんなことを思いながら言うと、エドは「レイ・ナカハラを迎えられる俺のほうが幸せだ」と言ってくれた。

「タブロイドの貴公子がそんなこと言う？」

礼は思わず、くすくすと笑いながら顔をあげた。

心地よい疲労で思考はふわふわと覚束《おぼつか》なかったが、幸福な気持ちはたしかだった。これから先のことを考えると、いろいろな問題は山積みだけれど、それを置いておいても、今日は良い日だったと思える。

「……エド、本当にありがとう。感謝してる。僕の願いどおり……デミアンの作品を世界に発信できた」

エドは眼を細めて笑い、礼の腰を抱きしめて、ゆっくりと部屋の中につれていってくれる。そうして、「それだけか？」と言う。褒め言葉を待っている様子なのが可愛くて、礼はついまた、笑ってしまった。

「きみもオープニングに来てくれた。世界のエドワード・グラームズが。心強かった」

「当然さ。裏の主役だ」

「……ハリーを引き抜いてくれたことも、嬉しかった」

「ブライアンよりはいいギャラリストになりそうだろう？　俺には劣ると思うが」

「ブライトを連れてきてくれたことにも、感謝してるんだ」

「ウインチェスターの軽薄男は気に入らないが、使える手駒はすべて使うのが俺流だ」

「それから……」

それから、と礼は言葉を接いだ。

「僕がきみの力を使っても、耐えられるまで待ってくれていたことも……ありがとう」

エドはそのときばかりは、ほんの一瞬黙った。緑の瞳が、わずかに揺らぐ。

「……軽蔑したか？」

そっと訊ねられて、礼はただじっと、エドを見返した。

エドは思い詰めたような眼差しをしていた。そこには礼が傷ついていないか、エドのことを軽蔑していないか、探るような色があった。

（エド……僕に嫌われていないか、気にしてるの……）

ふと、いつだったかギルに言われた言葉が、脳裏に蘇《よみがえ》った。

……きみが受け取らなければ受け取らないだけ、エドは苦しむ。……きみが受け取って傷つけば、エドもきっと傷ついてる。……きみを愛してるから。

（……エドは横暴な人間じゃない。自分の力で僕を傷つけないか悩み……僕が自分の力を使う時期を、慎重に選んでた）

礼はレセプションでの、エドのスピーチを思い出す。

——パワーは時に、不当に人を傷つける……。

エドはそのことを、きっとよく知っているし、だからこそ自分が「手を出すべきか悩んだ」と話したのだ。いつから、なにをどう考えていたかははっきりとは知らない。けれどエドがギャラリーの場所を押さえ、ハリーを引き抜き、ブライトを引き入れてくれたことは事実で、それがなければ、礼はデミアンを助けられなかったと思う。

けれど礼に黙って計画を進めている間、エドは礼に軽蔑されないか、気にし続けていたのかもしれないと、気がつく。

たった一瞬で情勢を一変させられるほどの巨大な力。そんな力を持っているのに、持っているからこそ、エドは礼を傷つけ、嫌われ、軽蔑されることを恐れている……。力を持つエドが、なんの力もない礼の、気持ちが変わることに怯《おび》えているのは、そこに愛があるから。

本当の本音を言えば、礼は少しだけ悲しかった。自分がなにをしても変えられない状況でも、エドならひっくり返してしまえることに、無力感を感じさせられた。

けれどそんなふうに答えるのは思いやりがなく、無慈悲で、自分勝手にも思えた。愛があるから——エドを愛しているから、礼はエドを、傷つけたくなかった。もしかしたらこれはエゴだろうか？　一方的な思い込みかもしれない。

それでもエドとの関係は一時のものではなく、一生の問題だと思うから、今は真実よりも優しい嘘《うそ》をとりたかった。

（……きみも矛盾を抱えてる。僕もそう）

力がありながらその力ゆえに悩むエドと、エドと対等でありたいと願いながらもエドの力を甘受する礼。どちらも矛盾しているけれど、それでも一緒にいる理由は、愛し合っているからだった。

アートは芸術であり、商品でもある。礼はイギリスに来てそのことを思い知ったが——人生にも、似たような側面があるはずだ。愛と妥協の二面性。愛する人と一緒に生きていく暮らしの中には、美しい部分も、そうではない部分もあるのだ。

それでも、礼は忘れない。レセプションでデミアンのスピーチを聞いた誰かが、アートは私の心にも宿っている……と言ったように、どんな暮らしの中にも、愛は宿っているはず。

そう信じて、生きていくことはできるはず。

（エドはきっと僕に力を押しつけるたび、悩んで、傷つくんだもの……）

誰がそのエドの心に、愛情に、軽蔑などできるだろう？　礼に軽蔑されていないか気にしながらも、力を使うことを選ぶエドの矛盾を、礼は今は、愛《いと》しく感じた。

だから礼は小さな声で「ううん」と言ったあと、その首に腕を回して、「エド……」と、囁いた。

「あのね……疲れてるけど……興奮もしてる。……しばらくその、できてないから」

準備に忙しく、また気持ちも落ち着かず、このごろは情事から遠のいていた。

エドを愛している。人生はこれからも続き、それは悲しい日でも、大変な日でも、嬉しい日でも変わらない。今日は特別な日だが、長い一生の中では一つの通過点に過ぎない。

日常の中の一日。

だからいつものように過ごしたいと、礼は思った。

「……だから、抱いてくれる？」

そっと訊ねるうちに、じわじわと頬が赤らみ、恥ずかしくなってくる。見上げたエドの眼には安堵《あんど》と、喜びがないまぜになって浮かんでいた。

喜びは単純に、礼から誘われた喜びだろう。

けれど安堵はきっと、エドの権力を使ってなお、礼がエドを受け入れ、愛し、軽蔑していないと――知ってのものだと思う。

（持てる者も、持たない者に愛されたいと願うし……持てる力を、厭《いと》うこともある）

持たない苦しみと、持つ苦しみはまったく違うものだろうけれど、同じ苦しみだと、礼は思った。これからエドと生きていくのなら、それを忘れないようにしよう。

礼が傷つくとき、エドも傷ついている。

礼が嬉しいときに、エドも嬉しいように。

そこだけは、権力も財力も、権威も関係のない場所。二人同じものを見つめている場所だった。きっとそれを、愛ともいう。

そうそっと胸に秘めて礼は背伸びし、エドの唇に口づけをした。


シャワーを浴びなくていいと言われた礼は、玄関から先に進んだダイニングテーブルの上に、軽々と抱き上げられていた。

エドは礼のスーツを脱がしつつ、情熱的なキスをしてくる。

肉厚の唇に唇を覆われ、分厚い舌で腔内《こうない》を掻《か》き回されると、ぞくぞくと背筋に甘いものが走った。

「ん、エ、エド……ここで……するの……?」

ベッドじゃなく?

と、礼は訊いたが、エドは「待てない」と囁いて、自分の股間をぐっと礼に押しつけてきた。ガウンの下に、エドは下着を着けていなかったらしい。裾が割れると硬く屹立《きつりつ》した性器が見え、エドはそれを、礼のスーツのスラックスにこすりつけた。

先走りがスラックスに滲み、見ているだけで礼の性器も勃《た》ちあがってくる。

「あ、あ……っ、んっ」

シャツをはだけられて乳首をつままれると、背筋に甘い愉悦が走り、びくんと体が震えた。

抱かれ慣れた体は、乳首を弄《いじ》られると、はしたなくも後孔がきゅうっと締まり、中の感じる場所が熱くなる気がした。

エドはねっとりとキスを続けながら、礼をダイニングテーブルに押し倒し、乳首を両手で挟んでつまみ、揺するように刺激した。

「ん、んふ、ん、ん……っ、んんっ」

乳輪までふっくらと勃ちあがった乳首は、こねくられ、先端を指先で弾《はじ》かれると、すぐに真っ赤に充血し、その甘酸っぱい刺激は礼の腰へと電流を走らせる。スラックスと下着をずりおろされると、膨《ふく》らんだ性器の先端が布にこすれた。その刺激で、礼は後ろを締めつけながら、射精はせずに軽い絶頂を迎えてしまった。

「んっ、あっ、んんんっ、ああーっ……、んっ」

口の端からエドのものと自分のもの、どちらか分からない唾液がこぼれる。甘くイキながら、礼はびくびくと腰を揺らした。

「乳首を弄られてイったのか？　本当にお利口な体だ……」

エドは礼の唇を舐《な》めながら、低く笑みを含んだ声で言った。

「あ、あ……っ、だって……」

「だってレイは、一日に何度もドライでイけるものな？　俺がそう仕込んだ」

「あ、あん……」

恥ずかしくて、じわっと涙が眼に浮かぶ。けれど顔を真っ赤にし、胸も腰も反らして、テーブルの上でびくびくと震えている自分には、反論の余地なんてない。乳首をじゅうっと吸われながら、後ろの孔にエドが指を潜《くぐ》らし、中の感じる場所をとん、と突かれると、礼はまた軽く果てていた。

「あっ、ああ……っ、あっ、だめ、エド……い、イっちゃう」

「イってない。精子は出てないぞ」

乳輪をねっとりと舐めながら、エドが意地悪を言う。礼は小ぶりの尻を揺らして、「い、イってるの」と甘えた声を出して訴えた。

「イっちゃう、エド、とんとんしないでぇ……っ」

エドの指が二本に増やされ、感じる場所をさらに強く突かれた。それだけでもう、礼は何度も甘く達し、張り詰めた性器は、下から押し出されるようにぷしゅ、と少量の精子を吐き出した。一定のリズムを刻むように、中を叩《たた》いていたエドが、不意に前の性器に自分の性器を押し当てて、下からずるっと擦《こす》り挙げた瞬間、

「あっ、ああっ、あーっ」

礼は泣きながら、精を飛ばして達していた。けれどエドの責めはそこで終わらず、テーブルの上に礼を押しつぶすかのようにのしかかって、性器を性器で擦ってくる。ぐ、ぐ、と体重をかけられると、あっという間に礼のものはまた膨らみ、射精感が強まってくる。

「だめ、だめエド……あっ、出ちゃう、だめえ……っ」

何度となく抱かれてきて、快感を教え込まれた体は、次に吐き出すものを覚えている。下腹部がじゅわっと温かくなり、緊張が解けると、礼の前は勢いよく、小水に似た透明の液体をこぼし、それはテーブルをしとどに濡らすほどの量だった。

「あ、あん、う、あ……」

潮を吹いている間は、それをどう止めようとしても止められない。テーブルがひどく汚れて、こぼれた潮が床にまで垂れる。それが恥ずかしくて礼は真っ赤な顔で泣きじゃくったが、エドは満足したように微笑んで、礼のこめかみにキスをした。

「……すごく可愛い。お前は潮を吹くのが上手だな」

褒められて喜べばいいのかどうか、分からない。何度も同じ体験をしているけれど、恥ずかしい気持ちは変わらなかった。

「いっぱい、よ、汚しちゃった……」

涙声で言うと、エドは「ハウスキーパーが片付ける」と言って、礼をさらに泣かせた。

「い、いや、見られたら……」

「塩水をこぼしたと思うさ」

「や、やだぁ……っ、あ、ああ、あっ」

子どもみたいな声を出している自覚はあるけれど、思考が上手《うま》く回らない。そして、足を持ち上げられ、ほぐれた後ろをエドのもので貫かれると、わずかな思考さえ消えてしまった。

「あっ、あー……っ」

貫かれただけで、呆気《あっけ》なくまた果てた。エドは礼を「仕込んだ」と言ったが、それは間違いではなく、絶倫といっていいほど何度でも礼を抱けるエドに合わせて、礼はドライオーガズムを覚えさせられた。そうすれば、エドほど体力のない礼でも、エドの無尽蔵な欲求に応えられる。

ただ困ったことに、ドライで絶頂することに慣れてしまうと、ほんのわずかな刺激でも、すぐにイくようになってしまう。今も礼は、中を突かれるたびに絶頂している状態だった。

「あっ、あ、あん、あっ、だめ、だめ……っ、あっ、太いのだめ……っ」

指ですら何度も達するのに、太くて大きいエドのもので突かれると、その達し方は深く強くなってしまう。

礼は全身びりびりと走る愉悦に、足の先を丸めて耐え、けれどすぐに弛緩《しかん》して、「あっ、あっ、あああーっ」と叫びながら、腰を突き出して達した。

性器はもう派手に射精はしないが、先端から先走りに似たものが溢《あふ》れ、礼が足をダイニングテーブルに踏ん張って腰を高くあげているせいで、時折顔にかかってしまう。

「いやらしいな……レイ」

涙で霞《かす》んだ視界に、自分に覆い被《かぶ》さって揺れているエドの、逞《たくま》しい体が見えた。そのすぐ下に、勃起した自分の性器や、膨らんだ乳首、潮と精子で汚れた己の体が見え、それもまたはしたなく揺れている。淫靡《いんび》なその光景が恥ずかしくて、礼はいや、いや、と喘《あえ》いだが、エドは礼の額に口づけながら、

「どうして？　とてもきれいだ。……俺にとっては、お前が世界で一番美しいアートだよ」

と囁いた。

エドの掌《てのひら》が、礼の柔らかな腹をぐっと押す。すると中の感じる場所に、より強くエドの性器が押しつけられ、礼はあまりの悦楽に泣いた。

「あっ、あああああん……っ」

ぎゅうっと後ろが締まり、全身ががくがくと揺れる。下半身の感覚が飛び、一瞬眼の前が真っ白になった。気がついたら、中で弾けたエドの精子がどくどくと腹の中に注がれる感触がある……。

「ん、んう、う……」

震えながら尻を落とすのと同時に、エドのものがぬるりと後ろからぬけていき、礼の狭間《はざま》からは、エドの精子がこぼれてテーブルを汚した。

「……続きはベッドでしようか？」

エドのセックスは、一度ではけっして終わらない。今日はこれから何度中で出されるのだろう——と、不安半分、期待半分で思いながら、礼はこくりと頷いた。そうして強いエドの腕が

礼を抱き上げて、寝室に運んでくれるのを待っていた。

礼が眼を覚ましたのは、まだ、夜が明ける前の時間だった。

ロンドンの日の出は東京《とうきょう》より遅く、時計を見ると朝の六時だったが、窓の外はまだとっぷりと暮れていた。

エドは隣で、裸のままぐっすりと寝ている。礼も同じように一糸まとわぬ姿だったけれど、昨夜抱き潰され、気絶するように眠ったあと、エドが風呂に入れてくれたらしい。頭も体もすっきりと軽く、きれいになっていた。

エドを起こさないようにそっとベッドから出ると、腰のあたりにわずかに重い感触がある。けれど体は満足していて、礼は小さく微笑み、エドの髪に口づけた。

暗くても、ハムステッドの行きつけのカフェはもう開いている時間だったので、礼はタートルネックのセーターをかぶり、デニムを穿《は》くと、朝ご飯を買いにそっとフラットを出た。

朝の時間は冷え込んでいて、外に出ると息が白く凍り、礼はマフラーを持ってくればよかったかな……と思った。

向かったのは、エドが「サムの店」と呼ぶカフェだ。夜はパブになり、昼間はカフェで、早朝も開いている。小さいが居心地のいい店内には、ブレッドのテイクアウェイの他に、新聞も数種類置いてあった。

「やあレイ、色男は一緒じゃないのか?」

店に入ると、客は二人ほどだった。近所に住む老夫婦が、窓辺の席でコーヒーを飲んでいる。礼は店主のサムに「Good morning」、と挨拶してから、「エドはまだ眠ってる。カフェオレもらっていい?」と注文した。

「オーケイ、テイクアウェイは?」

「サンドイッチ二つ」

サムは心得たように礼にウィンクし、紙袋にサンドイッチを二つと、レジ横に置いてあるヌガーを一本、おまけにくれた。温かなカフェオレも出てきて、礼はお礼を言いながら代金を支払い、立ち飲み用のテーブルで、カフェオレを飲んだ。甘いミルクの味が、舌の上に優しく、胃が温かくなりホッとした。

店内で自由に読めるタブロイドを広げる。一面はセレブの誰それの噂話だったが、何枚かめくったところに、ギャラリー『パルム』のことが書いてあった。

——エドワード公の新たな挑戦状、アート界に新風が巻き起こる。

そんな見出しと一緒に、美術評論家がデミアンの作品を、ロブ・サイラスと比べるとつまらない作品、と言っている記事が載っていた。ただ来館したティーンエイジャーには好評だった、ともある。

きっとこんなことは、大した問題じゃない。デミアンも、ギャラリー『パルム』も、これから先ずっと好奇や批判を浴び続けていく。それが世界に打って出るということなのだから。

ただ礼が気に留めたのは、記事の最後に添えられた、何気ない一文。

……デミアン・ヘッジズは、エドワード・グラームズという希有な財力と権力者によって救われた。彼という王《キング》に楯突《たてつ》けば、どんな末路をたどるかは、『スクエア・ギャラリー』が受けた仕打ちを思うと明白だ——。

わずかに胸を痛めながら——タブロイドを閉じると、

「やあレイ。おはよう、カフェオレ？　俺もそれにしようかな」

と、すぐ後ろから声がかかった。

「ギル？　どうしたの？」

振り返った礼は、思わずびっくりして声をあげていた。普段はコペンハーゲンにいるギルが、すぐ後ろに立っていたのだ。

「昨夜俺が、きみのギャラリーのオープニングにいたの、忘れた？」

「まさか。でも日帰りだと思ってた」

ロンドンとコペンハーゲンは、飛行機なら二時間もかからない距離だ。ギルは毎週会議のためにやって来るが、泊まることはほとんどない。バルセロナ以上に気軽に行き来できる距離だった。

っていた」

「そう思ったけど、水曜の会議を今日にしてもらったんだ。実は昨日は、ハムステッドに泊まってた」

「それならフラットに来てくれたらよかったのに」

オープニングでは忙しくて、友人たちとはろくに喋《しゃべ》れなかったので言うと、ギルは肩を竦めて「そんなことしたら、エドに殺されてたさ」と言って、礼を笑わせた。

「じゃあサンドイッチをもう一つ買うから、朝食を一緒に。どう？」

訊くと、ギルは眼を細めて「いいね」と言ってくれた。礼は店主に頼み、サンドイッチをもう一つと、ギルのためにテイクアウェイのカフェオレも買った。

一緒に店を出ると、町の向こうの空がうっすらと白みはじめていて、連なる建物が黒いシルエットになって浮き上がっている。

冷たい朝の空気の中、並んで歩く礼とギル、二人の息が両方白い。

「昨日はいいオープニングだった。展覧会の内容もよかったし、デミアン・ヘッジズは間違いなくもっと成功するよ」

「……そうだと嬉しいな」

ギルに褒めてもらえると、素直に受け取ることができる。エドのフラットまでの帰り道を、静かに穏やかに歩きながら話す時間は、礼にとって、不思議と心地よかった。

「みんなに手伝ってもらったし、今度改めてお礼をさせてね」

ギルだけではなく、オーランドやジョナス、ロードリーにもそうしたかった。自分が大勢の人に助けてもらって、支えられて立っていることを、改めて感じる。友だちの力がなかったら、再び起ち上がれたか分からない。

「……それに、ギルには他のことでもお礼を言わなきゃ」

「なにかあったっけ？　もしかしてキスのご褒美もついてくる？」

おどけて言うギルに笑いながら、礼は「エドのこと」と囁いた。

「……ありがとう。僕がロブ・サイラスの盗作の証拠を摑んでもなお……エドの権力や財力を使って、デミアンのために動くことが正しいのか……悩んでたとき、ギルが背中を押してくれなかったら……決心できなかったかも」

ギルはしばらく黙り、やがてどういたしまして、と言った。

ハムステッドのハイストリートには白い朝靄《あさもや》がかかっていて、だんだんと明るくなりはじめた空の中、町は青く染まっている。

「……言ってよかったと思ってる。でも、レイが幸せだったかどうかは、疑ってるよ」

二人ともきっと、このことについて葛藤を感じている。話がしたいと思っている。

だからか、互いに自然とゆっくりした歩みになりながら、そっと、隣のギルが言う。

礼はその言葉を一度自分の中で嚙み砕き、それから、うん、と頷いた。

「分かったことが一つある」

静かに言うと、ギルが礼のほうを振り返る気配がした。少しの間言葉を探し、それから、礼は続けた。

「……きっと一生、エドとは対等になれない」

ギルがわずかに、体を揺らすのが分かった。

……一生、エドとは対等になれない。

出会ったときからそうだったように。

エドは王で、礼は民だ。

エドは持っていて、礼は持っていない。

その関係はたぶんずっと、変わらない。

礼はイギリスにやって来て、エドと暮らして、愛し合って、仕事をして——そうする中で、エドの力を受け入れた。その力を受け入れることはすなわち、礼にとって、エドと対等でいることを諦めることでもあった。

対等になりたかった。だから悲しい。淋《さび》しくもある。どこまでいっても、自分とエドは決定的に違うのだと思い知らされた気もしている。もしかしたら同じくらいの身分の人と一緒に生きるほうが、礼にとっては穏やかで、気楽かもしれない。そしてそれは、エドにとってもそうだ。

それでも、違っていても、愛し合うことはできる。

……互いの違いを理解しあうことも、認め合うこともできる。

「……ただ、今回みたいにまたなにか困ったことが起きて、僕が傷ついたら……エドは、王様だもの。僕のために力を使うよね」

「そうだな」

「僕は同じようにエドを守れない。……そのことは淋しい」

ギルが立ち止まったので、礼も立ち止まった。ギルは眉根を寄せて、でも、と礼に向かって、諭《さと》すように言ってくれた。

「……レイ。きみは他の誰もエドに与えられないものを、与えてる。……愛だ」

礼は微笑み、もちろん、知ってるよと答えた。

「愛は権力よりずっと大きなパワーだ。俺やエドはきみからそれを教わってる」

「……そう？　それならいいな。……ただ、もっと強くなるよ」

もう一度歩き出しながら言うと、ギルも少し小走りになって、礼に並んだ。

「強くなる。エドと生きていくために。……力に押しつぶされないくらいに」

うんレイ、それがいい。俺もそう思うよとギルは言った。

これ以上話せることはもうないように、二人とも、そこからは無言だった。

淋しくて切ない。けれど心のどこかがほの明るく、優しい気持ちだった。

こんなことを思い知ってもまだ、エドへの愛は一ミリも変わっていない。

愛さえあれば——大抵のことは飲み込める。それが、証《あか》された気もする……。

あたりはもう大分明るくなっている。通りにはどこからか犬の鳴き声がし、起き出してきた人々の姿もちらほらと増えてくる。

ギルが持っているカフェオレからは甘くていい匂いがし、礼が抱えたサンドイッチの紙袋は温かい。

フラットに戻ったらきっとエドが礼を探していて、ギルの姿を見ると顔をしかめて厭味《いやみ》を言うだろう。三人で朝食をとったらスーツに着替えて、礼は今日も仕事に行く。

ギャラリー『パルム』で、自分の愛する作家の、愛する作品を見に来てくれる人たちを、笑顔で迎え入れるために。

そうして夜はまたエドと暮らすフラットに戻り、サラダを作ったり、あるいはチキンを焼いたり。疲れていればテイクアウェイを買って、エドと夕飯を楽しみ、少しのお酒を飲み、くだらないテレビを見て……時間があればセックスをし、なければ額にキスをしあって眠る。

明日も明後日も、しあさってもそうする。

来年も再来年も十年後も、そうしていられればいいなと、礼は心密《ひそ》かに願った。

あとがき

初めましての方は初めまして。お久しぶりの方やおなじみの方はこんにちは。樋口美沙緒《ひぐちみさお》です。

パブリックスクールシリーズ（もうシリーズって言っていいよね？）五冊目、エドと礼《れい》のお話としては四冊目になります。は、拍手～！

まさかこんなに続くと思ってなくて思わず拍手してしまいました。それもこれもすべては読者のみなさまの応援のおかげです。

今回は礼のイギリスでの仕事の話がメインだったので、改めて英アート業界について調べて、いろいろと知らないことが多かったなあと反省したり勉強になったりしました。

執筆にあたって尾角典子《おかくのりこ》様、鈴木友昌《すずきともあき》様という英国在住の素晴らしいアーティストのお二人に取材させていただきました。心より感謝申し上げます。

この巻でも礼は大変そうでしたね。蜜月というタイトルで、ようやく甘いシーン満載になるのでは……と思われた方、すみません。でもまあイギリスで、いきなりアートの仕事をする苦労は普通にあるかな～と思って……。こうなりました。中原《なかはら》礼という男の子の、人生のお話として捉《とら》えていただけたら幸いです。

エドはギャラリー運営、真面目にやるのかな？　今のところは本気じゃなさそうですが、その気になったらアートビジネスで大層稼ぐであろう……と思いながら書いてました。エドは礼とはアートへの考え方がまったく違いそうです。

商業的側面と心の面、作品の価値についての問題は、アートだけではなく小説という媒体にも絡んでくることなので、書きながら今一度自分にとっての小説とは……と考えこみました。良い機会をいただけたと思います。

この本を書いていたころ、実は作家デビュー十年目でした。節目の年にこの本を執筆できて幸福でした。

いつも美しい絵で作品を飾ってくださるｙｏｃｏ先生。今回も絵画のような表紙を見て、あまりの美しさと神々しさについ倒れ伏しました。ありがとうございます。

担当さん。十年経っても赤ちゃんのように我が儘を言ったり、駄々をこねたりするわたしを、宥《なだ》めてすかして褒めて伸ばしてと本当にお世話をかけます……すみません。でもまだ一緒に本を作ってほしいので、宜しくお願いします。本当にいつもありがとうございます！

常にわたしから、めちゃくちゃ迷惑をかけられている家族、友人のみなさん。ありがとうございます。十年続けられたのはあなたたちの助けがあったからです。

そして読者のみなさま。また、こうして出会ってくれてありがとうございます。次もあなたの人生に少しでもお邪魔できると嬉しいです。

樋口美沙緒

この本を読んでのご意見、ご感想を編集部までお寄せください。

《あて先》〒141-8202　東京都品川区上大崎3-1-1　徳間書店　キャラ編集部気付
「パブリックスクール―ロンドンの蜜月―」係

【読者アンケートフォーム】
ＱＲコードより作品の感想・アンケートをお送り頂けます。
Ｃｈａｒａ公式サイト http://www.chara-info.net/

■初出一覧
展覧会と小鳥……小説Chara vol.38(2018年7月号増刊)
ロンドンの蜜月……書き下ろし

2020年1月31日　初刷

著　者　樋口美沙緒
発行者　松下俊也
発行所　株式会社徳間書店
〒141-8202　東京都品川区上大崎3-1-1
電話　049-293-5521（販売部）
　　　03-5403-4348（編集部）
振替　00140-0-44392

Chara

パブリックスクール―ロンドンの蜜月―……【キャラ文庫】

印刷・製本　図書印刷株式会社
カバー・口絵　近代美術株式会社
デザイン　カナイデザイン室

ISBN978-4-19-900980-8

樋口美沙緒の本

好評発売中

「パブリックスクールー群れを出た小鳥ー」

イラスト✦yoco

ハーフタームの休暇中、無人の校内で昼夜を問わずエドに抱かれる礼《れい》。これは言い付けを破った罰だ――。わかっていても、エドを独占できる喜びと快楽に溺れる日々…。ところが、休暇が明けると、たおやかな美貌の編入生・ジョナスが復学!! エドの恋人らしいとの噂に、礼は不安と嫉妬に駆られ!? 閉鎖された檻の中――一瞬の煌めきが彩る少年時代に、生涯ただひとつの恋に堕ちる、奇跡の純愛!!

樋口美沙緒の本

好評発売中

「パブリックスクール－八年後の王と小鳥－」

イラスト✦yoco

イギリス名門貴族の御曹司で、世界有数の海運会社ＣＥＯ――多忙を極めるエドと、出版社で働く礼《れい》は、遠距離恋愛中の恋人同士。そんな中、礼が長期出張で渡英し、三ヶ月間エドと同居することに‼　けれど、昔の反動のように甘く優しいエドは、嫉妬も束縛も激しい。仕事で作家と会っても不機嫌を隠せずに…⁉　恋人になって初めて迎える聖夜をエド視点で描く「八年目のクリスマス」他３編収録‼

樋口美沙緒の本

好評発売中

【パブリックスクールーツバメと殉教者ー】

イラスト✦yoco

由緒ある伯爵家の長男で、名門全寮制パブリックスクールの監督生《プリフェクト》――。なのに、制服は着崩し、点呼や当番はサボってばかりのスタン。同学年の監督生・桂人《けいと》は、密かにスタンを敬遠していた。卒業まで、極力目立たず、無害な空気の存在でいたい――。ところがある日、桂人はスタンの情事を目撃!! 見られても悪びれない態度に、苛立つ桂人は優等生の仮面を剥がされてしまう。さらに、二人一組の当番で、スタンのお目付け役を任されて!?